Carmen *reloaded*

para Sevilla —
no me has dejado núnca

SONJA OBJARTEL

Carmen *reloaded*

Roman

Bibliografische Information der Deutschen Nationalbibliothek:
Die Deutsche Nationalbibliothek verzeichnet diese Publikation in der
Deutschen Nationalbibliografie; detaillierte bibliografische Daten sind im
Internet über http://dnb.dnb.de abrufbar.

TWENTYSIX – Der Self-Publishing-Verlag
Eine Kooperation zwischen der Verlagsgruppe Random House und
BoD – Books on Demand

© 2017 Sonja Objartel
3. Auflage Dezember 2020

Herstellung und Verlag:
BoD – Books on Demand, Norderstedt

ISBN: 978-3-7407-2917-2

Illustration: TWENTYSIX – Der Self-Publishing-Verlag

Es ist verblüffend, wie gerade die vermeintlich kleinen, unspektakulären Dinge den größten Einfluss auf den weiteren Verlauf des Lebens nehmen können. Bei mir begann alles mit einem unscheinbaren grauen Brief, den ich im Frühjahr 2009 aus meinem Briefkasten in Kiel fischte. Darin stand, dass meine Bewerbung um ein Erasmus-Stipendium erfolgreich gewesen sei und ich im Herbst ein Auslandssemester an der Universität in Sevilla antreten könne. Ich war damals 23 Jahre alt, Romanistik-Student an der Universität in Kiel und hatte mein künftiges Leben bereits genau vor Augen. Mir schwebte eine klassische Beamtenlaufbahn vom Gymnasiallehrer bis zum Oberstudiendirektor vor. Ich wollte junge Menschen unterrichten und ihnen die wunderschönen romanischen Sprachen Spanisch und Französisch näherbringen. An meiner Seite sah ich meine Jugendliebe Lisa und zwei wohlgeratene Kinder, mit denen ich in einem großen Fachwerkhaus auf dem Lande wohnen würde. Ich hielt mich für sehr intelligent und bildete mir viel auf meine eiserne Disziplin, Zielstrebigkeit und Prinzipientreue ein. Damals glaubte ich noch, dass ich etwas Besonderes sei und mir die Welt offen stünde. Dass meine Kräfte unerschöpflich seien und ich alle Möglichkeiten hätte, mein Leben glücklich und erfolgreich zu gestalten. Meine Voraussetzungen waren zweifellos gut. Ich kam aus einem bildungsbürgerlichen, eher konservativen Elternhaus und wuchs sehr behütet in einem Dorf nahe Kiel auf. Meine Mutter und mein Vater waren seit über 25 Jahren glücklich miteinander verheiratet, liebten meine zwei jüngeren Schwestern und mich über alles und unterstützten uns, wo und wie sie nur konnten. Ich dürfte meinen Eltern in den ersten 23 Jahren meines Lebens viel Freude bereitet haben. Denn ich war kerngesund, benahm mich stets vorbildlich und erzielte in der Schule wie auch an der Uni gute bis sehr gute Noten. Mein Freundeskreis bestand ausschließlich aus Menschen, die einen positiven Einfluss auf mich hatten, und mein gefährlichstes Freizeitvergnügen war das Handballspiel. Ich rauchte nicht und trank nur selten Alkohol. Meine Eltern konnten sich voll und ganz auf mich verlassen. Sie waren sich sicher, dass ich mein Leben gut meistern würde. Ich wäre der Letzte gewesen, der ihre Überzeugung in Zweifel gezogen hätte. Und doch weiß ich jetzt, dass alles im Leben auch ganz anders kommen kann.

Mein Vater schenkte mir die Novelle „Carmen" von Prosper Mérimée im Original kurz vor meiner Abreise nach Sevilla. Obwohl ich mich damals viel mit romanischer Literatur beschäftigt hatte, kannte ich bis dahin nur die Musik der gleichnamigen Oper und den groben Handlungsverlauf. Mit Freude stellte ich fest, dass der Ausgangspunkt der Geschichte die alte Tabakfabrik in Sevilla war, also das heutige Hauptgebäude der Universität, wo ich bald studieren würde. Doch so recht gefallen wollte mir die Geschichte ansonsten nicht. Es war mir unbegreiflich, wie der liebestrunkene Don José sich so sehr zum Spielball einer unberechenbaren Frau namens Carmen machen konnte, und sie am Ende aus lauter Eifersucht, verletztem männlichen Stolz und vor allem unerwiderter Liebe ermordete. Diese Art der Liebe erschien mir stark übertrieben. Ich konnte mir nicht vorstellen, dass eine solche Liebe außerhalb literarischer Dramen wirklich existierte.

Erst viel später verstand ich: Sevilla ist das Herz Andalusiens, feurig und wild. Viele verschiedene Herrscher haben die Stadt über die Jahrhunderte geprägt und atemberaubend schöne Bauwerke hinterlassen. Die Kathedrale und die gegenüberliegende Königliche Festung mit der einzigartigen Parkanlage sind nur einige der majestätischen Zeugen jener Zeit. Wer in der Abenddämmerung durch die historische Altstadt schlendert und seinem geplagten Geist Ruhe gönnt, spürt sie, die magische Seele der Stadt. Sind es die farbenprächtigen Hausfassaden und die mit *azulejos*, einer Art bunter Kacheln, kunstvoll verzierten Innenhöfe? Ist es der Duft der Orangenblüten, der durch die warmen Gassen strömt? Sind es die leisen Klänge einer Flamenco-Gitarre, die einen durch die Nacht begleiten? Oder das gesellige Palaver, das aus den unzähligen Tapas-Bars dringt? All dies gehört zu dieser Stadt und macht ihren Reiz aus. Unter der heißen Sonne Sevillas entstehen wahrhaftig leidenschaftliche Liebschaften, die einem Fieberwahn gleichen und nur zu oft ein verhängnisvolles Ende nehmen. Ich weiß, wovon ich rede. Ich habe es selbst erlebt.

1

„Zimmermann, Jonas?" - „*Sí, ¡soy yo!*", antwortete ich laut und beschwingt auf die Frage von Professor Sánchez de la Paz. Es war mein erster Unterrichtstag an der Universität Sevilla. Lange hatte ich mich auf diesen Tag gefreut. Nun war es endlich so weit. Hochmotiviert saß ich in meinem ersten Romanistik-Seminar. Im Vergleich zu Deutschland schien hier alles noch etwas verschulter zu sein. Anstatt Anwesenheitslisten herumzugeben, auf denen wir unterschreiben mussten, rief der Professor noch jeden einzeln auf und hakte die Anwesenden eigenhändig auf seiner Liste ab. Auch die Anordnung der abgenutzten Holztische und -stühle war so gewählt, dass alle Studierenden wie zu guten alten Schulzeiten in Reih und Glied saßen und frontal zum Dozenten und zur Kreidetafel blickten. Ich hatte mir gezielt jene Seminare ausgesucht, die hier in der alten *Real Fábrica de Tabacos*, der alten Tabakfabrik, stattfanden. Auf Anhieb war ich von dem geschichtsträchtigen Gebäude am Rande der historischen Altstadt begeistert gewesen. Es war genau so, wie ich mir meinen akademischen Wirkungsort immer gewünscht hatte. Mit seinen kunstvollen Sandstein-Fassaden, schmucken Innenhöfen und den hellen Marmorböden strahlte es an allen Ecken und Enden zeitlosen Glanz aus. Ich fühlte mich privilegiert, meinem Studium hier nachgehen zu dürfen. Hinter dem imposanten Eingangstor an der Straße *San Fernando* folgten mehrere Innenhöfe, von denen rechts und links die Gänge zu den Seminarräumen und Vorlesungssälen abzweigten. Im Gegensatz zu meiner Heimatuniversität gab es hier keine Massenabfertigung von Studierenden, die in überfüllten Hörsälen auf abgetretenen, grauen PVC-Böden sitzen mussten. Im *rectorado*, wie das Hauptgebäude als Sitz des Rektorats auch genannt wurde, war in jedem Seminar und jeder Vorlesung genug Platz. Mein Lieblingsplatz in der Uni wurde der *Patio de la Fuente* genannte Innenhof mit seinem kleinen Brunnen, in dem Spatzen vergnüglich zu baden pflegten.

Nach sechzig Minuten war die erste Seminarsitzung zum Thema „Die Entwicklung der spanischen Sprache im 20. Jahrhundert" zu Ende. Mit leichter Enttäuschung stellte ich fest, dass uns der Professor die ganze Zeit nur aus einem Buch vorgelesen hatte. Ich war von der heimischen Uni etwas mehr Interaktion gewohnt. Neugierig fragte ich meinen spanischen Sitznachbarn, ob diese Art des Unterrichts in Spanien so üblich sei. Er schaute mich an, als verstünde er meine Frage nicht recht, bejahte sie aber schließlich. Und in der Tat liefen alle meine Seminare an diesem Tag auf die gleiche Art und Weise ab. Etwas schläfrig, aber dennoch glücklich, dass ich den Seminarstoff auf Spanisch weitgehend verstanden hatte, machte ich mich am Ende des ersten Uni-Tages zu Fuß auf den Weg nach Hause. Ich hatte es nicht weit. Relativ schnell nach meiner Ankunft in Sevilla hatte ich eine Wohngemeinschaft im Zentrum der Stadt gefunden, in der ich bereits seit zwei Wochen wohnte. Die recht große Fünf-Zimmer-Wohnung befand sich in der Straße *Siete Revueltas*, auf Deutsch so viel wie „sieben Windungen". Der Name bezog sich auf die sieben Kurven im Verlauf dieser Straße. Es war eine sehr alte Straße, die so eng war, dass kaum Autos durchfahren konnten. Meine zwei spanischen Mitbewohner, Antonio und Fernando, die beide ebenfalls erst vor wenigen Wochen in diese Wohnung eingezogen waren, fanden den Straßennamen so amüsant, dass sie ihn mit

roter und gelber Fingerfarbe an unsere weiße Wohn-
zimmerwand gemalt hatten. Fortan war unsere Wohngemeinschaft bei allen unter dem Namen „7 Revueltas"
bekannt. Rechts und links über dem Fernseher im gemeinsamen Wohnzimmer hingen die Filmposter von
„The Big Lebowski" und „Kill Bill". Antonio und
Fernando kannten sich schon seit der Schule. Beide
stammten aus Jérez de la Frontera, einer Stadt nahe
Sevilla, die für ihre Sherry-Produktion berühmt ist. Am
Anfang konnte ich sie kaum auseinanderhalten. Sie hatten beide schulterlanges, schwarzes Haar, dunkle braune
Augen, waren etwa gleich groß und trugen ausschließlich dunkle Kleidung. Schnell merkte ich jedoch, dass
man sie an ihrem Musikgeschmack unterscheiden konnte. Antonio trug meist T-Shirts, auf denen die Mitglieder
oder ein Album-Cover seiner Lieblingsband „Queen"
abgebildet waren, während Fernando eher T-Shirts von
Metal Bands favorisierte, die schaurige Namen wie „The
Dark Demons" oder „Masters of Pain" hatten. Fernando war der ruhigere von beiden. Antonio war derjenige,
der mir erklärte, wie alles von der Waschmaschine bis
hin zur Mietzahlung funktionierte. Er war ein aufge-
weckter junger Mann, der mir für seine 19 Jahre schon
sehr reif und vor allem selbstständig vorkam. Fernando,
ebenfalls 19 Jahre alt, schien hingegen noch nie selber
gekocht, geputzt oder Wäsche gewaschen zu haben. Bei
ihren Lieblingsbeschäftigungen waren sie sich jedoch
wieder sehr ähnlich: Videospiele spielen und rauchen. In
Sevilla kamen jeden Herbst Massen von ausländischen
Studenten an, die eine Bleibe suchten. Ich war beiden
daher so unglaublich dankbar, dass ich Teil ihrer Wohngemeinschaft werden durfte, dass ich mich nie über den
Zigarettenrauch beschwerte, auch wenn ich Rauchen
normalerweise strikt ablehnte. Aber ich hatte sowieso

das Zimmer zugeteilt bekommen, das etwas abseits der anderen Räume lag. Daher roch ich so gut wie nichts von dem Qualm, wenn meine Tür geschlossen war. Mein Zimmer war nicht besonders groß, hatte aber alles, was ich brauchte. Ein schmales Bett neben dem Fenster, einen Kleiderschrank und einen kleinen Schreibtisch. Alle Möbelstücke waren aus unterschiedlichem Holz und passten optisch nicht zusammen. Mein Fenster ging zur Straße hinaus, so dass es besonders abends etwas laut werden konnte. Wir wohnten recht nahe an der *Plaza de la Alfalfa*, einem beliebten Platz mit vielen Bars und Restaurants, wo man sich nicht nur am Wochenende traf. Jede Nacht liefen daher angeheiterte Leute unter meinem Fenster vorbei und unterhielten sich lautstark. Meine zwei Spanier, deren Fenster auch zur Straße hinausgingen, störte es nicht. Eine meiner ersten Lektionen in spanischer Volkskunde war, dass Spanier im Allgemeinen kein Problem mit Lautstärke haben. Dass einer der Nachbarn lauthals beim Kochen oder Putzen singt, ist völlig normal. Es ist ein Ausdruck von Lebensfreude und wird allseits akzeptiert. Für mich war das eine neue Erfahrung. Ich war es von zu Hause gewohnt, mich möglichst leise zu verhalten, um niemanden zu stören. Es dauerte eine Weile, bis ich mich an die vielen Geräusche und die als normal geltende Lautstärke der Spanier gewöhnt hatte.

2

Das vierte Zimmer in der Wohnung war bei meinem Einzug noch unbewohnt. Ich war die ersten Wochen so damit beschäftigt gewesen, alles Mögliche an der Uni zu regeln und meinen Stundenplan zu erstellen, dass ich gar nicht mitbekam, wann genau Alfons unsere Männer-WG komplettierte. Alfons war genau wie ich ein Erasmus-Student und stammte aus einem kleinen Ort in der Bretagne, dessen Namen ich mir nie merken konnte. Er hatte wirres, von der Sonne blond gebleichtes Haar, überall Sommersprossen und war wie Antonio und Fernando ein schlaksiger, sehniger Typ von mittlerer Größe. Alfons und ich verstanden uns von der ersten Sekunde an hervorragend. Er war ein unglaublich unterhaltsamer Zeitgenosse, mit dem es nie langweilig wurde. Sein französischer Akzent und seine skurrilen Wortschöpfungen, die ein Mischmasch aus Französisch und Spanisch waren, brachten uns oft zum Lachen. Auch mit Antonio und Fernando verstand sich Alf, wie wir ihn bald nannten, ausgezeichnet. Die beiden Spanier waren insbesondere von seiner kreativen Auslegung der Spielregeln bei diversen Brettspielen beeindruckt. Selten schaffte es einer von uns, ihm das Schummeln nachzuweisen. Durch diese Spielabende erhielt ich schließlich meinen Spitznamen. Ich wurde zu *El Gótico*, der Gote, da ich bei einem historischen Strategie-Kriegsspiel angeblich immer die brachialste Methode anwandte und außerdem mit meinen kurzen blonden Haaren, blauen Augen und einer athletischen Figur bei 1,89 Meter Körpergröße ihrem Klischeebild eines gotischen Kriegers sehr nahe kam. Ich fand meinen neuen Spitznamen amüsant. Einen guten Kumpel von Antonio aus Cádiz, der oft bei uns war, nannten sie *El Moro*, den Mauren, und spielten damit auf seine unverkennbaren arabischen Wurzeln und sein großes Talent beim Feilschen an. Unsere internationale WG wurde bald zum Lieblingstreffpunkt all unserer Freunde, egal ob Spanier, Franzosen, Engländer, Niederländer, Italiener oder Deutsche. Es war immer etwas los. Kaum eine Nacht verging, ohne dass einer der Gäste bei uns auf dem Sofa im Wohnzimmer übernachtete. Ich mochte diese Geselligkeit sehr. Ich fühlte mich rundum wohl in meinem neuen Zuhause und freute mich, dass ich so schnell Anschluss gefunden hatte.

Im Gegensatz zu Antonio und Fernando, die den ganzen Tag über Videospiele spielen konnten, waren Alf und ich sehr unternehmungslustig. Besonders in den ersten Wochen gingen wir immer zusammen zu den zahlreichen Erasmus-Veranstaltungen, die dazu dienten, die Stadt, die Universität und vor allem die anderen ausländischen Studierenden kennenzulernen. Alf war mit seinem Auto nach Sevilla gekommen, so dass wir recht bequem auch Spritztouren zu den Städten und Stränden der *Costa de la Luz* unternehmen konnten. Einmal fuhren wir sogar bis an die Algarve nach Portugal. Es war bereits Ende Oktober, aber die Temperaturen waren immer noch sommerlich warm. Die Ausflüge mit Alf und meist noch zwei bis drei anderen Leuten, die wir spontan zu unseren Fahrten einluden, machten jedes Mal einen Heidenspaß. Und dennoch merkte ich auf jeder Heimfahrt, dass ich nicht schnell genug wieder zurück in Sevilla sein konnte. Diese Stadt hatte mich in ihren Bann gezogen. Nirgendwo sonst fand ich es so schön wie hier. Jeden Morgen begrüßte mich die Sonne beim Blick aus meinem Zimmerfenster. Und jeden Tag entdeckte ich beim Schlendern durch die Straßen und kleinen Gassen der Stadt etwas Neues: Sei es eine historische Inschrift an einer Hauswand, die Büste eines berühmten Menschen oder ein mir bis dahin unbekanntes Gässchen, das meinen Erkundungsdrang weckte. Schier überall gab es etwas für mich zu entdecken.

Ich liebte es besonders, in der Abenddämmerung von der Uni nach Hause zu gehen. Der erste Teil der Wegstrecke führte mich über die *Plaza de la Contratación* und dann an den hell erleuchteten Mauern des *Real Alcázar*, der Königlichen Festung, dem *Archivo General de Indias*, dem Indienarchiv, und der Kathedrale vorbei. Alle drei Bauwerke gehören seit 1987 zum UNESCO-Weltkulturerbe. Bei der Königlichen Festung und der Kathedrale kann man deutlich die Verschmelzung maurischer und gotischer Bauart erkennen. Gerade die maurische Baukunst übte eine starke Faszination auf mich aus. Ich hatte so etwas vorher noch nie gesehen. Jedes Detail dieser streng geometrisch ausgerichteten Kunst saugte ich in mich auf. An der dunkelrot gestrichenen *Puerta del León*, einem der Eingangstore der Königlichen Festung, führte mich mein Weg rechts vorbei. Links von mir erstreckte sich die Rückseite des Indienarchivs, wo sämtliche Dokumente zum spanischen Kolonialreich zentral aufbewahrt werden. Und weiter geradeaus breitete sich vor meinen Augen die ganze Pracht der südlichen Front der Kathedrale aus. Auf der *Plaza del Triunfo* zwischen der Königlichen Festung und der Kathedrale tummelten sich bis in die späten Abendstunden noch viele Touristen. Aus diesem Grund traf man hier auch immer auf die recht zwielichtig aussehenden, dicklichen Frauen, die den Touristen Rosmarinzweige, sogenannte *romeros*, verkauften und die Zukunft vorhersagen wollten. Ich hatte für einen solchen Hokuspokus nichts übrig, obwohl es, wie Antonio meinte, ein spanischer

Volksglaube sei, dass man keinen *romero* ablehnen darf, der einem gereicht wird. Mir war das egal. Regelmäßig machte ich einen großen Bogen um diese Damen. Kaum hatte ich diese aufdringliche Zunft hinter mir gelassen, kam schon die nächste. Es waren die Kutscher, die tagein tagaus ebenfalls nicht müde wurden, sogar einem armen Studenten wie mir eine teure Kutschfahrt aufschwatzen zu wollen. Wenn ich auch an diesen recht gewitzten Geschäftsleuten vorbeigekommen war, bog ich in die *Calle de Placentines* ein und ließ die Kathedrale hinter mir. Nicht ohne noch einen bewundernden Schulterblick hinauf zur *Giralda*, dem imposanten Turm der Kathedrale, zu werfen. Ursprünglich war der Kirchturm ein Minarett. Die Christen setzten nach der *reconquista*, der Rückeroberung Spaniens von den Mauren, nur noch das heutige, spitz zulaufende Turmdach mit den Glocken darauf. Gleich an meinem ersten Tag in Sevilla war ich die *Giralda* hochgestiegen. Es war die beste Möglichkeit, einen Überblick über die Stadt zu bekommen. Die Aussicht war unbeschreiblich. Ganz Sevilla lag einem zu Füßen. Den Blick flussabwärts fand ich am schönsten. Über die Gärten der Königlichen Festung hinweg sah man die *Plaza de España* und die üppigen Grünanlagen des Stadtparks *María Luisa*. Und ganz hinten am Horizont konnte man den Hafen Sevillas erahnen. Die *Calle de Placentines* führte mich geradewegs in das Gassengewirr des historischen Altstadtzentrums. In den Seitenstraßen rund um die Kathedrale herum drängten sich viele Tapas-Restaurants dicht nebeneinander. Es duftete nach allem, was die spanische Küche hergab. Dass diese Restaurants überwiegend von nordeuropäischen und US-amerikanischen Touristen besucht wurden, erkannte man leicht daran, dass sie zu deren Essenszeiten, also gegen ein Uhr mittags und sieben

Uhr abends, rappelvoll waren. Es war dann fast unmöglich, draußen einen Tisch zu bekommen. Meistens bekam ich Hunger von dem Anblick der leckeren Speisen, die dort serviert wurden. Da die Preise *à la carte* mein überschaubares Studentenbudget jedoch deutlich überschritten, musste ich weiterziehen. Es war von hier aus auch nicht mehr weit bis zu meiner Wohnung. Ich brauchte mich nur noch zirka zehn Minuten in nördlicher Richtung durch ein paar schmale Gässchen zu schlängeln. Doch ich ging selten auf direktem Wege nach Hause. Ich hatte es einfach nicht eilig. Eile war ein längst vergessenes Gefühl für mich geworden. In Deutschland fühlte ich mich immer gehetzt und ging nach der Uni geradewegs nach Hause, zur Arbeit oder zum Sport. Mein Alltag in Deutschland war tagtäglich straff organisiert und zeitlich genau getaktet gewesen. Es verwunderte mich, dass ich das in Sevilla so schnell hatte ablegen können. Ich hatte hier aber auch keine festen Termine vor oder nach der Uni und konnte mich daher ohne schlechtes Gewissen treiben lassen. Ich genoss diese neu gewonnene Freiheit über meine Zeit. Bei meinen spontanen Abstechern ließ ich mich von meinem Bauchgefühl leiten. Mal lockte mich der Geruch gebrannter Kastanien zum Rathaus, wo die *castañas* auf einem mittelalterlich anmutenden, mobilen Ofen zubereitet wurden. Ein anderes Mal folgte ich den Klängen der zahlreichen Straßenmusiker und warf etwas Geld in den aufgeklappten Instrumentenkoffer. Ich mochte die parallel zueinander verlaufenden Einkaufsstraßen *Tetuán*, *Sierpes*, *Cuna* und *Puente y Pellón*. Bis in den späten Herbst hinein sind die etwas breiteren Einkaufsstraßen mit Sonnensegeln aus weißem Leinen überspannt, um die Kauflustigen vor der sengenden andalusischen Sonne zu schützen. Ich hatte das vorher noch nirgends so gesehen und fand es sehr schön. Die Sonnensegel brannten sich bei mir als ein weiteres typisches Symbol für Sevilla ein.

Sobald sich die Abenddämmerung über die Stadt legte und ich in den Straßen der Altstadt unterwegs war, stieg eine besondere Stimmung in mir auf. Es fühlte sich an, als würde ich mit den Klängen, Gerüchen und der lauen Abendluft der Stadt verschmelzen. Ich konnte Sevilla in solchen Momenten nicht nur sehen, hören, riechen und schmecken, sondern auch die Seele dieser Stadt in mir spüren. Es war ein gutes, warmes Gefühl. Manchmal erinnerte mich dieses Gefühl an die erste Phase der Verliebtheit in meine Freundin Lisa vor über sechs Jahren. Bei unseren regelmäßigen Telefonaten erzählte ich ihr jedoch nichts davon. Wir kamen beide bisher gut mit der räumlichen Trennung zurecht. Irgendwelche Sentimentalitäten hätten alles nur verkompliziert. Ich schätzte Lisa sehr. Sie war hübsch, klug, ehrlich und verlässlich. Wir waren uns charakterlich und von unseren Wertvorstellungen her sehr ähnlich. Ihrem Besuch über Weihnachten und Silvester sah ich jedoch mit gemischten Gefühlen entgegen. Ich sorgte mich, dass ihr mein „neues" spanisches Leben nicht gefallen würde. Sie war nicht sonderlich begeistert davon gewesen, als ich ihr erzählte, dass meine Mitbewohner Raucher seien und es mit der Sauberkeit nicht so genau nehmen würden. Außerdem fand sie es nicht gut, dass ich hier in Spanien deutlich häufiger feiern ging als früher.

3

„Jonas, *ven!*" Alf hielt mich ungeduldig zu mehr Eile an. Ich hatte gerade am Kiosk eine große Tüte Chips gekauft, um nicht mit leeren Händen bei der Party aufzutauchen. Wir waren auf die Geburtstagsfeier einer französischen Kommilitonin von Alf eingeladen, die etwas außerhalb der Altstadt wohnte. Meine Vermutung war, dass er es nicht abwarten konnte, die schöne Französin Madeleine wiederzusehen. Einige der Französinnen waren wirklich sehr sexy, interessierten sich allerdings ausschließlich für ein paar italienische Aufreißertypen aus Florenz. Die Jungs waren echt cool und witzig. Ich verstand mich super mit ihnen. Zu den Mädels waren sie auch sehr nett und charmant – bis zu dem Moment, in dem sie mit ihnen im Bett gewesen waren. Danach ließen sie sie links liegen, was mittlerweile schon zu einigen öffentlichen Herz-Schmerz-Szenen geführt hatte. Das Latin Lover-Spielchen war mehr als durchsichtig, aber die Mädels fielen trotzdem reihenweise darauf herein. Auf der anderen Seite begriff ich aber auch das Motiv der Italiener nicht so recht. Mir wäre das alles viel zu anstrengend. So viele Diskussionen und Tränen standen meiner Meinung nach in keinem Verhältnis zu einem One-Night-Stand. Ich war froh, dass ich meine Lisa zuhause hatte. Dennoch freute auch ich mich auf einen Abend mit schönen Frauen und natürlich spanischem Bier.

Alf und ich diskutierten auf unserem Weg zur Party gerade darüber, ob Michael Jordan oder Magic Johnson der beste Basketballspieler aller Zeiten gewesen sei, als wir laute, aufgebrachte Stimmen vernahmen. Die Stimmen kamen aus einer kleinen Seitengasse rechts vor uns. Die Neugier packte uns. Wir gingen schnellen Schrittes in Richtung des Gezeters, linsten beide vorsichtig um die Ecke und sahen im fahlen Licht einer Straßenlaterne eine Frau und einen Mann, die sich heftig stritten. Besonders die Frau sparte nicht mit spanischen Schimpfwörtern und Beleidigungen, die unter die Gürtellinie gingen. Alf zupfte mich nach wenigen Sekunden ungeduldig am Ärmel. Gerade wollten wir schon unbemerkt weitergehen. Doch da sahen wir, wie der Mann die Frau plötzlich rabiat am Hals packte und mit zischenden Lauten gegen die Hauswand drückte. Alf und ich tauschten kurz einen alarmierten Blick aus und gingen schnurstracks auf das Paar zu. „Hey! Alles okay bei euch?", sprach ich beide auf Spanisch an und versuchte, meine Stimme möglichst kräftig klingen zu lassen. Außerdem drückte ich meinen Rücken durch, um noch größer zu wirken. Der Mann ließ die Frau augenblicklich los, als er uns sah, und verschwand mit einem „Ach leckt mich doch alle!"-Fluch um die nächste Straßenecke. Die Frau rief ihm noch eine letzte Beschimpfung hinterher, blieb dabei aber stehen und kramte, ohne von uns Notiz zu nehmen, in ihrer Handtasche herum. Ich wusste nicht recht, wie ich mich nun verhalten sollte und fragte daher nochmals nach, ob alles in Ordnung sei. „Ja, ja, alles in Ordnung", antwortete sie daraufhin genervt und würdigte uns weiterhin keines Blickes. Mir war, als hörte ich einen leichten deutschen Akzent bei ihr heraus. Ich konnte ihr Gesicht nicht genau erkennen. Das Licht war sehr schlecht. Sie musste aber ungefähr in unserem Alter sein, schätzte ich. Da wir ihr Verhalten nicht recht deuten konnten, blieben Alf und ich etwas unschlüssig in einiger Entfernung von ihr stehen. Als sie bemerkte, dass wir uns nicht vom Fleck bewegten, schaute sie uns kurz an und fügte in etwas freundlicherem Tonfall hinzu: „Danke, Jungs. Es ist wirklich alles in Ordnung. Der Typ war echt eine Nervensäge! Ich bin froh, dass ich den jetzt los bin!" Sie zog ihr Handy aus ihrer Tasche heraus und tippte eilig etwas ein. „*Peut-on faire*...eh...können wir etwas für dich tun?", fragte Alf mit seinem französisch-spanischen Mischmasch vorsichtig nach. „Nein, danke. Ich gehe jetzt nach Hause. Macht es gut, *chicos*!" Sprach's und ließ uns allein in der dunklen Gasse stehen. Alf und ich schauten uns fragend an. Alf fand als Erster seine Sprache wieder. „Das war komisch!", fasste er die Szene treffend zusammen.

4

„¿Qué hay, amigo?", begrüßte mich Antonio, ließ sich lässig neben mich aufs Wohnzimmersofa fallen und zündete sich eine Zigarette an. Antonio und ich saßen nun im gleichen Boot. Nachdem es Alf gelungen war, die schöne Madeleine für sich zu gewinnen, sah ich ihn kaum noch. Antonio ging es mit Fernando genauso. Fernando kam nur noch vorbei, wenn er neue Wäsche brauchte, und hielt sich ansonsten Tag und Nacht bei seiner neuen Freundin am anderen Ende der Stadt auf. Natürlich hatten wir beide noch andere Freunde und Bekannte, aber Alf und Fernando waren unsere jeweils engsten Bezugspersonen in der WG gewesen. Wir wohnten jetzt quasi nur noch zu zweit in der Wohnung, so dass es tagsüber deutlich ruhiger war. Alf hatte mit seiner verrückten, quirligen Art immer für ordentlichen Wirbel gesorgt. Ich mochte Antonio sehr gern. Man konnte sich mit ihm gut über Sport und Filme, aber auch über ernste politische und gesellschaftliche Themen unterhalten. Er verfügte über eine exzellente Allgemeinbildung und vertrat klare, politisch linksgerichtete Positionen. Das imponierte mir. Ich sah mich politisch irgendwo in der Mitte, konnte mich aber keiner bestimmten politischen Strömung oder gar Partei zuordnen. Außerdem war Antonio sehr hilfsbereit und erklärte mir komplizierte Wörter aus wissenschaftlichen Texten, die ich auf Spanisch nicht verstand und auch im Wörterbuch nicht finden konnte. Als *de facto* Zweier-WG kamen wir uns noch ein ganzes Stück näher. Sprachliche und kulturelle Hürden übersprangen wir mit Leichtigkeit und vor allem mit viel Humor.

Als Antonio sich zu mir setzte, aß ich gerade mein selbstgekochtes Mittagessen, das aus einem Schweineschnitzel, Kartoffeln und Erbsen bestand. Ein typisch deutsches Essen zu einer typisch deutschen Zeit. Antonio war mittlerweile daran gewöhnt, dass ich um 13 Uhr zu Mittag aß. Oft stand er um diese Uhrzeit gerade erst auf. Seine normale Mittagessenszeit war, wie bei den meisten Spaniern, erst gegen 15 Uhr. Auch heute staunte er wieder darüber, dass ich mir die Mühe gemacht hatte, Kartoffeln zu schälen. Nachdem wir ein wenig herumgescherzt hatten, dass die Deutschen ein Kartoffelesser-Volk wären, fragte Antonio, was ich heute noch so vorhatte. Ich erzählte ihm, dass ich noch ein wenig weiter an meiner Hausarbeit schreiben müsste und abends auf einen Geburtstag einer deutschen Kommilitonin ginge. Beim Thema Hausarbeit traf ich, ohne es zu wollen, einen Nerv bei Antonio. In einem plötzlichen Redeschwall brachte er seine Bewunderung für „die" fleißigen und disziplinierten Deutschen zum Ausdruck. Es war nicht das erste Mal, dass er die deutsche Mentalität in höchsten Tönen lobte. Mir war derartiges Gerede sehr unangenehm. Zumal ich wusste, dass auch er in zwei Wochen eine Hausarbeit abgeben musste, aber noch nicht einmal angefangen hatte, sich die notwendige Literatur herauszusuchen. Ich versuchte ihm verständlich zu machen, dass man das nicht so verallgemeinern könne. Schließlich waren nicht alle Deutschen so wie ich. Ich war eben ein Streber, schon immer gewesen. Bisher hatte ich dafür von Altersgenossen eher blöde Sprüche statt Anerkennung geerntet. Antonio hatte einen Hang dazu, sich und seine Landsleute schlechter zu reden, als er und sie tatsächlich waren. Er ließ meine Argumente daher kaum gelten und kam nach langer, rhetorisch ausgefeilter Rede pointiert zu dem

Schluss, dass er im Gegensatz zu mir ein fauler Hund sei. Wir brachen in lautes Lachen aus. Ich war froh, dass wir uns trotz unserer verschiedenen Herangehensweisen ans Studium so gut verstanden. Wir waren unterschiedliche Charaktere, aber schafften es, den anderen so zu nehmen wie er war. Es gab keine Bekehrungsversuche, den anderen auf seine Spur zu bringen. Ein solch hohes Maß an gegenseitiger Toleranz und Wertschätzung war ein wirklicher Segen.

5

Ich nahm seit Anfang des Semesters an einem spanischen Sprachkurs für Fortgeschrittene teil. In ihm waren ausschließlich Erasmus-Studenten. Die meisten kamen aus Deutschland und studierten wie ich Romanistik. Der Kurs fand mehrmals die Woche statt und dauerte fast den ganzen Vormittag. Mit der Zeit hatte sich eine kleine Gruppe von Deutschen aus diesem Sprachkurs herauskristallisiert, die nach dem Kurs gemeinsam in der Kantine zu Mittag aß. Stefan, ein Informatik-Student aus Stuttgart, Jessica aus Bochum und ich gehörten dieser Gruppe an. Sie waren die beiden, mit denen ich, seit Alf an die Frauenwelt verloren war, auch privat immer mehr unternahm. Stefan war absolut auf meiner Wellenlänge. Er war ein eher ruhiger Typ mit braunen Augen und dunkelbraunen, kurzen Haaren. Als Norddeutscher fand ich seinen schwäbischen Dialekt anfänglich etwas gewöhnungsbedürftig. Wenn ich lange mit ihm zusammen war und wir ein paar Bier getrunken hatten, erwischte ich mich manchmal dabei, einen Satz mit „weisch?" beenden zu wollen. Stefan war sehr sportlich. Ich begleitete ihn oft ins Fitnessstudio, oder wir zogen die Kletterschuhe an und hangelten uns an den alten Mauern einiger Brücken entlang. Er war ein genügsamer, höflicher Kerl, der genau wie ich alle zwei Tage brav seine Freundin in Deutschland anrief und auf Partys nie mit anderen Frauen flirtete.

Jessie war hingegen ein ganz anderer Typ. Sie trat extrem selbstbewusst auf, war vorlaut und vor allem umwerfend witzig. Verteilt auf ungefähr 1,60 Meter Körpergröße hatte sie eine kompakte Figur. Ihre strahlenden, tiefblauen Augen machten so manchen Südländer schwach. Unter ihren zentimeterdicken Schichten von Make-up verbargen sich niedliche Sommersprossen, die ich einmal kurz gesehen hatte, als wir zusammen mit ein paar anderen Leuten in ein arabisches Bad gegangen waren. Ihre schwarz gefärbten Haare waren etwa kinnlang und meist hinten zu einem kleinen Haarpinsel zusammengebunden. Die meisten Männer fanden Jessie attraktiv. Für mich war sie ein hundertprozentiger Kumpeltyp. Mit gleich drei ihrer Freundinnen im Schlepptau war sie zum Spanischstudium nach Sevilla gekommen. Ich kannte bereits zwei davon, Nadine und Natalie. Sie waren in ihrer Art und sogar im Aussehen Jessie ähnlich, mit der Ausnahme, dass sie ihre Haare beide wasserstoffblond färbten. Allesamt ließen sie keine Partygelegenheit aus. Sie waren absolut wild aufs Feiern und noch wilder auf Männer. Da Stefan und ich rechtzeitig die Fronten mit ihnen geklärt hatten und alle drei akzeptierten, dass wir vergeben waren, kamen wir sehr gut miteinander aus. Sie betrachteten uns nur als gute Kumpel. Genau wie ich es schon von den Französinnen kannte, stürzten sich Jessie und die anderen zwei in den Diskotheken und Bars hauptsächlich auf die italienischen und spanischen Macho-Typen. Nur mit dem Unterschied, dass sie es in der Regel waren, die den Männern am Ende das Herz brachen. Frauen konnten eben auch knallhart sein, wenn sie wollten. Stefan und ich schauten uns dieses bunte Treiben aus der Ferne amüsiert an. Es machte immer großen Spaß, etwas mit den Mädels zu unternehmen. Ich freute mich daher auch sehr, als mich Jessie eines Tages zu ihrer Geburtstagsfeier in ihre WG einlud. Sie feierte an einem Freitag Anfang Dezember.

Es regnete an dem Abend. Leicht durchnässt trafen Stefan und ich gegen 22 Uhr auf ihrer Party ein.

Jessie und die anderen Mädels wohnten in der Altstadt. Wir hatten sie zwar öfter schon nachts nach Hause gebracht, aber waren noch nie bei ihnen gewesen. Es war eine großzügige, moderne Wohnung mit vier gleich großen Zimmern entlang eines breiten Flurs und mit einem großen Wohnzimmer. Dieses hatten sie aufwändig mit Girlanden und Luftschlangen für die Party geschmückt. Jessie begrüßte uns an der Tür. Sie war schon merklich angeheitert. Stefan und ich waren noch nüchtern und besorgten uns erst einmal Bier aus der mit Wasser und Eiswürfeln gefüllten Badewanne. Auf der Suche nach einem Flaschenöffner führte mich mein Weg in die Küche. Dort beugte sich gerade eine Frau mit langen, dunklen Haaren zum Eisfach hinunter. Sie stand mit durchgedrückten Beinen von mir abgewandt vor dem Kühlschrank, so dass ich fast nur ihr Hinterteil sah. In der hautengen Jeans, die sie trug, war ihr Po ein atemberaubender Anblick. Er zog meinen Blick wie magisch an. Dann plötzlich drehte sie sich schwungvoll um und schaute mir direkt in die Augen. „Kann ich dir sonst noch mit etwas behilflich sein?", fragte sie kess und ihr Lächeln verriet, was sie damit meinte. Ich errötete prompt. Meine Wangen glühten. Dass sie mich dabei erwischt hatte, wie ich auf ihren Hintern gestarrt hatte, war mir sehr peinlich. Ich kannte sie ja überhaupt nicht.

„Hey, ist ja alles okay", sagte sie dann fast tröstend, als ich immer noch keinen Ton herausgebracht hatte, und fügte ablenkend hinzu: „Ich bin Carolina. Ich wohne hier mit Jessie und den anderen, und wer bist du?"

„Ach, du bist Caro!", entfuhr es mir, als ich begriff, dass mir die bisher unbekannte dritte Freundin von Jessie aus Bochum gegenüberstand. Sie guckte mich etwas irritiert an und begann, mich genauer zu mustern.

„Kennen wir uns?", fragte sie misstrauisch.

„Nein, nein, tut mir leid, ich bin Jonas", stammelte ich. „Ich kenne Jessie vom Sprachkurs und war in letzter Zeit mit ihr, Nadine und Natalie öfter feiern. Sie haben dich manchmal erwähnt. Daher weiß ich, dass du Caro heißt. Schön, dich endlich kennenzulernen! Und *sorry*, ich wollte dir echt nicht auf den Hintern gucken. Ich wollte eigentlich nur einen Flaschenöffner holen." Caro schien meine letzten Sätze überhört zu haben und schaute mich nun ernst an.

„Ich denke, wir kennen uns doch schon", sagte sie und schaute mir dabei fest in die Augen. „Warst du das nicht letztens mit einem Franzosen zusammen, der sich so aufgeplustert und einen auf Frauenbeschützer gemacht hat?" Jetzt war ich noch verunsicherter als zuvor. Aber ja! Sie hatte recht. Ihre Stimme kam mir gleich so bekannt vor, und ihr schmales Gesicht mit den dunklen Augen erinnerte an das der Frau, die ich damals – ja was eigentlich? – gerettet hatte.

„Das warst du?!", schaffte ich in meiner Verwunderung nur zu sagen. In diesem Moment platzte Jessie in die Küche und rief: „Wir brauchen einen Flaschenöffner fürs Bier, Leute! Sonst haben die Jungs nichts zu saufen!" Jessie stolperte beim letzten Satz in Caros Arme. Wir lachten alle drei. Als Jessie ihr Gleichgewicht wiedergefunden hatte, stellte sie uns einander lallend vor: „Das ist übrigens Caro, Jonas. Und Caro, das ist der Jonas aus meinem Sprachkurs, und der Stefan ist auch da. Weißt doch, von den beiden hatte ich dir schon erzählt. Die sind für uns TABU!" Wieder lachten wir. Wir sagten Jessie, dass wir uns bereits einander vorgestellt hätten. Caro klärte dann auch Jessie darüber auf, dass ich es gewesen war, der damals ihren Ex-Freund in die Flucht geschlagen hatte. „Nicht schlecht, Jonas! Aber ich habe schon immer gewusst, dass du *cojones* hast", sagte Jessie. „So, und nun lasst uns feiern!" Caro und ich waren froh, aus der engen Küche zu kommen. Uns beiden waren die Umstände unserer ersten Begegnung vor ein paar Wochen unangenehm. Wir machten daher die nächsten zwei Stunden einen dezenten Bogen umeinander. Als Caro schon sichtlich betrunken war, kam sie aber doch noch einmal zu mir und entschuldigte sich dafür, dass ich jenen Streit mit ihrem Ex-Freund miterleben musste. Sie beteuerte, dass sie normalerweise nicht so wäre und dass der Typ einfach nicht verstanden hätte, dass sie ihn loswerden wollte. Ihre langen Erklärungen hörten sich ziemlich selbstgerecht an. Ich gab nicht viel darauf. Zwar nickte und lächelte ich freundlich, hörte aber auf meine innere Stimme, die mir dringlich riet, mich von Caro nicht vereinnahmen zu lassen. Ihre Art war mir nicht geheuer. So ein Mensch wie sie war mir vorher noch nicht begegnet. Sie wusste um ihre Wirkung auf Männer und kokettierte sehr ungeniert damit. Jessie hatte mir einmal erzählt, dass Caros Mutter aus Málaga stamme. Das Südländische im Blut sah man Caro deutlich an: glänzendes, rabenschwarzes, weit über die Schultern reichendes Haar, tiefschwarze lange Wimpern und schön geschwungene Augenbrauen. Dazu eine fabelhafte Figur – nicht zu dünn, aber auch kein Gramm zu viel. Sie war jedoch keine klassische Schönheit. Ihr Gesicht wirkte im ersten Moment wegen der schräg stehenden Augen etwas seltsam, blieb einem dann aber durch eine gewisse wilde Exotik im Gedächtnis haften.

6

In den folgenden Wochen war Caro auf allen Feiern mit dabei. Sie stand ihren Freundinnen in nichts nach. Die Männer wickelte sie reihenweise um den Finger und ließ sie wie eine heiße Kartoffel wieder fallen, wenn ihr danach war. Sie konnte extrem gut und vor allem sehr sinnlich tanzen. Wenn sie mit jemandem tanzte, schwang auch immer ein Hauch von Anzüglichkeit mit. Es war schier unmöglich, sich das rhythmische Auf und Ab ihres Körpers nicht zumindest verstohlen anzuschauen. Sie bewegte ihre Arme, Hüften und Beine in einer Weise, die elektrisierte. Ihre langen Haare wusste sie dabei gekonnt in Szene zu setzen. Und ihr entrückter, elfenhafter Gesichtsausdruck beim Tanzen rührte den Beschützerinstinkt in einem. Es dauerte in der Regel keine zehn Sekunden, bis mindestens zwei Männer um sie herumtänzelten, um ihren makellosen Körper aus der Nähe zu betrachten. Ihr machte das nichts aus. Sie wusste damit perfekt umzugehen. Es fiel ihr leicht, Kontakt zu anderen Menschen aufzunehmen. Sie konnte unglaublich gute Stimmung verbreiten. Ihre Laune konnte sich aber auch sehr schnell ändern, wenn ihr etwas nicht passte. Derjenige, der sie für dumm oder oberflächlich hielt, unterschätzte sie fatal. Denn sie beobachtete, merkte und verstand so gut wie alles. So entging es ihr auch nicht, dass ich ihr aus dem Weg ging. Auf Abstand zu ihr zu gehen, erschien mir das Klügste zu sein. Da sie so etwas vom männlichen Geschlecht offenbar nicht gewohnt war, machte mich das für sie jedoch umso interessanter. Ähnlich wie bei einer Katze, die nicht kommt, wenn man sie ruft, aber kommt, wenn man sie nicht ruft. Entgegen der ungeschriebenen Abmachung, die Stefan und ich mit Jessie und den anderen Mädels getroffen hatten, flirtete sie offen mit mir. Sie tanzte mich in den Clubs eng an und sparte keine Gelegenheit für eine „zufällige" Berührung aus. Ich war mir sicher, dass sie nicht ernsthaft mit mir flirtete. Denn am Ende des Abends angelte sie sich meistens irgendeinen anderen Typen und nahm ihn mit nach Hause. Trotzdem verwirrten mich ihre Annäherungsversuche. Und auch wenn ich Caro stets auflaufen ließ, hatte ich doch ein schlechtes Gewissen gegenüber Lisa. Die anderen Mädels begannen bereits, über uns zu tratschen, behaupteten aber, dass Caro nur Spaß machte und ich es nicht ernst nehmen sollte. Eines Nachts kam Caro im Club mit einer roten Rosenblüte zu mir. Die Blüte steckte sie mir trotz meiner Gegenwehr ins Haar. Als sie auch noch ein Foto von sich und mir davon machen wollte, platzte mir der Kragen. Ich wollte nicht zum Hampelmann werden, der alles mit sich machen ließ.

„Lass das, bitte!", fuhr ich sie genervt an. „Es reicht jetzt!"

„Ach, Herzchen, ich mache doch nur Spaß. Entspann dich mal. Du bist immer so verkrampft", entgegnete sie lachend, nahm die heruntergefallene Blüte vom Boden auf und schnippte sie mir mit einer Daumenbewegung genau zwischen die Augen. Es war, als hätte mich eine Kugel getroffen. Alle um uns herum hatten es mitbekommen. Ich wäre am liebsten vor Scham im Erdboden versunken, aber stattdessen blieb ich wie angewurzelt stehen und wusste nicht, wie ich mich aus dieser peinlichen Situation befreien sollte. Caro schaute mich herausfordernd an.

„Lass mal gut sein, Caro", schaltete sich Jessie ein und schob sie sanft beiseite. Caro zuckte kurz mit den Schultern, machte eine 180-Grad-Drehung und schwirrte ab. Wenige Minuten später sah ich, wie sie mit einem Italiener im Arm den Club verließ. Die Rosenblüte lag unversehrt zwischen meinen Füßen. Ich wusste nicht recht, warum, aber ich hob sie verstohlen auf und steckte sie sorgfältig ein. Nur Stefan bemerkte es und quittierte es mit einem missbilligenden Blick.

7

Zwei Tage später sah ich Caro in der Cafeteria der Uni wieder. Sie bestellte sich gerade einen Cappuccino am Tresen. Als sie mich sah, wirkte sie kurz überrascht, winkte dann aber und kam an meinen Tisch, wo ich allein mit meinem Laptop saß. Sie fragte erst gar nicht, ob sie sich setzen durfte.

„Hey, Jonas! Biste fleißig?“, begrüßte sie mich mit ihrer typisch lockeren Ruhrgebietsart.

„Hey!“, antwortete ich knapp. Ich war immer noch etwas sauer auf sie wegen der Sache mit der Rosenblüte. Sie ignorierte das und ließ sich nicht aus dem Konzept bringen:

„Das ist ja witzig, dass wir uns hier treffen. Ich habe dich noch nie hier gesehen. Total schräg, weil ich gerade an dich gedacht hatte.“
Ich überhörte absichtlich ihren letzten Satz, da ich wirklich von ihren Spielen genug hatte, und entgegnete ihr nur gleichgültig:

„Ich habe dich hier auch noch nie gesehen.“

„Ja, weißt du. Das ist eigentlich kein Wunder. Ich war in den letzten Wochen auch nicht wirklich oft hier. Hab's Studium etwas schleifen lassen. Jetzt muss ich alles wieder ganz schnell aufholen, um die Klausuren im Januar und Februar zu packen. Die Hausarbeit bei Sánchez konnte ich Gott sei Dank auf Ende Januar verschieben.“ Sie schaute verlegen auf den Boden. Die anfängliche Freude war von ihr gewichen. So kannte ich sie gar nicht. Sie sah, wie sie so auf den Boden schaute, irgendwie klein und verletzlich aus. Mir fiel in diesem Moment außerdem auf, dass ich sie zum ersten Mal in nüchternem Zustand erlebte. Sie war so viel sympathischer, weniger aufgedreht. Und sie verströmte einen überaus angenehmen Geruch. Der war mir vorher gar nicht aufgefallen. Vielleicht hatte sie heute aber auch einfach nur ein neues Parfüm ausprobiert. Um die unangenehme Gesprächspause zu beenden, knüpfte ich bei dem Stichwort Hausarbeit an.

„Hausarbeit bei Sánchez? Bei dem habe ich gestern gerade eine Hausarbeit abgegeben. In welchem Semester bist du eigentlich?"

„Im fünften. Und du?"

„Ich auch. Ist ja ein Zufall!"
Wieder Stille.

„Du, ich wollte mich noch bei dir entschuldigen", setzte sie zögerlich an. „Wegen neulich. Ich bin wohl etwas über die Stränge geschlagen. Du bist ja tabu, weil du eine feste Freundin hast. Das weiß ich ja." Kurze Pause. „Und außerdem brauchst du dir auch echt keine Sorgen zu machen! Du bist überhaupt nicht mein Typ! Du bist viel zu – nett."

„Na, vielen Dank auch für das tolle Kompliment!", erwiderte ich beleidigt.

„Nein, nein, so meinte ich das nicht!" Sie musste über sich selbst lachen, schob aber gleich in ernstem Tonfall nach: „Also wie du damals den Miguel, diese Pfeife, in die Flucht geschlagen hast. Das war schon beeindruckend, wie du dich da vor uns in voller Größe aufgebaut hast und deine Stimme so ganz bedrohlich tief klang. Da hatte der kleine Gartenzwerg Miguel aber ganz schön Schiss in seinem Markenunterhöschen bekommen und ist lieber gleich abgedüst!" Wieder kurze Pause. „Danke übrigens. Irgendwie habe ich mich dafür noch gar nicht bei dir bedankt. Wer weiß, was der mir angetan hätte. Das wird mir jetzt irgendwie erst so richtig klar." Sie guckte wieder zu Boden, dieses Mal nicht verlegen, sondern traurig. Sie war wirklich sehr hübsch.

Innerlich freute ich mich sehr darüber, dass sie sich endlich bei mir bedankt hatte. Davor hatte sie die ganze Begebenheit immer eher ins Lächerliche gezogen. Äußerlich blieb ich jedoch ungerührt und entgegnete lässig:

„Ist schon okay." Sie lächelte erleichtert und stand auf.

„Ja, also nochmal danke. Sehen wir uns eigentlich nachher noch auf der *Alfalfa*?"

„Ja, ich denke schon", antwortete ich. Von Jessie hatte ich kurz zuvor eine SMS erhalten: Ob ich auf der *Plaza de la Alfalfa* mit ihnen auf die bevorstehenden Weihnachtsferien anstoßen wollte.

„Cool, dann bis nachher!", verabschiedete sie sich, drehte sich beim Weggehen noch einmal um und zwinkerte mir kess lächelnd zu. Diese Frau ist unmöglich! Sie kann ihre Spielchen einfach nicht lassen, dachte ich halb amüsiert, halb verärgert. Und sie hatte genau gewusst, dass ich ihr nachschauen würde.

8

„M*ola mucho, ¿no, El Gótico?*", schrie mir Fernando ins Ohr. „Ja, ist supercool!", schrie ich durch die laute Musik hindurch zurück. Am Abend überraschten mich Antonio, Fernando und *El Moro* damit, dass sie mit mir auf ein Musik- und Tanzfestival gehen wollten. Das Festival fand draußen auf den großen Plätzen der *Alameda de Hércules* statt. Die *Alameda de Hércules* ist eine lange Pappelallee, an deren Enden jeweils hohe, antike Säulen stehen. Auf einer der Säulen thront der griechische Halbgott Herkules, daher auch der Name des Ortes. Das Viertel rund um die *Alameda* ist sehr alternativ geprägt. Dichter, Tänzer, Sänger und sonstige Künstler, die sich als *underground* verstehen, treten hier regelmäßig auf. Rund um die *Alameda* gibt es viele gute Restaurants, Bars und Diskotheken. Auch viele kleine Läden haben sich hier angesiedelt. In ihnen kann man wunderbar stöbern und unter anderem alte Schallplatten, Second Hand-Kleidung und jegliche Art von handgefertigtem Schmuck für wenig Geld kaufen. Das Festival war gut besucht. Die meisten trugen genau wie Antonio und Fernando ausschließlich schwarze Kleidung. Auf den verschiedenen Plätzen der *Alameda* traten unterschiedliche Gruppen auf. Nachdem wir ein paar Bier vor einer Bar getrunken und uns einen groben Überblick über das Treiben verschafft hatten, zog es uns zu einer Capoeira-Tanz-Musikkombo. Wie gebannt standen wir vor den Künstlern, bewunderten die akrobatischen Tanzeinlagen und wiegten uns im Rhythmus der Musik hin und her. Selten zuvor hatte ich Fernando so ausgelassen gesehen. Mit einem verzückten Lächeln auf den Lippen tanzte er neben mir, umarmte uns der Reihe nach und sog dazwischen tiefe Züge aus seinem Joint ein. Das Zeug, das er rauchte, musste wirklich gut sein. Als der Joint irgendwann reihum ging, lehnte ich aber trotzdem dankend ab. Jegliche Arten von Drogen mit Ausnahme von Alkohol kamen für mich selbst hier und heute nicht in Frage. Außerdem berauschte mich die Musik schon genug. Ich dachte an Caro und freute mich noch immer über unser heutiges Gespräch in der Cafeteria. Vielleicht könnten wir ja doch gute Freunde werden. Ich schaute auf die Uhr. Es war schon kurz vor Mitternacht und Zeit, Caro und die anderen Mädels auf der *Plaza de la Alfalfa* zu treffen. Obwohl ich gern noch länger geblieben wäre, verabschiedete ich mich von meinen spanischen Freunden und machte mich zu Fuß auf den Weg.

Keine fünfzehn Minuten später war ich da. Auf dem ganzen Platz und besonders vor den Bars war es wie immer sehr voll. Die Leute standen Schulter an Schulter gedrängt. Ich brauchte ungefähr noch einmal eine Viertelstunde, bis ich die Mädels gefunden hatte. Jessie war da und auch Nadine und Natalie. Nur Caro sah ich nicht. Ich begrüßte alle mit Küsschen links und rechts und holte mir dann etwas zu trinken.

„Suchst du wen?", fragte mich Jessie, als ich mit einem Bier in der Hand zurückkam.

„Nee, wieso?", antwortete ich ausweichend.

„Na, ich meine Stefan, oder so?", sagte Jessie.

„Ach so, nein, der ist gestern schon in die Heimat geflogen", antwortete ich. „Aber sag mal, ist Caro hier oder kommt die noch?", schob ich nach.

„Die hat Besuch!", sagten Nadine und Natalie unisono und kicherten. Viele Erasmus-Studenten hatten so kurz vor Weihnachten Familienbesuch bekommen. Ich verstand daher nicht, was die beiden an Familienbesuch so witzig fanden. Als ich das laut äußerte, brachen die beiden in noch größeres Gelächter aus. Jessie bekam schließlich Mitleid mit mir und klärte mich auf:

„Du hast heute aber auch echt ne lange Leitung! Die hat Männerbesuch, Mensch! Was denn sonst?" Ich war wie vor den Kopf gestoßen. Darauf hätte ich in der Tat selber kommen können, ärgerte ich mich.

„Ach so!", lachte ich nun mit, auch wenn mir eigentlich nicht nach Lachen zumute war. „Welch armen Tropf hat es denn dieses Mal erwischt?", fragte ich, um die peinliche Situation für mich etwas abzumildern.

„Wir kennen den auch noch nicht so gut", meinte Nadine. „Ist auf jeden Fall ein Spanier und scheint wohl etwas Ernsteres zu sein. Ist nicht das erste Mal, dass sie ihn mit nach Hause genommen hat."

„Ich glaube, der hat etwas mit Drogen zu tun", fügte Jessie von der Seite nachdenklich hinzu.

„Was?", entwich es mir erschrocken, so dass ich mich beinahe an meinem Bier verschluckte.

„Ja, Jessie und ich sind uns ziemlich sicher, dass wir den mal in dieser Disko am Fluss gesehen haben, und dass der da Drogen verkauft hat", wusste Natalie zu berichten. „So ganz koscher ist der nicht."

„Weiß Caro, dass der Typ kriminell ist?", fragte ich besorgt. „Hoffentlich ist ihr bewusst, worauf sie sich da einlässt."

„Caro weiß, was sie tut", versuchte Jessie mich zu beruhigen. „Und wenn nicht, würde es eh nichts bringen, sie von dem Typen abzubringen. Sie macht ja sowieso, was sie will. Völlig beratungsresistent, die Gute. Und jetzt lass uns endlich auf die Weihnachtsferien anstoßen, Jonas!" Jessie hatte sichtlich keine Lust, sich mit ernsten Themen ihre Feierlaune verderben zu lassen. „Auf uns!", rief sie und riss ihren *tinto de verano* in die Höhe, so dass wir eine kleine Dusche abbekamen.

Natalie und Nadine johlten und stießen mit ihr an. Was ich auch versuchte, bei mir stellte sich keine Feierlaune mehr ein. Ich wollte nur noch eins: nach Hause. So verabschiedete ich mich schließlich unter einem Vorwand gegen halb zwei Uhr und wünschte allen frohe Weihnachten und einen guten Rutsch. Für spanische Verhältnisse war das früh, und so ließen mich die Mädels nur sehr unwillig gehen. „Wir sehen uns in zwei Wochen ja schon wieder!", versuchte ich sie zu besänftigen. „Viel Spaß in der Heimat! *Hasta luego*!"

9

Ich war froh, als ich endlich zu Hause war. Es ging mir nicht gut. Ich war ziemlich niedergeschlagen und wusste gar nicht so recht, warum. So richtig verabredet hatten Caro und ich uns ja eigentlich nicht. Und sie konnte herummachen, mit wem sie wollte. Das war mir eigentlich total egal. Gleichzeitig ärgerte ich mich, dass ich nicht auf dem Festival geblieben war. Dann wäre ich sicher nicht so schlecht drauf. Im Wohnzimmer machte ich eine überraschende Entdeckung: Alf war da! Er lag zusammengekauert auf dem Sofa. Vor ihm auf dem Wohnzimmertisch qualmte ein frisch angezündeter Joint im Aschenbecher. Auf dem Boden standen zwei leere Rotweinflaschen. Aus Antonios DVD-Sammlung hatte er sich eine Live-Konzert-Aufzeichnung von Queen genommen, die er sich gerade anschaute. Als er mich bemerkte, machte er den Ton am Fernseher etwas leiser und begrüßte mich. Ich sah ihm sofort an, dass etwas nicht stimmte.

„Was ist los, Alter?", fragte ich ihn. „Du siehst irgendwie...mitgenommen aus!"

„Es ist wegen Madeleine. Sie hat mir gesagt, dass sie eine Pause bräuchte", brachte er in schlechtem Spanisch kläglich hervor. Ich sah ihn an. Er sah mich an. Wir beide wussten, was das hieß: Sie hatte auf diplomatische Art mit ihm Schluss gemacht. Ich versuchte, ihn zu trösten: „Oh Mann, das tut mir echt leid! Was Besseres als dich bekommt die doch nie wieder!"

„Danke, *amigo*, das ist nett, dass du das sagst", schniefte Alf. Dabei kullerten ihm Tränen aus den Augen. Alf so traurig zu sehen, gab mir den Rest. Am liebsten hätte ich mitgeheult. Ich setzte mich zu ihm aufs

Sofa und legte ihm meine Hand auf die Schulter. Er tat mir schrecklich leid. So ein feiner Kerl, und die schöne Madeleine verlässt ihn nach nicht einmal zwei Monaten. Auf dem Fernsehschirm sang Freddie Mercury passenderweise gerade das Lied „Somebody to love". Nach ein paar Minuten wischte sich Alf die Tränen aus dem Gesicht, griff nach dem Joint und nahm ein paar kräftige Züge.

„Wann kommt nochmal deine Freundin?", fragte er, um mit ein wenig Smalltalk die Tristesse zu verdrängen.

„Morgen Abend. Sie bleibt bis kurz nach Silvester."

„Ihr könnt gern in mein Zimmer ziehen. Ich fliege ja morgen nach Hause und komme erst am 7. Januar wieder zurück. Mein Zimmer ist größer als deins und mein Bett ist auch breiter."

„Das ist echt eine gute Idee. Danke. Das werden wir machen."

„Gern geschehen, *amigo*! Ich freue mich schon sehr auf zu Hause. Zwischen Weihnachten und Neujahr fahre ich zusammen mit meinen Eltern und meiner Schwester zum Skifahren in die Pyrenäen."

„Klingt gut! Das wird bestimmt super, und du kommst total frisch wieder."

„Du fliegst gar nicht nach Hause, oder?"

„Nein, ich bin ja eh nur bis zum Ende des Semesters hier, also bis März. Das lohnt sich nicht. Ich komme schon früh genug wieder in den kalten Norden."

Wir lachten verhalten. Alle Spanier und Franzosen glaubten, dass es in Deutschland immer kalt wäre. Danach schauten wir uns zusammen das Queen-Konzert an. Alf zündete sich unterdessen einen zweiten Joint an und holte eine weitere Flasche Rotwein aus seinem Zimmer. Wir tranken beide abwechselnd direkt aus der Flasche. Jeder hing schweigend seinen eigenen Gedanken nach und starrte auf die Mattscheibe. Schließlich wollte Alf wissen, warum die Beziehung mit Lisa schon so lange hielt und was unser Erfolgsgeheimnis wäre. Die Frage überforderte mich. Ich hatte mir darüber noch nie Gedanken gemacht und stammelte etwas davon, dass Lisa und ich einfach zusammenpassten. Wir ergänzten uns gut. Außerdem waren wir aneinander gewöhnt, kannten uns in- und auswendig. Mit 17 Jahren wurden wir nach einer Party bei Freunden zum Paar. Für uns beide war es die erste und bisher einzige Beziehung gewesen. Etwas anderes kannten wir nicht. Über ein Erfolgsgeheimnis, wie es die meisten Hollywood-Paare angeblich hatten, verfügten wir nicht. Alf schaute mich aus seinen glasigen Augen ernst an und sagte: „Eine solche Beziehung ist viel wert!" Ich dachte über Alfs Worte nach. Ein ungutes Gefühl machte sich in meiner Magengegend breit. In meinem Kopf drehte es sich. Gedankenversunken nahm ich ein paar Züge von Alfs Joint und fühlte mich abrupt leichter, fast als würde ich ein paar Zentimeter über dem Sofa schweben. Kurz darauf schlief ich auf der Couch ein. Ich merkte nur noch, wie Alf eine Decke über mich legte.

10

„Hast du die Nacht durchgefeiert?!", war das Erste, was Lisa zu mir sagte, als ich sie vom Flughafen in Sevilla abholte. Ich hatte die restliche Nacht auf dem Sofa verbracht und mich erst gegen Morgen in mein Bett geschleppt. Mir dröhnte der Schädel, und mein Rücken hatte mir die Nacht auf dem harten Sofa auch noch nicht verziehen. Ich erzählte ihr von Alf und dass ich ihn bis in die späte Nacht hinein trösten musste. Dabei sparte ich aus, dass ich mit ihm zusammen Gras geraucht hatte. Ich war erschrocken über mich selbst und konnte mir nicht erklären, warum ich zum Joint gegriffen hatte.

„Wie geht es dem Armen jetzt?", erkundigte sie sich.

„Ganz okay, denke ich. Er müsste bereits im Flieger Richtung Frankreich sitzen. Du hättest ihn aber gestern sehen müssen. Der sah echt total fertig aus. Aber er hat sich ehrlich für mich gefreut, dass du kommst. Er überlässt uns sogar sein Zimmer."

„Das ist ja cool!", freute sich Lisa. „Bitte bedanke dich auch in meinem Namen bei ihm. Scheint ja wirklich ein sehr feiner Kerl zu sein. Nun bin ich aber echt auf eure Männer-WG gespannt…"

Den halben Nachmittag hatte ich *7 Revueltas* von oben bis unten geputzt, alle Zimmer ordentlich durchgelüftet, sämtliches Altglas weggebracht und den schwindelerregend hohen Turm von leeren Pizzaschachteln entsorgt. Auch Alfs Bett hatte ich mit frischer Bettwäsche bezogen. Lisa schaute sich alle Räume in Ruhe an und war sichtlich geschmeichelt, dass ich ihr zuliebe alles zum Glänzen gebracht hatte. Als ich sie auch noch damit überraschte, dass wir die gesamte Wohnung bis Silvester für uns allein hätten, schlang sie ausgelassen ihre Arme um mich und zog mich schließlich auf das frisch riechende Bett. An diesem Abend liebten wir uns so intensiv wie lange nicht mehr. Ich genoss es in vollen Zügen und vergrub mein Gesicht in ihren Haaren. Ihren altbekannten Duft sog ich begierig in mich auf. Wir waren uns auf Anhieb wieder vollkommen vertraut und tauschten eng umschlungen bis in die tiefe Nacht hinein innige Liebesschwüre aus.

Am nächsten Morgen schliefen wir lange und frühstückten in einer kleinen, traditionellen spanischen Bar. Lisa kostete zum ersten Mal in ihrem Leben echten spanischen Serrano-Schinken, den ihr der Barbesitzer frisch von der luftgetrockneten Keule abschnitt. Es war ein sonniger, schöner Tag. Wir schlenderten Hand in Hand durch die weihnachtlich geschmückten Straßen, schauten uns das Krippenspiel am Rathaus an und amüsierten uns über die grell erleuchteten, kitschigen Plastikpalmen auf der *Plaza Jesús de la Pasión*. In den ersten Tagen zeigte ich Lisa nach und nach die Sehenswürdigkeiten der Stadt. Da Lisa sehr kunstinteressiert war, führte ich sie zuerst in das *Museo de Bellas Artes*, das Kunstmuseum Sevillas. Sie war begeistert. Ich hatte es nicht so mit Gemälden, war aber wieder einmal sehr beeindruckt von der Architektur des Gebäudes. Es war ursprünglich im maurischen Stil gebaut worden, wurde später zu einem christlichen Konvent und schließlich zu einem Museum umgestaltet. Von dort aus gingen wir zur Stierkampfarena, deren schöne Fassade wir uns kurz anschauten. Wir überquerten die Straße *Paseo de Cristóbal Colón* und stiegen ein paar Treppenstufen zum Fluss hinunter. Von hier aus hatte man einen wunderschönen Blick auf die am anderen Ufer des Guadalquivirs liegende Straße namens *Betis*. Dort reihten sich in hellen, freundlichen Farben angestrichene, etwas in die Jahre gekommene Häuser nahtlos aneinander und ergaben so ein sehr malerisches Bild.

Wir setzten uns auf eine Mauer und ließen die Szenerie auf uns wirken. Ein paar Ruderboote und Kajaks zogen an uns vorbei.

„Ich verstehe langsam, warum du so begeistert von Sevilla bist. Die Stadt ist wirklich wunderschön. Wie heißt diese Brücke dort?"

„Sie heißt eigentlich *Puente de Isabel II*. Die Einheimischen nennen die Brücke aber normalerweise nur die Brücke von Triana. Das Stadtviertel gegenüber heißt nämlich Triana."

„Sie gefällt mir sehr! Besonders die schönen alten Laternen."

Ich betrachtete Lisa von der Seite. Die Sonne schien ihr ins Gesicht. Sie hatte ein schönes Profil. Alle Proportionen ihres Gesichts harmonierten miteinander. Einzig ihre Nase war ein klein wenig zu lang. Ihr offenes, blondes Haar verdeckte gerade ihren schönen Nacken und etwas die Schultern. Ich legte meinen Arm um sie.

„Ich würde Antonio gern kennenlernen", sagte sie nach einer Weile. „Du hast schon so viel von ihm erzählt. Alf, Stefan und Jessie natürlich auch. Das sind doch alle deine engsten Freunde, mit denen du hier die meiste Zeit verbringst, oder?"

„Ja, das sind sie", bestätigte ich. „Und natürlich noch die eine oder andere hübsche Frau." Kaum hatte ich den Satz ausgesprochen, bereute ich ihn schon.

„Sehr witzig, Jonas!", war ihre prompte, beleidigte Reaktion. Sie schüttelte meinen Arm ab, den ich um sie gelegt hatte. „Das war doch nur ein Scherz, Lisa!", versuchte ich sie zu beruhigen. Aber ich hatte unbeabsichtigt einen empfindlichen Punkt bei ihr getroffen.

„So etwas sagt man nicht zu seiner Freundin, auch nicht im Scherz! Besonders nicht, wenn sie normalerweise Tausende Kilometer weit weg von hier ist! Bist du noch nicht auf die Idee gekommen, dass ich mir Sorgen machen könnte, dass du hier vielleicht eine andere Frau kennenlernen könntest, die dir gefällt? Bitte versprich mir, dass du keine Dummheiten anstellst, Jonas!" Den letzten Satz sprach sie mit erstickter Stimme, so als ob sie gleich anfangen würde zu weinen. Ich konnte es nicht ertragen, wenn Lisa weinte. Ich sagte daher sanft:

„Entschuldige bitte! Das war ein wirklich dummer Spruch gerade. Natürlich baue ich keinen Mist! Das weißt du aber doch auch, oder?" Ich sah ihr fest in ihre blauen Augen und streichelte ihr zur Besänftigung leicht mit dem Handrücken über die Wange. „Ich weiß, was du meinst. Die ganzen Partys und so. Aber ich bin nicht wie die meisten. Ich habe meine Prinzipien."

„Ja, das weiß ich", beruhigte sie sich schnell wieder und lächelte mich zaghaft an. „Du bist Gott sei Dank nicht so wie viele andere Männer. Ich vertraue dir. Entschuldige bitte, dass ich gerade etwas überreagiert habe."

„Kein Problem. Du kannst mir wirklich zu 100 Prozent vertrauen."

„Ich weiß. Themenwechsel! Lass uns weitergehen. Ich will heute unbedingt noch zu diesem Park, von dem du so geschwärmt hast."

Ich zeigte Lisa am gleichen Tag noch den *Torre del Oro*, den Goldturm, die *Plaza de España* und den *Parque María Luísa* samt dem Froschbrunnen und die sich am Park befindlichen Museen. Am Abend taten uns die Füße weh. Wir gingen früh zu Bett und schliefen sofort ein.

Den ganzen nächsten Tag verbrachten wir in der Kathedrale und dem *Real Alcázar*. Zum ersten Mal besuchte ich den Museumstrakt der Kathedrale und staunte über die vielen Gold- und Silberschätze, die dort ausgestellt sind. Ehrfürchtig betrachteten wir im Hauptschiff der Kathedrale von allen Seiten den Sarkophag des Christopher Kolumbus, der von vier Sargträgern aus den ehemaligen spanischen Königreichen Kastilien, León, Aragón und Navarra getragen wird. Lisa hing an meinen Lippen, als ich ihr die spannende Geschichte von dem Streit um das wahre Grab von Kolumbus erzählte. Trotz aller Faszination waren wir froh, als wir den Protz, die Morbidität und die Dunkelheit der Kathedrale hinter uns gelassen hatten und in die leuchtende Pracht der gegenüberliegenden Königlichen Festung eintauchten. Ich erzählte Lisa mit Begeisterung alles, was ich mir über die Festung angelesen hatte. Wer wann dort gelebt und geherrscht hatte, wer was baulich in Auftrag gegeben hatte und welches die bedeutendsten maurischen und christlichen Einflüsse waren. Lisa war eine gute Zuhörerin. Dafür liebte ich sie. Jedem anderen wären meine akademischen Ausführungen wohl zu viel geworden. Ich konnte mich bei so etwas geradezu in einen Rausch reden. Als wir alle Mosaike, Deckenverkleidungen, Wandteppiche und Holzschnitzereien zur Genüge bewundert hatten, führte ich sie in den englischen Garten mit dem verwunschenen Springbrunnen und den freilaufenden Pfauen. Wir verweilten lange im Garten und beobachteten die Tiere von einer Parkbank aus. Am Abend beim Tapasessen auf der *Plaza de la Alfalfa* erklärte mir Lisa, dass sie nun genug Sightseeing mit mir gemacht habe. Ich versuchte noch, sie davon zu überzeugen, sich mit mir das Pilatos-Haus und den Palast der Gräfin von Lebrija anzuschauen, aber vergebens. Am nächsten Tag kauften wir nur noch das Essen für die Feiertage ein und schauten uns abends eine Flamenco-Vorführung im Stadtviertel *Santa Crúz* an. Den Heiligen Abend verbrachten wir mit gemeinsamem Kochen und dem Besuch der Messe in der Kathedrale. Die Messe hielt der Bischof von Sevilla die meiste Zeit auf Latein ab. Wir fühlten uns dadurch in eine längst vergangene Zeit zurückversetzt und lauschten andächtig seinen Worten. Beseelt machten wir uns danach auf den Weg nach Hause, wo wir uns unsere Weihnachtsgeschenke überreichten. Lisa schenkte mir ein spanisches Sprichwörter-Buch und das neuste Trikot meiner Lieblingshandballmannschaft. Sie hatte sogar meinen Namen auf das Trikot flocken lassen. Ich freute mich riesig über beide Geschenke. Wie immer hatte ich meine Geschenke auf den letzten Drücker besorgt. Entsprechend einfallslos fielen sie aus. Ich schenkte ihr eine kleine Flasche ihres Lieblingsparfüms und ein paar spanische Kastagnetten als Andenken an Sevilla. Über beides schien sie sich glücklicherweise zu freuen.

„Lisa ist sehr sympathisch!", flüsterte mir Antonio in der Küche beim Kartoffelschälen und Gemüseschneiden zu, als Lisa gerade kurz die Küche verlassen hatte. „Und intelligent und hübsch ist sie auch noch. Du bist ein echter Glückspilz, Jonas!"

„Ich weiß! Danke!", antwortete ich ihm und fühlte mich geschmeichelt. Die letzten knapp zwei Wochen hatten mir aufs Neue gezeigt, wie schön es mit Lisa war. Was ein paar Monate räumlicher Trennung doch bewirken konnten! Wir benahmen uns fast wie frisch Verliebte. Der Gedanke an ihren Abflug am 2.

Januar machte mich traurig. Schnell verdrängte ich ihn. Nun stand erst einmal die Silvesterfeier bei uns in der Wohnung an. Ich hatte Stefan und seine Freundin Maren eingeladen, die auch gerade zu Besuch war. Fernando und Antonio hatten ihren gesamten Freundeskreis eingeladen, zumindest diejenigen, die zu Silvester in Sevilla waren. Insgesamt kamen wir auf etwa 20 Leute. Wäre es nach Fernando und Antonio gegangen, hätten sich alle abends Pizza bestellt sowie Chips und Bier mitgebracht. Doch dagegen hatte Lisa vehement Veto eingelegt und die Spanier davon überzeugt, zumindest ein bisschen gesundes Fingerfood in Form von Gemüse, Käse und kleinen Frikadellenbällchen selbst vorzubereiten und den Gästen anzubieten. Außerdem kauften wir ein paar Gläser Würstchen, und Lisa bereitete eine riesige Schüssel mit Kartoffelsalat zu. Amüsiert beobachtete ich, wie Antonio und Fernando höflich Lisas Anweisungen befolgten und sich dabei sichtlich im Unklaren darüber waren, ob sie Gemüse-Häppchen, Frikadellen, Kartoffelsalat und Würstchen wirklich für eine gute Essensidee zur Silvesterparty halten sollten. Lisa bestand aber auch darauf, etwas traditionell Spanisches zu Silvester zu machen. Antonio empfahl ihr das volkstümliche Weintrauben-Essen, bei dem man sich um Mitternacht zu jedem der zwölf Glockenschläge der Kirchen eine Weintraube in den Mund schieben muss. Wir kauften Unmengen von Weintrauben, die Lisa fein säuberlich abgezählt in kleine, aus Alufolie liebevoll gebastelte Schachteln verteilte.

Es wurde ein sehr netter Abend. Lisa verstand sich auch mit Maren und Stefan ziemlich gut. Kurz vor Mitternacht gingen wir alle auf unsere Dachterrasse und versuchten, uns mit jedem Glockenschlag nach spanischem Brauch eine Weintraube in den Mund zu stopfen.

Antonio war der Einzige, dem dies gelang. Alle anderen mussten kapitulieren. Nachdem wir uns ein Frohes Neues Jahr gewünscht hatten, teilten wir uns auf. Die Spanier blieben in der *7 Revueltas*-Wohnung und wir Deutschen gingen zusammen in einen Club nahe der *Alameda*. Lisa, Maren, Stefan und ich feierten bis in die frühen Morgenstunden und frühstückten anschließend gemeinsam in einem Straßencafé nahe der *Plaza de la Encarnación*.

Der Abschied fiel Lisa und mir schwer. Wir redeten uns jedoch gegenseitig Mut zu, dass die restlichen knapp zwei Monate schnell vorbeigehen und wir täglich miteinander chatten oder telefonieren würden.

11

Nach ihrem Abflug vermisste ich Lisa sehr. Antonio und Fernando waren kurz nach Silvester wieder nach Jérez gefahren, um am Tag der Heiligen Drei Könige mit ihren Familien Weihnachtsgeschenke auszutauschen. So verbrachte ich einige Tage allein in der Wohnung, was meiner Laune nicht sonderlich zuträglich war. Vormittags ging ich am Fluss laufen oder im *Parque María Luisa* spazieren, um mir die Zeit einigermaßen sinnvoll zu vertreiben. Nachmittags chattete oder telefonierte ich mit Lisa und abends traf ich mich häufig mit Stefan, dessen Freundin auch bereits nach Hause geflogen war. Ich konnte kaum erwarten, dass die Uni wieder anfangen und mit ihr der normale spanische Studentenalltag einkehren würde.

Als ich eines Vormittags wieder am Fluss entlang joggte, rief jemand hinter mir „Hey, *¡guapo!*". Da in Spanien an fast jeder Straßenecke „Hey, Hübscher!" oder „Hey, Hübsche!" gerufen wird, fühlte ich mich nicht angesprochen und lief weiter. Kurz darauf fasste mir jemand von hinten an die Schulter. Erschrocken fuhr ich herum und blieb stehen. Vor mir stand Caro, die Hände auf die Oberschenkel gestützt und keuchend nach Luft ringend. Sie trug hautenge Sportkleidung, auf ihrer Stirn zeichneten sich kleine Schweißperlen ab. „Biste taub, oder was?", fiel ihre atemlose Begrüßung aus.

„Hast du gerade *guapo* gerufen?", fragte ich verdutzt.

„Siehst du noch wen hier?! Ja, klar, war ich das. Kennst meine Stimme schon gar nicht mehr, was?" Sie holte noch einmal tief Luft und fragte mich, wie meine Weihnachtsferien gewesen wären.

„Super. Meine Freundin war zu Besuch. Und wie waren deine Ferien?"

„Ja, Familie halt. War etwas anstrengend. Aber soweit okay. Bin froh, dass ich wieder hier bin. Schickes Trikot übrigens. Steht dir gut. Ich wusste gar nicht, dass du Zimmermann mit Nachnamen heißt."

„Danke. Ich wusste gar nicht, dass du läufst."

„Irgendwie muss man ja die Weihnachtsgans wieder von den Hüften bekommen", lachte sie und schlug mit ihren Händen auf ihre Hüften, so dass es laut klatschte. „Morgen kommen übrigens auch Jessie und die anderen Mädels zurück. Wird Zeit, dass wir dann mal wieder ein bisschen die Sau rauslassen!" Meine getrübte Stimmung der letzten Tage hatte sich nach dem kurzen Wortwechsel mit Caro aufgehellt. Ich freute mich, sie wiederzusehen. Sie hatte recht: Es wurde absolut Zeit, dass wir endlich wieder etwas zusammen unternahmen. Die Partys mit den vier verrückten *chicas* hatten mir gefehlt. Caro und ich liefen noch ein Stück Seite an Seite den Fluß hinauf und verabschiedeten uns auf Höhe der Stierkampfarena.

Aus dem Feiern wurde allerdings zunächst nichts. Die Klausurenphase nahm in den nächsten Wochen unsere ganzen Kapazitäten in Anspruch. Wir hatten allesamt enormen Nachholbedarf, was den Lernstoff anbelangte. Selbst ich war zu faul gewesen, mir die Bücher während der Weihnachtsferien schon einmal anzuschauen. Anstatt uns also die Nächte in den Diskotheken um die Ohren zu schlagen, saßen wir mit rauchenden Köpfen über unsere Lernunterlagen gebeugt in der Bibliothek. Im Januar machte sich der Winter auch in Südspanien mit aller Macht bemerkbar. Draußen schien zwar in der Regel die Sonne bei durchschnittlich 15 Grad im Schatten, aber da es in den meisten Wohnungen, so auch in *7 Revueltas*, keine Heizung gab, war es eben auch drinnen nicht wärmer als 15 Grad. Ich hatte noch nie so sehr im Winter gefroren wie um diese Zeit in Sevilla. Die beheizte Bibliothek in der romanischen Abteilung war für mich daher ein willkommener, warmer Aufenthaltsort geworden, wo ich nicht nur lernte, sondern auch E-Mails schrieb oder mit Freunden in der Heimat chattete. Ich blieb jeden Tag so lange dort, bis ich durch die stets schlecht gelaunte Bibliothekskraft zum Gehen aufgefordert wurde. Es spielte sich mit der Zeit ein, dass Jessie, Caro, Nadine, Natalie und ich alle zwei bis drei Stunden eine gemeinsame Essens- oder Kaffeepause in der Uni-Cafeteria einlegten. Wir tauschten uns während dieser Pausen über unsere Lernfortschritte aus, fragten einander um Rat oder erzählten uns lustige Geschichten aus unserer Vergangenheit. Caro erzählte am wenigsten aus ihrem Familien- und sonstigem Privatleben, während ich von Jessie und den anderen nach kurzer Zeit schon die halbe Lebensgeschichte kannte. Von uns allen stand Caro am meisten unter Druck, da sie zusätzlich zu den Klausuren noch die wissenschaftliche Hausarbeit bei Professor Sánchez schreiben musste, die sie vor den Weihnachtsferien verschoben hatte. Sie war zu meinem Erstaunen mit Fleiß und Disziplin am Werk. Wenn Jessie und die anderen bereits nach Hause gegangen waren, blieb sie noch bis zur letzten Minute an ihrem Arbeitsplatz in der Bibliothek sitzen. Die letzte Pause legten Caro und ich daher in der Regel allein ein. Wir verstanden uns mittlerweile wirklich gut. Sie war zu konzentriert auf ihren Lernstoff, als dass sie wieder auf dumme Gedanken mir gegenüber kommen konnte. Ich fand es sehr angenehm, nicht ständig vor ihren Sprüchen auf der Hut sein zu müssen. Ich bildete mir sogar ein, dass uns unsere gemeinsame Pause jeden Tag ein Stück weit freundschaftlich näherbrachte. Eines Tages traute ich mich daher auch, das prekäre Thema Drogen anzusprechen, ohne dass ich befürchten musste, dass Caro mich missverstand und denken könnte, ich sei eifersüchtig auf den Typen, mit dem sie damals vor den Weihnachtsferien die Nacht verbracht hatte. Mir brannte das Thema sehr auf der Seele. Ich mochte Caro gern. Es war mir nicht egal, ob jemand sie mit sich in den Drogensumpf herunterzog oder nicht.

„Sag mal, warum warst du eigentlich damals vor den Weihnachtsferien nicht mit uns auf der *Alfalfa*?", fragte ich bei einer unserer abendlichen Pausen und gab mir Mühe, es möglichst nebensächlich klingen zu lassen.

„Weiß ich gar nicht mehr", antwortete sie nach kurzem Nachdenken und nippte an ihrem heißen Espresso. Ich half ihr etwas auf die Sprünge: „Die Mädels meinten, dass du Besuch gehabt hättest."

„Ach so, ja! Luis war da", fiel es ihr wieder ein.

„Luis?"

„Ja, den habe ich mal vor ein paar Monaten bei einer Veranstaltung in der Stierkampfarena kennengelernt. Der ist schon ein bisschen älter und so eine Art Event-Manager. Ist viel unterwegs. Alle paar Wochen treffen wir uns mal, wenn du verstehst, was ich meine."

„So so", versuchte ich mit einem Lächeln ihre Informationen über diesen Luis locker abzutun. Mir entging nicht, dass mich ihre Augen beim letzten Satz herausfordernd angefunkelt hatten. Ich hatte nicht die Absicht, wieder in alte Muster mit ihr zu verfallen. Dennoch wollte ich das Thema auch nicht gleich wieder fallen lassen und hakte weiter nach: „Event-Manager treiben sich ja viel im Nachtleben herum."

„Ja, sicher. Ist ja deren Job. Ein ziemlich cooler Job, finde ich übrigens. Könnte mir vorstellen, so etwas auch beruflich zu machen."

„Echt?! Nee, das ist doch total ätzend. Du bekommst nie genug Schlaf, hast immer super viel Stress, bist jeden Abend woanders und nimmst irgendwann Drogen, weil du so fertig bist."

Caro musterte mich mit strengem Blick. Mir wurde stets unwohl, wenn sie das tat. Es fühlte sich an, als würde sich ihr Blick durch meinen Körper bohren. Schließlich antwortete sie ausweichend und mit zickigem Unterton:

„Das ist doch Klischeedenken! In fast jeder anstrengenden Branche nehmen Menschen irgendwelche Aufputschmittel, um zu funktionieren. Sollen sie doch. Ich finde den Job echt cool und Luis gefällt mir auch. Das ist endlich einmal ein richtiger Kerl und kein Milchbubi, der noch an Muttis Rockzipfel hängt!"

12

Am nächsten Tag traf ich Jessie auf dem Weg zur Uni. Ich erzählte ihr von meinem gestrigen Gespräch mit Caro und meinen Bedenken über diesen Luis sowie Caros offenbar laxer Haltung gegenüber Drogen. Jessie gestand mir, dass sie sich auch etwas Sorgen darüber machte, auch wenn sie mir erneut versicherte, dass Caro ihren eigenen Kopf hatte und sich nicht in ihr Leben hereinreden ließ.

„Caro ist seit dieser Sache mit ihrem Vater echt tierisch durch den Wind!", bemerkte Jessie mehr zu sich selbst als zu mir. Ich horchte auf.

„Welche Sache mit ihrem Vater?"

„Oh Mist! Das hätte ich eigentlich nicht sagen dürfen!", ärgerte sich Jessie. Sie biss sich auf die Lippen und schaute mich ganz geknickt an.

„Was ist mit ihrem Vater? Ist das der Grund, warum Caro kaum über ihre Familie spricht? Erzähl es mir, Jessie, bitte!", bat ich eindringlich. Jessie zögerte und schien in ihrem Kopf verschiedene Argumente gegeneinander abzuwägen.

„Okay, ich sage es dir, aber du musst versprechen, dass du Caro niemals darauf ansprichst. Natalie, Nadine und ich haben ihr alle hoch und heilig schwören müssen, dass wir es niemandem hier erzählen."

„Ja, klar. Ich versprech's. Jetzt mach es aber mal nicht so spannend. So schlimm wird es doch hoffentlich nicht sein."

„Naja, ist Ansichtssache: Caros Vater sitzt seit ungefähr einem Jahr im Knast!"

„Wie bitte?"

„Der hatte so einen Handwerksbetrieb bei Bochum, fünfzehn Angestellte, und verdiente echt ganz gutes Geld. Ja, und dann kam irgendwann das Finanzamt vorbei und stellte fest, dass er jahrelang Steuern hinterzogen hatte. Wohl auch nicht wenig. Oder vielleicht gab es auch noch andere Ungereimtheiten. Keine Ahnung. Er hat jedenfalls mehrere Jahre Knast bekommen und der Betrieb musste schließen."

„Boah, wie krass!"

„Allerdings! Die mussten ihr Haus verkaufen, und die ganze Familie, Caros Mutter, Caro und ihre zwei kleineren Brüder, mussten in eine winzige Wohnung in so 'ne richtig heruntergekommene Gegend ziehen. Caro konnte nur mithilfe eines Studienkredits und diverser Jobs ihr Studium in Bochum weiter bezahlen. Das Auslandsjahr in Sevilla stand auch auf der Kippe. Aber sie bekam mit Ach und Krach noch ein zusätzliches Auslandsstipendium, das aber so richtig krasse Vorgaben macht, wie viele Klausuren und Hausarbeiten sie zu bestehen hätte und mit welcher Mindestnote und so weiter. Deswegen ist sie ja jetzt auch so fleißig. Sie kann es sich nicht leisten, die Klausuren und die Hausarbeit zu versemmeln."

„Wow! Das ist heftig. Das hätte ich nicht gedacht."

„Wie gesagt, das muss echt unter uns bleiben, Jonas! Caro würde mir den Hals umdrehen, wenn sie wüsste, dass ich dir das alles erzählt habe! Sie verliert normalerweise kein Wort über ihre Familienverhältnisse. Allein schon deswegen nicht, weil sie mütterlicherseits aus einer Familie von Zigeunern und Roma, oder wie die heute politisch korrekt genannt werden, stammt. Total unspektakulär eigentlich, also das mit ihrer Mutter, meine ich. Aber sie hat keine Lust auf Vorurteile oder nun sogar Mitleid wegen der Sache mit ihrem Vater."

„Du kannst dich auf mich verlassen, Jessie. Ich halte dicht."

Das war harter Tobak. Es tat mir sehr leid, was Caros Familie passiert war, ob zu Recht oder Unrecht. Das mit ihrer mütterlichen Abstammung fand ich, genau wie Jessie, überhaupt nicht spektakulär. Es wunderte mich nur, dass Caro das offenbar lieber für sich behielt. Ich überlegte fieberhaft, wie ich Caro helfen oder zumindest ihre Lage etwas erträglicher machen könnte, ohne dabei gleich mit der Tür ins Haus zu fallen oder ihren Stolz zu verletzen. Kurz darauf hatte ich eine Idee:

„Jessie, meinst du, ich könnte ihr anbieten, sie beim Lernen zu unterstützen? Ich habe das Gefühl, dass sie mit der Hausarbeit nicht so gut zurechtkommt."

„Weiß nicht", zuckte Jessie mit den Schultern. „Fragen kannst du sie ja. Sie nimmt normalerweise keine Hilfe an, aber vielleicht macht sie ja bei dir eine Ausnahme."

13

Wie sich noch am gleichen Tag herausstellte, musste ich Caro meine Hilfe gar nicht anbieten. Denn wie es das Schicksal so wollte, erhielt ich meine Hausarbeit von Professor Sánchez zurück und hatte ein „sobresaliente" bei neun von zehn Punkten erreicht, eine glatte Eins nach deutschen Schulnoten. Alle gratulierten mir. Caro fragte mich daraufhin ohne Umschweife, ob ich mir ihre Hausarbeit einmal anschauen könnte.

Inhaltlich und sprachlich war ihre Hausarbeit durchaus gut. Sie hatte sich mit der Handelssprache zu Zeiten von Christopher Kolumbus auseinandergesetzt und den Schwerpunkt auf die geheimen Schmugglerausdrücke zu jener Zeit gelegt. Ein ziemlich spannendes Thema. Man merkte außerdem, dass Spanisch ihre Muttersprache war. Die meisten Begriffe musste sie mir erklären, da ich sie noch nie zuvor gehört hatte. Was hingegen das Formale anbelangte, war die Hausarbeit ein Desaster. Es fehlten fast alle Quellenangaben, und sie hatte Einleitung und Fazit miteinander vermischt. Die Gliederung war ebenfalls völlig misslungen. Nachdem ich ihr anhand meiner Hausarbeit alle ihre formalen Fehler erläutert hatte, stand ihr die blanke Panik ins Gesicht geschrieben.

„Verdammt, Jonas! Das schaffe ich doch nie alles bis übermorgen!", jammerte sie und guckte mich aus großen, fast schwarzen Augen an.

„Doch, klar!", sprach ich ihr Mut zu. „Ich werde dir helfen, okay? Ich habe auch schon einen Plan: Morgen nach meiner letzten Klausur suche ich dir im Indienarchiv die fehlenden Primärquellenangaben heraus, und du kümmerst dich um die Sekundärliteratur hier in der Bibliothek. Dann hätten wir das schon mal. Und das andere schauen wir uns dann übermorgen gemeinsam an. Das wird schon!" Caro schien mein umfangreiches Hilfsangebot unangenehm zu sein, dennoch willigte sie ohne Protest ein. Ihr blieb auch keine andere Wahl, wenn sie diese Hausarbeit mit einer guten Note bestehen wollte.

Nachdem ich mir ihre Hausarbeit kopiert hatte, verschwand ich am nächsten Morgen nach meiner Klausur ins Indienarchiv. Ich war vorher noch nicht dort gewesen und brauchte einige Zeit, um mich zu orientieren und die richtigen Quellen zu finden. Das Archiv verfügt über einen riesigen Schatz an Originaldokumenten und -akten aus der Entdeckerzeit. Da ich leider nur wenig Zeit hatte, konnte ich lediglich im Vorbeigehen den pompösen Renaissancebau von innen bewundern. Die berühmte Marmortreppe würdigte ich kaum eines Blickes und eilte sie, zwei Stufen gleichzeitig nehmend, hinauf. Die Zeit drängte. Alles dauerte viel länger, als ich gedacht hatte. Ich ließ das Mittagessen ausfallen und wurde fünf Minuten vor Schließung des Archivs fertig. Ich hastete den kurzen Weg hinüber zur Uni und fand Caro wie verabredet in der Bibliothek. Sie hatte an diesem Tag um die Mittagszeit herum auch ihre letzte Klausur geschrieben und war in Sachen Hausarbeit noch nicht sehr weit gekommen. Bis auch die Bibliothek des romanischen Seminars schloss, half ich ihr bei ihrem Teil der Literaturrecherche. Da wir nicht im Zeitplan waren, bat Caro mich schließlich, sie nach Hause zu begleiten, um dort weiterzuarbeiten. Sie war fest entschlossen, die Nacht durchzuarbeiten. Ich war zwar ziemlich erschöpft und wäre gern nach Hause gegangen, wollte sie aber natürlich nicht hängen lassen. Ich wusste schließlich, um wie viel es für sie ging. Außerdem lockte sie mich damit, dass sie kaltes Bier im Kühlschrank hätte und uns Tiefkühl-Pizza warm machen könnte. Nicht zuletzt mein knurrender Magen riet mir, ihr mit dieser verlockenden Aussicht nach Hause zu folgen.

Wir machten es uns mit Pizza und Bier auf ihrem großen Bett gemütlich. Das Bett roch angenehm nach ihrem Parfüm. Bis spät in die Nacht hinein arbeiteten wir an der Hausarbeit weiter. Zwischendurch hatten uns nacheinander Jessie, Natalie und Nadine schon eine gute Nacht gewünscht. Um die anderen nicht zu wecken, rückten wir noch enger auf dem Bett zusammen und redeten ganz leise miteinander. Ich mochte das leichte Kitzeln am Ohr, wenn Caro mir ins Ohr flüsterte. Am Ende saßen alle Fußnoten perfekt, und die Gliederung stimmte. Jetzt fehlten nur noch die Einleitung und der Schluss. Caro hatte sich mittlerweile unter ihrer Bettdecke eingekuschelt und schlief schon halb. Schlaftrunken bot sie mir an zu bleiben. Ich wäre gern geblieben, konnte mich aber gerade noch aufraffen und meinen müden Körper nach Hause in mein eigenes Bett schleppen.

Der nächste Tag ging so weiter, wie der letzte aufgehört hatte. Caro und ich saßen mit zusammengesteckten Köpfen über ihrer Hausarbeit und versuchten unter Hochdruck, verschiedene Textteile sinnvoller zu strukturieren. Wir trafen uns dafür wieder bei ihr zu Hause, da wir uns dort mehr Ruhe als in der Bibliothek versprachen. Zu unserer großen Freude und Erleichterung schafften wir es, die Hausarbeit am frühen Abend fertigzustellen. Erschöpft aber glücklich stießen wir darauf an. Während die anderen Mädels auf der *Plaza de la Alfalfa* das Ende der Klausurenphase feierten, verbrachten wir den Rest des Abends auf Caros Bett unter einer Wolldecke sitzend und unterhielten uns über Gott und die Welt. Ich hätte erwartet, dass sie mir nun vielleicht etwas mehr von ihrer Familie erzählen würde. Aber Fehlanzeige! Sie beschränkte sich auf einzelne, unterhaltsame Episoden aus ihrer Kindheit. Wie sie zum Beispiel das erste Mal auf einem Pferd saß und gleich wieder herunterfiel, aber nicht aufgab, bis sie im Sattel blieb. Oder wie sie von ihrem Sandkastenfreund den ersten Kuss bekam und ihm danach eine Ohrfeige verpasste. Ich erzählte Caro, dass ich als Kind ein Entdecker, so wie Kolumbus, werden wollte und sehr traurig war, als meine Mutter mir erklärte, dass alle Länder und Inseln bereits entdeckt worden seien.

„Oh, der arme kleine Jonas!", spöttelte Caro mit verstellter Kinderstimme und streichelte mir sanft über den Kopf.

„Mach dich nicht über mich lustig! Ich warne dich!", erwiderte ich spaßhaft und zwickte ihr in die Seite. Sie war kitzlig an der Stelle und quiekte laut auf.

„Na, warte", sagte sie gespielt empört und schmiss mir ein Kissen ins Gesicht. Eine Kissenschlacht entspann sich zwischen uns, bei der sie schließlich so wild um sich schlug, dass ich mich nur noch zu wehren wusste, indem ich ihre Handgelenke festhielt und mich auf ihr Becken setzte. Dabei drückte ich ihre Handgelenke aufs Bett und fixierte gleichzeitig mit meinen Unterschenkeln ihre Beine.

„Gibst du auf?", fragte ich sie lachend und war ziemlich außer Atem nach der Anstrengung, sie zu bändigen.

„Niemals!", war ihre Antwort.

„Was für ein Teufelsweib!", dachte ich anerkennend.

14

„Und? Wie steht mir dieses Kleid?", fragte mich Caro und schaute sich kritisch vor ihrer Umkleidekabine im Spiegel an. Ich hatte zugesagt, sie beim Shopping zu begleiten. Sie wollte sich als Belohnung für die abgegebene Hausarbeit ein paar neue Partyklamotten kaufen und brauchte mich angeblich als männlichen Modeberater. Ich war früher öfter auch mit Lisa einkaufen gewesen, aber ich konnte mich nicht daran erinnern, dass es mir einen solchen Spaß gemacht hätte wie mit Caro. Hatte Caro etwas anprobiert, was ihr von der Größe oder dem Schnitt her nicht passte, machte sie die unmöglichsten Faxen in dem Outfit, bis ich vor Lachen kaum mehr Luft bekam und sie anflehen musste aufzuhören. Nun wandte sich Caro vom Spiegel zu mir und machte Posen wie ein Mannequin. Sie stützte ihre Hände in die Hüften und drehte sich einmal um die eigene Achse. „Steht dir echt gut, aber vielleicht eher in Rot?", riet ich ihr. Die Wahrheit war, dass sie in dem kurzen schwarzen, mit Pailletten bestickten Kleid atemberaubend aussah. Ihre langen, wohlgeformten Beine kamen perfekt zur Geltung, der Ausschnitt des Kleides schmeichelte ihrem Dekolleté und am Po saß es wie angegossen. Der Reißverschluss am Rücken war nicht ganz geschlossen. Ich stand auf und machte ihn zu. Die Rückseite meines Zeigefingers strich dabei leicht ihre makellose, weiche Haut hinauf. Caro schaute sich wieder nachdenklich im Spiegel an. „Ich glaube, das Kleid ist mir zu teuer", sagte sie und ging zurück in die Umkleidekabine. Der Vorhang ihrer Kabine ließ sich nicht richtig zuziehen. Ich konnte von meinem Platz aus zum Teil sehen, wie sie sich vor dem Ganzkörper-Spiegel entkleidete. Eigentlich hätte ich mich dezent wegdrehen müssen. Doch ich konnte nicht. Ich konnte meine Augen nicht von ihr lassen. Sie zog das Kleid aus und stand nur noch in Unterwäsche da. Ein plötzlicher Hitzeschwall überkam mich, als ich sie so sah. Sie trug verführerische schwarze Spitzenunterwäsche. Durch ihren halb durchsichtigen BH konnte ich schemenhaft ihre Brustwarzen erkennen. Ein wildes Verlangen packte mich, zur Kabine zu stürmen und den störenden Vorhang beiseite zu reißen. Ich wollte ihren Körper in seiner Gesamtheit betrachten. Was war nur los mit mir?

„Willst du nicht an dein Handy gehen?", rief mir Caro aus der Umkleidekabine zu, ohne sich dabei zu mir umzudrehen. Ich verstand erst nicht, was sie meinte, bis ich es auch bemerkte: Es klingelte und vibrierte heftig in meiner rechten Hosentasche. Ich fummelte das Handy ungeschickt aus der Tasche heraus. Auf dem Display stand eine deutsche Nummer, die mir entfernt bekannt vorkam.

„Hallo?", meldete ich mich kurzatmig. Mein Kopf war noch voller Bilder von Caro und mein Herz klopfte mir bis zum Hals.

„Hey, Alter, endlich erreiche ich dich mal! Ich musste schon Lisa nach deiner spanischen Handynummer fragen, weil du Nase mir seit Tagen nicht auf meine E-Mails antwortest. Alles klar bei dir?"

„Hey Thomas! Was gibt's?" Ich war irritiert. Warum rief mich gerade jetzt mein bester Freund an?

„Was gibt's?! Alter, du hast doch nicht etwa vergessen, dass ich dich morgen besuchen komme?! Flüge und ein richtig geiler Mietwagen sind schon gebucht!"

„Was? Äh, nein, natürlich habe ich dich nicht vergessen!" Ich versuchte, wieder einen klaren Kopf zu bekommen. Bei all der Aufregung um Caros Hausarbeit hatte ich den Besuch von Thomas völlig vergessen. Noch bevor ich nach Sevilla reiste, hatten wir ausgemacht, dass er mich Mitte Februar besuchen würde.

„Sag noch mal, wann genau kommst du morgen an? Ich hole dich natürlich vom Flughafen ab", sagte ich.

„Ich lande morgen Mittag um 12:45 Uhr. Ich freue mich schon total, aus diesem Mistwetter hier rauszukommen. Ihr habt doch hoffentlich gutes Wetter da unten, oder?"

„Ja, klar. Tagsüber ist es echt schon warm in der Sonne."

„Coole Sache! Ach, ich soll dir übrigens schöne Grüße von Lisa ausrichten. Du möchtest dich bitte auch mal wieder bei ihr melden. Sie macht sich etwas Sorgen und so. Frauen halt! Bin ich froh, dass ich Single bin! Gibt es heiße Bräute in Sevilla?"

„Ja, Mann, jede Menge. Aber mal gucken, ob du für die überhaupt Zeit haben wirst. Wir wollten doch auch nach Marokko, oder?"

„Ja, auf jeden Fall. Das steht noch. Ich habe mir extra einen Reisepass besorgt."

„Super. Dann kann ja nicht mehr viel schief gehen!"

„Alles klar. Also dann bis morgen, Jonny!"

„*Ciao*! Bis morgen!"

Gerade als ich aufgelegt hatte, kam Caro, wieder vollständig bekleidet, aus der Kabine. Sie merkte, dass ich etwas durch den Wind war und fragte nach dem Grund. Ich erklärte ihr kurz, mit wem ich gesprochen hatte und worum es ging. Und weiter, dass ich deswegen noch dringend ein paar Dinge organisieren müsse und nicht weiter mit ihr einkaufen könne. Einen Hauch von Enttäuschung meinte ich in ihrem Gesicht abgelesen zu haben, als ich mich mit zwei Wangenküssen schnell von ihr verabschiedete. Im Eiltempo machte ich mich auf den Weg zum nächsten Internetcafé und rief Lisa an. Caro erwähnte ich bei dem Gespräch mit keiner Silbe. Lisa wusste nicht einmal, dass es Caro überhaupt gab.

15

Thomas war im Grunde genommen ein armer Kerl. Seine Eltern hatten sich schon früh getrennt und einen langen, schmutzigen Scheidungskrieg geführt. Thomas ging als einziges Kind aus der Beziehung hervor und wurde stets von der Mutter als Druckmittel gegenüber dem Vater benutzt. Thomas' Vater war ein sehr gut verdienender plastischer Chirurg, der gefühlt alle sechs Monate eine neue Freundin hatte. Meistens waren es ehemalige Patientinnen, bei denen er den einen oder anderen Schönheitsfehler korrigiert hatte. Thomas und ich wuchsen in der gleichen Straße auf und verbrachten bis zum Abitur viel Zeit miteinander. Oft kam er nach der Schule mit zu mir, da seine Mutter, bei der er lebte, bis abends arbeitete. So gehörte Thomas irgendwann mit zu meiner Familie und war eher ein Bruder als ein Freund für mich. Unsere Mütter sorgten dafür, dass wir stets in die gleiche Klasse gingen. Thomas gab selbst einmal zu, dass er ohne mich das Abitur nie geschafft hätte. Er war nicht auf den Kopf gefallen, aber reichlich unmotiviert und undiszipliniert. Ohne ein rechtes Ziel vor Augen verprasste er sein Geld lieber für die neusten Computerspiele, Autozubehör oder eben auf Partys. Was seine Eltern an Zeit und Zuneigung für ihn vermissen ließen, zahlten sie ihm mit Geld zurück. Ich kannte keinen außer Thomas, der schon mit 18 Jahren eine Kreditkarte mit einem maximalen Kreditrahmen von 5000 Euro pro Monat besaß. Wir spielten außerdem schon seit über fünfzehn Jahren zusammen Handball. Thomas als Linkshänder und ich als Rechtshänder erwiesen unserem Team auf den Außenpositionen recht gute Dienste. Ohne Neid musste ich jedoch zugeben, dass Thomas der etwas bessere Handballspieler war. Er war einen Tick größer und kräftiger als ich und hatte die bessere Wurftechnik. Die Frauen lagen ihm zu Füßen. Er hatte die guten Gene seiner Mutter geerbt, die ein bisschen so aussah wie Cindy Crawford, und die etwas übertrieben großspurige Art seines Vaters angenommen. Lisa mochte Thomas wegen seiner prahlerischen und machohaften Sprüche nicht. Thomas wiederum fand Lisa zu bieder.

Auch wenn Thomas und ich sehr verschieden waren, gab es kaum eine wichtige Sache in unserem Leben, die wir nicht voneinander wussten. Thomas hatte nach dem Abitur auf Drängen seiner Mutter hin eine Lehre als Speditionskaufmann in Kiel begonnen. Nach knapp zwei Jahren und zig nicht angetretenen Prüfungen war er nun im Begriff, die Ausbildung abzubrechen. Sein neuester Plan sah vor, einen Nachtclub in Kiel mit einem mir unbekannten Kumpel zu eröffnen. In einer E-Mail hatte er mir ein Foto der zukünftigen Location geschickt. Sie sah sehr cool aus und lag in einer angesagten Gegend. Nach seiner Ankunft in Sevilla erzählte er ausschließlich von seinem „business plan". Es war das erste Mal, dass ich ihn wirklich für etwas brennen sah, und ermutigte ihn, sein Ziel weiter zu verfolgen. Über Geld musste er sich eh keine Gedanken machen, und sein Kumpel schien bereits viel Erfahrung in dem Geschäftsbereich gesammelt zu haben. Um „benchmarking" auch in Spanien zu betreiben, wollte Thomas mit mir in möglichst viele Clubs gehen und diese genau unter die Lupe nehmen. Er hatte sich sogar im Internet schon ein paar angesagte Clubs in Sevilla herausgesucht. Die meisten kannte ich noch nicht. Da er an einem Sonntag angekommen war, entschieden wir, erst unseren Trip nach Marokko zu machen und ab

Donnerstagabend dann die Club-Welt Sevillas zu erforschen. Am Montagmorgen sausten wir also mit einem teuren Sportwagen, den Thomas am Flughafen gemietet hatte, von Sevilla nach Tarifa. Dort ließen wir das Auto stehen und nahmen die Fähre nach Tanger, einer großen Hafenstadt in Marokko. Thomas und ich hatten uns vor allem auf die marokkanischen Märkte und das Feilschen mit den Händlern gefreut, doch in Tanger waren wir von dem Angebot der Marktstände recht enttäuscht. Fast alle Verkäufer hatten sich auf die europäischen Ramsch- und Souvenir-Touristen eingestellt und waren kaum bereit, mit uns zu feilschen. Thomas und ich suchten nach echt orientalischen Gewürzen, authentischen marokkanischen Accessoires und Qualitätsware aus Leder. Noch am gleichen Tag fuhren wir mit einem neuen Mietwagen weiter nach Tétouan, der Sommerresidenzstadt des marokkanischen Königs. Wir übernachteten in einem Hotel, das Thomas bezahlte. Am nächsten Tag schauten wir uns die Medina, die weitläufige Altstadt, an. Hier fanden wir endlich das, was wir suchten. Das Gerberhandwerk präsentierte wirklich gute Lederwaren in diversen kleinen Läden. Thomas kaufte sich gleich vier verschiedene Ledergürtel und aus Spaß noch ein geschmacklos rot eingefärbtes Ziegenfell. Ich beschränkte mich auf den Kauf eines kleinen Beutels mit Safran, dessen Preis ich dank meiner Französischkenntnisse um fast die Hälfte herunterhandeln konnte. Trotzdem wurde ich das Gefühl nicht los, dass der Gewürzverkäufer sehr zufrieden mit dem Geschäft war. Er verabschiedete sich überschwänglich und wünschte mir mehrfach alles Gute. Wir verließen Tétouan am frühen Nachmittag und fuhren Richtung Süden nach Fès. Dort kamen wir am späten Abend an und nahmen uns ein Hotel nahe der Altstadt. Am nächsten Tag durchstreiften wir mit großen Augen die Medina von Fès, die für ihr original mittelalterliches Aussehen und labyrinthartiges Straßengewirr berühmt ist. Es war überall bunt, laut und staubig. Kurz: Eine orientalische Stadt wie aus dem Bilderbuch. In den Souks, den Einkaufsbereichen der Altstadt, wurde alles feilgeboten, was nicht niet- und nagelfest war. Von Fleisch über Gemüse bis hin zu Kleidung und Schmuck lag alles offen da. Die Einheimischen begutachteten alles genau, bevor sie nach langem Feilschen, das meist in einem lauten Wehklagen des Verkäufers endete, die Ware kauften. Es war wirklich ein einzigartiges Schauspiel, das sich uns im Strom von Einheimischen, Touristen, Transporteseln, Gauklern und Bettlern bot. Wir kauften so viel, wie wir tragen konnten. Thomas' größte Errungenschaft wurde ein offenbar echt antiker Krummsäbel, der am Schaft reich verziert war. Er bezahlte ein kleines marokkanisches Vermögen dafür, ohne mit der Wimper zu zucken. Ich kaufte unter anderem eine schön gearbeitete Halskette für Lisa. Kurz überlegte ich, auch etwas für Caro zu kaufen, verwarf den Gedanken jedoch. Als wir über und über mit Sachen bepackt waren, gingen wir zu unserem Mietwagen und mussten ordentlich auf das Gaspedal treten, um noch die letzte Fähre von Tanger nach Tarifa zu erwischen.

„Ich finde es übrigens total cool, dass du mir Mut zusprichst, was meinen Plan mit dem Club betrifft", sagte Thomas auf der Fähre zu mir. Wir hatten uns warm angezogen und saßen an Deck des Schiffes. Über uns am klaren Nachthimmel sahen wir die Sterne funkeln.

„Ja, klar. Keine Ursache! Warum sollte ich denn nicht?", erwiderte ich.

„Naja, früher hättest du versucht, mir das auszureden. Dass ich etwas Solideres und Sichereres machen sollte und so weiter. Was ist nur aus meinem kleinen Spießerbruder Jonas geworden?" Er lachte und stieß mir aus Spaß leicht mit seiner Faust in die Seite. „Hat Sevilla dich ein bisschen lockerer gemacht, oder wie?"

„Nee, wieso? Alles beim Alten. Ich finde, dass jeder das machen sollte, was ihm Spaß bringt, sofern er dazu in der Lage ist. Ich meine, nicht jeder kann sich mal eben einen Nachtclub in bester Lage mieten."

„Ha, ha! Bist ja nur neidisch, Herr Oberstudiendirektor." Zwischen Thomas und mir war das ein typisches Necken unter besten Freunden. Wir blieben einen kurzen Moment schweigend nebeneinander sitzen und betrachteten die Sterne. Ich hätte gern die restliche Fahrt so verbracht, aber Thomas konnte Stille nicht ertragen.

„Du, Jonas? Für wen ist denn der ganze Schmuck, den du gekauft hast? Lisa, deine Schwestern und Marlies?" Marlies hieß meine Mutter.

„Ja", antwortete ich. „Für wen denn sonst?"

„Weiß nicht. Du wirkst irgendwie so ein bisschen ruhig und nachdenklich. Also mehr als sonst, finde ich. Gibt's da irgendetwas, was du mir erzählen willst?" Es verwunderte mich nicht sehr, dass Thomas mich das fragte. Er hatte ein Gespür dafür, wenn mich etwas stark beschäftigte. Eigentlich hatte ich keine Lust, mit ihm über Caro zu sprechen. Ich ahnte, was er dazu sagen würde. Wir kannten uns jedoch schon so lange und so gut, dass alles Abstreiten keinen Sinn hatte. Ich erzählte ihm von Caro und wie sich alles zwischen uns bis dato entwickelt hatte. Dass ich sie sehr mochte, aber mich eigentlich von ihr fernhalten wollte, schon allein wegen Lisa. Und dass ich noch nicht einmal wüsste, ob es Caro ähnlich ginge wie mir.

„Na, du musst sie ja nicht gleich heiraten", sagte Thomas, als ich zu Ende erzählt hatte. „So wie ich das herausgehört habe, ist Carolina eine von den Frauen, die einfach gern ihren Spaß haben möchten. Ganz unverbindlich, aber nicht unbedingt völlig gefühllos. Die findet dich bestimmt schon ganz attraktiv – und das nicht nur wegen deiner freundlichen Art und weil du so schlau bist, sondern auch wegen deines Aussehens. Vergiss nicht, dass du groß und muskelbepackt bist. Darauf stehen alle Frauen! Du stellst dein Licht in dieser Hinsicht immer etwas zu sehr unter den Scheffel."

„Meinst du echt? Ich weiß nicht", antwortete ich unsicher. „Und selbst wenn!" Ich sah Lisas Gesicht vor meinem inneren Auge. „Ich muss an Lisa denken! Sie ist die Frau, die ich heiraten will und mit der ich Kinder haben möchte!"

„Mal ganz ruhig! Du kannst deine langweilige Lisa ja auch heiraten und ihr ein paar Kinder machen. Aber das schließt doch nicht aus, dass du auch mal ein bisschen Spaß abseits des Weges haben kannst."

„Lisa ist nicht langweilig! Sprich nicht so von ihr." Es machte mich wütend, wenn Thomas so über Lisa sprach.

„*Sorry*, aber du kennst meine Meinung zu Lisa. Ich finde es ja eigentlich auch ganz süß, dass ihr so exklusiv aneinander festhaltet. Aber, Jonas, du hast keine Ahnung, was du alles dadurch verpasst! Du bist in deinen besten Mannesjahren! Ich würde mich an deiner Stelle nicht lange bitten lassen!"

„Ich bin nicht wie du, Thomas. Ich habe meine Prinzipien! Und Treue finde ich in einer Partnerschaft unerlässlich."

„Ja, sicher. Wie immer hast du natürlich in der Theorie recht, aber die Wirklichkeit sieht nun einmal oft anders aus. Ich will ja nur sagen, dass du nicht päpstlicher als der Papst sein musst. Wenn du eine Nacht mit Caro verbringst, wird es Lisa doch nie erfahren. Also, worin besteht das Risiko?"

„Dass ich mich Hals über Kopf in Caro verlieben könnte", beantwortete ich Thomas' Frage in Gedanken. Ich wollte aber nicht, dass Thomas das wusste und sagte stattdessen nicht weniger wahrheitsgemäß: „Ach, ich weiß auch nicht, Thomas! Ich bin deswegen ganz schön durch den Wind. So ging es mir echt noch nie. Mir ist es immer total leichtgefallen, Lisa treu zu sein. Aber jetzt ist es auf einmal so schrecklich schwer und ich weiß nicht, ob ich stark genug bin."

„Jonny!", sagte Thomas sanft und legte mir seine Hand auf die Schulter. „Schalt ausnahmsweise mal deinen Kopf aus und folge deinem Bauchgefühl! Du lebst nur einmal! Hab Spaß, mach neue Erfahrungen und geißel dich nicht selbst mit deinen überzogenen moralischen Prinzipien. Alles halb so wild!"

16

Wir kehrten mitten in der Nacht nach Sevilla zurück und fielen wie Blei ins Bett. Schon beim ersten Augenaufschlag am nächsten Tag freute ich mich sehr, wieder in Sevilla zu sein. Die Sonne schien und ich hatte das Gefühl, dass es ein schöner Tag werden würde. Ich weckte Thomas, der sein Nachtlager auf unserer Wohnzimmercouch aufgeschlagen hatte. Es war schon Nachmittag, als wir uns nach einem kleinen Altstadtrundgang einen *coffee to go* nahe der alten Tabakfabrik gönnten. Da wir eh schon fast bei der Uni waren, wollte ich einen kurzen Abstecher dorthin machen und nachschauen, ob bereits Klausurergebnisse am Schwarzen Brett ausgewiesen waren. Wir bogen gerade von der Straße *San Fernando* auf das Unigelände ab, als ich sie in einer kleinen Gruppe von Studenten vor dem Hauptportal erblickte. Caro stand mit dem Gesicht zu uns gewandt und sah mich im gleichen Augenblick. Sofort winkte sie mir und lief die zwanzig Meter, die uns trennten, freudestrahlend auf mich zu. Schwungvoll warf sie sich mir um den Hals und küsste mich zur Begrüßung fest auf beide Wangen.

„Jonas! Du wirst es nicht glauben! Ich habe die Hausarbeit von Sánchez schon zurückbekommen. Rate, welche Note ich bekommen habe!" Sie strahlte über das ganze Gesicht und steckte mich mit ihrer Freude an.

„Keine Ahnung! So *happy* wie du gerade bist, wohl ganz gut, oder?", gab ich lachend zurück.

„Ich habe zehn von zehn Punkten erreicht!"

„Wow! Wahnsinn! Das ist ja super! Herzlichen Glückwunsch! Sie war definitiv gut, aber dass sie gleich sehr gut war, hätte ich nicht gedacht!"

„Ich auch nicht! Niemals! Das habe ich echt nur dir zu verdanken! Ich schulde dir was, mein Guter!" Sie setzte ihr verführerisches Lächeln auf, nahm mir den Kaffee aus der Hand und trank wie selbstverständlich einen großen Schluck daraus. Thomas räusperte sich vernehmlich neben mir.

„Caro, das ist Thomas. Thomas, das ist Carolina", stellte ich sie umgehend einander vor. „Thomas ist mein bester Kumpel aus Kiel und ist noch bis Sonntag hier."

„Schön dich kennenzulernen! Jonas hat schon viel von dir erzählt", eröffnete Thomas das Gespräch. Ich warf Thomas einen warnenden Blick zu.

„So, hat er das", erwiderte Caro, in ihren funkelnden Augen spiegelte sich der Schalk wider. „Ich hoffe, nur Gutes."

„Selbstverständlich! Nur Gutes!", stellte Thomas sofort klar und setzte sein Macho-Grinsen auf. „Er hat erzählt, dass du und deine Freundinnen gern feiern gehen. Ich will einen Club in Kiel aufmachen und wollte deshalb die nächsten Nächte mal mit Jonny ein paar Läden hier in Sevilla abchecken. Habt ihr Mädels nicht Lust, uns zu begleiten? Die Getränke gehen auf mich!"

„¡Olé!", rief Caro freudig überrascht aus. „Klar kommen wir mit. Freigetränke nehmen wir immer gern an." Und zu mir gewandt: „Ich hätte dir gar nicht zugetraut, so coole Freunde zu haben, 'Jonny'!". Und wieder zu Thomas: „Wann und wo?"

„Heute! Sagen wir so um Mitternacht im Club 'Cinco Estrellas'? Kennst du den?", fragte Thomas.

„Ja, klar, kenn ich. Schicker Laden. Die Getränke sind aber ziemlich teuer," bemerkte Caro.

„Lass das mal meine Sorge sein", gab Thomas gönnerhaft zurück und zwinkerte Caro zu. Ich war kurz davor, Thomas eine zu verpassen. Wie kam er dazu, Caro zuzuzwinkern? Caro ging jedoch nicht auf Thomas' Flirt ein, sondern guckte sich nervös nach ihrer Gruppe um, die gerade in das Gebäude ging.

„Alles klar. Sehr schön. Wir sehen uns dort! Viel Spaß noch euch beiden", verabschiedete sie sich schnell von uns. Sie gab mir meinen Kaffee zurück und folgte ihrer Gruppe. Sobald wir außer Hörweite von Caro waren, stieß mich Thomas unsanft von der Seite an und johlte laut:

„Alter, Jonas, ist das ein heißer Feger! Also wenn die nicht scharf auf dich ist, weiß ich es auch nicht! Und du bist der größte Idiot, wenn du dir diese Chance entgehen lässt!" „Thomas, reiß dich zusammen und sprich nicht so laut. Ich will nicht, dass uns jemand hört", zischte ich ihn an.

„Hier versteht uns doch eh kein Schwein, wenn wir Deutsch reden", entgegnete er etwas beleidigt. „Du könntest mir ruhig ein bisschen dankbarer dafür sein, dass ich dir ein Date mit Caro verschafft habe!"

„Das ist kein Date, Thomas. Ich habe dir doch schon gesagt, dass daraus nichts werden darf. Und warten wir sowieso erst einmal ab, ob Caro heute Abend überhaupt auftaucht."

17

Caro kam. Sogar fast pünktlich. Mit im Schlepptau hatte sie Jessie, Natalie und Nadine. Ich hatte noch Stefan mitgebracht. Thomas hielt Wort und gab uns allen großzügig Getränke aus. Ich hatte kein schlechtes Gewissen deswegen. Thomas' Eltern waren selbst schuld, wenn sie ihm ihr Geld hinterherwarfen. Der Club hatte verschiedene Lounge-Bereiche in gefälligem Design, eine große Bar und eine kleine Disko im hinteren Teil. Wir machten es uns zunächst auf den schwarzen Ledersofas im vorderen Lounge-Bereich bequem und spielten auf Thomas' Geheiß wie zu Teenager-Zeiten sämtliche Trinkspiel-Klassiker. Das sorgte dafür, dass einige von uns ziemlich schnell betrunken waren. Ich hatte gleich am Anfang eine Pechsträhne und musste fünfmal hintereinander hochprozentigen Alkohol aus kleinen Schnapsgläsern trinken. Mir verging bald darauf kurzzeitig Hören und Sehen. Caro kümmerte sich zu meiner Überraschung rührend um mich. Sie drückte mich sanft an die Sofarückenlehne, streichelte mir über den Kopf und flüsterte mir zu, dass ich besser eine Runde aussetzen sollte. Ich folgte ihrem Rat und trank ein großes Glas Wasser aus, das sie mir brachte. Hätte ich das nicht getan, wäre es mir höchstwahrscheinlich bald schon so wie Stefan ergangen. Er musste mehrfach sein Glas Bier in einem Zug leeren und war früh sturzbetrunken. Je fortgeschrittener die Stunde, desto mehr dezimierte sich unsere Gruppe. Stefan steckten Jessie und Thomas ins Taxi, nachdem er sich auf dem Klo übergeben hatte. Natalie und Nadine hatten je einen Typen aufgerissen und waren mit ihnen nach Hause gegangen. Jessie und Thomas schienen sich gut zu verstehen und waren in ein Gespräch mit dem Barkeeper vertieft. Jessie dolmetschte. Nur Caro und ich waren noch in der Lounge. Mittlerweile hatte ich mich einigermaßen erholt und konnte zumindest wieder klar gucken. Ich musterte Caro verstohlen, während sie sich kurz mit einer Bekannten unterhielt. Sie sah fantastisch aus: Von oben bis unten war sie top gestylt. Das rote, kurz geschnittene Kleid betonte perfekt ihre Kurven und gab den Blick auf ihre schönen, langen Beine frei. Und sie duftete so unglaublich verführerisch. Ihr Parfüm lag mir schon den ganzen Abend wohlig in der Nase.

„Du riechst super", sagte ich ihr, als sie sich wieder zu mir setzte. „Und dein Kleid steht dir verdammt gut." Ich hatte keine Ahnung, wie viel sie getrunken hatte. Sie wirkte aber höchstens etwas angeheitert auf mich. Auf meine holprigen Komplimente hin lächelte sie mich an und fragte:

„Möchtest du mit mir tanzen?" Ich jauchzte innerlich vor Freude. Ich wollte insgeheim schon immer einmal mit ihr tanzen.

„Ja, klar! Jetzt?"

„Nee, erst so in drei Stunden. Klar! Jetzt, Jonas!", gab sie lachend zurück. „Meinst du, du schaffst das?"

„Natürlich schaffe ich das! Bin schon wieder so gut wie nüchtern!", behauptete ich kühn.

„So, so", lachte sie wieder und ließ deutlich erkennen, dass sie an meiner Aussage starken Zweifel hatte.

Sie nahm meine Hand und führte mich zur Tanzfläche. Die Musik gefiel uns. Es wurde der neuste spanische Pop-Rock aus den Charts gespielt, zu dem man gut tanzen konnte. Uns rannen die Schweißperlen schon nach kurzer Zeit von der Stirn. Je länger wir miteinander tanzten, desto ungezwungener und öfter berührten wir uns. Caro legte bei einigen Liedern wie selbstverständlich meine Hände auf ihre Hüften und gab den Rhythmus vor. Ich genoss die neidischen Blicke der anderen Männer. Jeder von ihnen wünschte sich, an meiner Stelle zu sein. Als die Musik zu den Klassikern wechselte und etwas langsamer wurde, wiegten wir uns eng umschlungen zu den Klängen der Musik. Ich konnte mich nicht erinnern, jemals in meinem Leben so glücklich gewesen zu sein. Ich spürte Caros heißen Atem an meinem Ohr und ihre warme Haut an meiner. Sie flüsterte mir irgendetwas zu, das ich aber wegen der Lautstärke nicht verstand. Ich verlor mich gerade völlig in dem Song „Heaven for Everyone" von Queen, während ich selig über Caros Rücken streichelte. Caro löste sich sanft aus meinen Armen und rief mir zu: „Ich bin gleich wieder da!" Ich schaute ihr verwirrt hinterher. Freddie Mercury sang gerade die letzten Zeilen des Lieds. Caro ging zusammen mit der Bekannten, mit der sie zuvor kurz gesprochen hatte, nach draußen. Ging es Caro nicht gut? Brauchte sie frische Luft? Oder wollte sie nur eine Zigarette rauchen? Ich bekam keinen klaren Gedanken zustande und beschloss, ihr zu folgen. Während des Tanzens hatte uns Thomas ständig mit alkoholischen Getränken versorgt, die wir durstig hinuntergestürzt hatten. Die Wirkung spürte ich jetzt. Auf dem Weg nach draußen wurde mir schwindelig, und die Umgebung verschwamm etwas vor meinen Augen. Die frische Luft tat gut. Ich blickte mich um, sah Caro aber nicht unter den zahlreichen Rauchern vor der Tür. Daher ging ich ein Stück weiter und schaute um die nächste Hausecke. Dort meinte ich, sie und die Bekannte schemenhaft in einiger Entfernung im Halbdunkel stehen zu sehen. Sie tauschten gerade etwas aus. Caro gab der Frau ein kleines Beutelchen und die Frau steckte Caro etwas zu, was aussah wie ein Stück Papier. In mir stieg das unangenehme Gefühl auf, etwas gesehen zu haben, was nicht für meine Augen bestimmt war. Ich drehte mich daher um und ging wieder in Richtung Eingang.

18

Am nächsten Morgen weckte mich Thomas unsanft:
„Du bist mir echt so 'n Held, Jonny! In einem Moment sehe ich, wie du mitten auf der Tanzfläche wild mit Caro tanzt, und im nächsten Moment pennst du auf dem Sofa in der Lounge und bist nicht mehr wach zu bekommen." Thomas sah mich ungläubig an. Ich blinzelte ihn von meinem Bett aus an. Es erschien mir alles so schrecklich hell. Mein Kopf brummte.

„Was? Ich bin eingeschlafen?", gab ich ungläubig zurück. Dass ich mit Caro getanzt hatte, wusste ich noch. Ein wohliger Schauer überkam mich bei der Erinnerung daran. Ich bildete mir ein, noch immer Caros Haut an meiner zu spüren.

„Caro war auf jeden Fall nicht so begeistert. Sie hat mir zwar noch geholfen, dich ins Taxi zu bekommen, aber dann war sie auch weg."

„Oh, Gott! Daran kann ich mich echt gar nicht erinnern!" Meine Zunge fühlte sich pelzig und trocken an. Ich hatte den dringenden Wunsch, mir die Zähne zu putzen. Eine Dusche wäre auch nicht schlecht. Die Klamotten von gestern hatte ich auch noch an. Ich unternahm einen erfolglosen Versuch aufzustehen. Ein heftiger Schwindel setzte ein, und ich blieb liegen.

„Naja, ist ja alles soweit gut gegangen. Jessie war sogar noch so nett und hat dem Taxifahrer gesagt, wohin wir müssten und dass er uns nicht bescheißen sollte. Was für 'ne Frau! Ich hätte sie fast nach ihrer Nummer gefragt."
Thomas begann, von Jessie zu schwärmen, was mir die Gelegenheit gab, mich weiter auszuruhen. Ich muss

wieder eingeschlafen sein, denn als ich das nächste Mal hochschaute, war Thomas weg. Trotz des Katers befand ich mich in einer Art Freudenrausch. Ich ließ ein paar Erinnerungen der letzten Nacht vor meinem inneren Auge Revue passieren und überlegte, wann ich jemals einen solchen Spaß gehabt hatte. Mir fiel nichts Vergleichbares aus meiner Vergangenheit ein. Ich wurde vom Mitteilungston meines Handys aus den Gedanken gerissen. Caro hatte mir geschrieben. Ich musste lachen, als ich ihre Nachricht las. Typisch Caro: „Schon aus dem Dornröschenschlaf erwacht? Wie geht es dir? C."

„Ziemlich verkatert, aber sonst gut. Peinlich, dass ich eingeschlafen bin. Hat Spaß gemacht, mit dir zu tanzen!", schrieb ich ihr zurück. Pling! Sofort kam eine Nachricht von Caro zurück:

Caro: „Fand es auch schön."

Ich: „Bist du heute und morgen auch dabei?"

Caro: „Eher nicht. Bekomme heute Besuch von meiner Mutter."

Ich: „Schade!! Sehen wir uns nächste Woche?"

Caro: „Weiß noch nicht. Danach kommt mich eine Freundin besuchen."

Ich: „Bekomme auch nächste Woche wieder Besuch. Meine Eltern. Aber zu meiner Abschiedsfeier kommst du, oder?"

Caro: „Wenn du mir versprichst, dich nicht wieder ins Koma zu saufen... ;-)"

Ich: „Nein, keine Sorge. Nur höchstens zwei Bier."

Caro: „Na dann. Will dich ja schon noch persönlich verabschieden. Wann war die nochmal?"

Ich: „Übernächsten Donnerstag."

Caro: „Ja, das müsste klappen. 7 Revueltas, oder?"

Ich: „Ja, 7 Revueltas, das Haus direkt gegenüber von diesem Fitnessstudio, Apartment 2D."

Caro: „OK. Muss los. Bis dann!"

Ich: „OK. Bis dann!"

19

Glücklicherweise konnte ich mich noch zwei Tage von der anstrengenden Feierei mit Thomas erholen, bevor meine Eltern zu Besuch kamen. Thomas war mit der Club-Welt Sevillas sehr zufrieden gewesen. Die besuchten Läden hatten ihm noch ein paar gute Anregungen für seinen geplanten Club gegeben. Persönlich war er auch nicht zu kurz gekommen. Die letzten Nächte hatte er bei Jessie verbracht. Caro sei die ganze Zeit nicht in der Wohnung gewesen, berichtete er. Er schwor auf alles, was ihm heilig war, dass er Jessie nichts über meine Gefühle gegenüber Caro erzählt hatte. Ich nahm an, dass Caro mit ihrer Mutter zu Verwandten nach Málaga gefahren war. Noch waren Semesterferien. Das neue Semester fing erst irgendwann Ende März wieder an. Ich beneidete Alf, Caro, Natalie und Nadine ein wenig darum, dass sie noch ein weiteres Semester in Sevilla leben und studieren würden. Stefan, Jessie und ich hatten uns entschieden, es bei einem Semester in Sevilla zu belassen. Stefan und ich taten es hauptsächlich wegen unserer Freundinnen. Jessie musste aus finanziellen Gründen schnell mit ihrem Studium fertig werden.

Meine Eltern erwiesen sich als recht pflegeleicht und unternahmen auch viel allein. So konnte ich an einem Abend noch in Ruhe mit Jessie ins Kino gehen. Eigentlich sollte Stefan auch mitkommen, aber der lag mit Fieber und einer Mandelentzündung im Bett. Über Jessie ließ ich fragen, ob Caro Lust hätte, mit uns ins Kino zu gehen. Caro hielt sich jedoch weiterhin nicht in Sevilla auf, erfuhr ich von Jessie. So gingen wir allein. Jessie und ich waren schon öfter nur zu zweit im Kino gewesen. Wir liebten es, hinterher bei einem Bier eine ausführliche Filmkritik zu machen. So gingen wir auch diesmal nach dem Kino in eine Bar nahe der *Alameda*. Es sollte unser letzter gemeinsamer Abend in Sevilla werden. Jessie flog leider schon ein paar Tage vor mir nach Hause und hatte keine Lust auf eine eigene Abschiedsfeier. „Da würde ich doch eh nur die ganze Zeit 'rumflennen!", schmetterte sie das Thema stets ab. Uns beiden hatte der Film gut gefallen. Als wir mit unserer Filmkritik fertig waren, schob Jessie plötzlich ihr Bierglas beiseite und schaute mich nachdenklich an.

„Was ist denn, Jessie? Alles okay?", fragte ich, weil ich mich über ihren plötzlichen Stimmungswechsel wunderte. Sie lächelte verlegen, wich meinem Blick aus und brachte dann zögerlich hervor:

„Du, es geht mich ja eigentlich nichts an." Kurze Pause. „Und ich weiß ja auch gar nicht, was da genau läuft zwischen Caro und dir. Aus Caro ist kein Sterbenswörtchen herauszubekommen. Aber ich denke, dass es keine gute Idee wäre, wenn ihr beide...du weißt schon. Ich habe Caro total gern, aber dich habe ich auch echt lieb gewonnen. Du bist so...rein und so 'ne ehrliche Haut. Caro würde dir nicht guttun. Verstehste, was ich dir sagen will?"

Ich war baff. Warnte mich Jessie gerade vor einer ihrer besten Freundinnen? Erst wusste ich nicht, was ich darauf antworten sollte. Es rührte mich, dass Jessie mich so gern mochte. Ich hatte Jessie während unserer gemeinsamen Zeit auch sehr ins Herz geschlossen. Die Sache mit Caro war allerdings kompliziert und ging sie in der Tat nichts an. Aber Jessie meinte es nur gut.

„Danke für deine offenen Worte, Jessie! Ich weiß selber nicht, was ich von dem Ganzen halten soll. Da ist irgendetwas zwischen Caro und mir. Aber ich weiß selber nicht, was es genau ist. Ich weiß nur, dass ich mich auf keine Dummheit einlassen darf. Ich muss an Lisa denken."

„Pass einfach auf dich auf, okay?", beendete Jessie das ihr sichtlich unangenehme Thema. Ihre Augen blickten mich traurig an. Ich brachte Jessie noch nach Hause. Auf dem Weg sprachen wir wenig. Als ich sie bis kurz vor ihre Haustür gebracht hatte, umarmten wir uns zur Verabschiedung lange und versprachen, in Kontakt zu bleiben.

20

Der Tag des Abschieds kam schneller, als mir lieb war. Alle meine Freunde und Bekannten hatte ich abends zu einer feucht-fröhlichen Abschiedsparty in die *7 Revueltas*-WG eingeladen. Es war Anfang März, und das andalusische Thermometer knackte bereits die 20 Grad-Marke. Ein herrlicher Tag, um Abschied von dieser Stadt zu nehmen, die mich so herzlich aufgenommen hatte. Ich beschloss, an diesem sonnigen Tag Sevilla noch einmal mit allen Sinnen zu genießen. Ganz bewusst entschied ich mich, dies allein zu tun. Ich schlenderte durch die engen Gassen des Zentrums, spürte die warme Luft und das Sonnenlicht angenehm auf meiner Haut. Es roch wie immer nach altem Gemäuer. In den dunkleren Gässchen hier und da auch etwas nach menschlicher oder tierischer Notdurft. Das gehörte dazu. Genau wie der Geruch von Leder und Weihrauch, wenn man durch die Straße *Córdoba* mit ihren unzähligen Schuhläden spazierte. Jedes Gässchen im historischen Zentrum Sevillas hatte etwas Einzigartiges, keines sah wie das andere aus. Daher passierte es mir auch an diesem Tag, dass ich irgendwo im sogenannten Judenviertel kurz die Orientierung verlor und schließlich unverhofft aus östlicher Richtung auf die Kathedrale blickte. Genau das liebte ich an dieser Stadt so sehr: Egal wie sehr ich mich verlief, ich konnte immer darauf vertrauen, dass mich Sevilla wieder heil aus dem Gassengewirr entließ. Wo ich nun schon einmal da war, steuerte ich auf dieses Meisterwerk der Baukunst zu. Vor mir ragte, umsäumt von Orangenbäumen, der über hundert Meter hohe Turm der Kathedrale, *la Giralda*, in den tiefblauen Himmel empor. Der Aufstieg zur

Turmspitze ist nahezu treppenlos und so breit gebaut, dass die früheren Herrscher mit dem Pferd den Turm hinaufreiten konnten. Kurzentschlossen machte ich mich auf den Weg zum Südeingang, um auf die *Giralda* zu gelangen. Ein letztes Mal wollte ich Sevilla noch von oben auf mich wirken lassen. Ich schlängelte mich auf dem Vorplatz durch die Touristengruppen, ließ die fülligen Frauen mit den *romeros* links liegen und reihte mich in die Schlange derjenigen ein, die in die Kathedrale wollten. Glücklicherweise musste ich nicht lange warten und stand bald schon oben auf der Aussichtsplattform. Der Blick über die Stadt war an diesem klaren, sonnigen Tag atemberaubend. Man konnte weit den Fluss hinauf- und hinunterschauen. Dem Himmel so nah, stieg in mir ein unbeschreibliches Glücksgefühl auf. Das Leben war in diesem Moment einfach nur schön! Ich schloss die Augen und atmete tief ein. Unaufhaltsam drängte sich mir jedoch ins Bewusstsein, dass heute mein letzter Tag in dieser Stadt war. Abrupt mischte sich das Glücksgefühl mit Melancholie. Ich hätte meinen Aufenthalt in Sevilla noch um ein Semester verlängern können, aber ich hielt es mit dem weisen Spruch, dass man dann gehen sollte, wenn es am schönsten war. Auf diese Weise behielt man alles in guter Erinnerung. Genau so wollte ich es.

„Hey, Jonas!", riss mich eine bekannte Stimme aus meinen trüben Abschiedsgedanken. Im gleichen Moment fühlte ich einen leichten Stich in meiner Magengrube. Ich drehte mich um. Vor mir stand niemand anders als Caro, die mich aus großen, dunklen Augen anschaute. Langsam war es schon fast unheimlich, wie oft wir uns zufällig irgendwo begegneten.

„Was machst du denn hier?", fragte ich sie überrascht.

„Ich zeige meiner Freundin Ayla gerade die schöne Aussicht von hier oben. Sie kommt nachher auch mit auf deine Abschiedsparty. Ist doch okay, oder?" Sie schaute mich etwas verunsichert an.

„Na klar ist das okay!", antwortete ich schnell. „Gar kein Thema!"

„Super! Du, *sorry*, ich muss Ayla suchen und dann müssen wir auch schon weiter. Wir sehen uns heute Abend!", sagte sie, gab mir zwei Wangenküsse und war so schnell weg, wie sie gekommen war. Ich blieb mit heftig klopfendem Herzen zurück.

21

Die sechs Monate waren einfach viel zu schnell vergangen. Das mussten auch Antonio und Alf feststellen. Als passionierte Fußballfans wollten wir uns unbedingt ein Heimspiel von Antonios Lieblingsfußballmannschaft *Real Betis Sevilla* zusammen anschauen. Und in den Bergen um Granada herum hatten Alf und ich eine mehrtägige Wanderung geplant. Die Wanderroute hatten wir uns schon Anfang des Jahres zusammengestellt, waren aber bisher noch nicht dazu gekommen, uns die nötige Ausrüstung dafür zu kaufen. Schnell wurde klar, dass ich möglichst bald wieder nach Sevilla kommen musste. Im Frühjahr würde es für derartige Aktivitäten noch nicht zu heiß sein. Ich prüfte meine Finanzlage und stellte erleichtert fest, dass ich noch genug Ersparnisse hatte, um mir die Flugtickets für eine Stippvisite in Sevilla zu leisten. Den genauen Zeitraum meines Besuchs gaben am Ende Alf und Antonio vor: Kurz vor meiner Feier schenkten sie mir eine Eintrittskarte für ein Heimspiel von *El Betis*, das Anfang Mai stattfand. Ich freute mich riesig, als sie mir die Karte in einem von außen liebevoll gestalteten Pizzakarton verpackt übergaben. Antonio schwang eine seiner pathetischen Reden über *buenos compañeros*, gute Kameraden, und schloss mit der These, dass der Fußball und *7 Revueltas* eines gemeinsam hätten, und zwar verschiedene Nationalitäten in Freundschaft zu verbinden. Beiden gab ich eine feste, herzliche Umarmung und bedankte mich mehrmals. Ich vermisste Alf und Antonio schon jetzt. Und ich ahnte bereits, dass dies nur der Anfang sein würde. Ganz Sevilla würde ich sehr bald schrecklich vermissen. Die Sonne, die Palmen, der Orangenduft, die

Flamenco-Gesänge, das Gassengewirr – all dies sollte bald der Vergangenheit angehören. Vor meinem inneren Auge wurde Kiel mehr und mehr zu einem großen schwarzen Loch, in das ich morgen hineinfallen würde. Wie tief dieses Loch tatsächlich werden würde, wusste ich glücklicherweise zu diesem Zeitpunkt noch nicht.

Drei Stunden später ging die Party los. Am pünktlichsten waren die Nordeuropäer: Der Schwede Lasse, der Holländer Ruud, der Pole Jakub und Nadine, Natalie und Stefan kamen fast zeitgleich an. Kurz darauf klingelten meine zwei englischen Bekannten aus dem Fitnessstudio, Brian und Muhammad, die ich vor ein paar Tagen spontan eingeladen hatte. Etwa eine Stunde später trudelten langsam die ersten Italiener, Franzosen und schließlich die Spanier ein. Jeder brachte etwas zu trinken mit. Es war ein Schaulaufen der nationalen Klischees: Jakub und Lasse brachten Wodka mit, die Engländer Gin, die Franzosen Wein und so weiter. Wie üblich waren es die Frauen, die daran gedacht hatten, dass man zwischen dem ganzen Alkohol auch noch etwas Essen zu sich nehmen sollte. Sie kamen mit Nudelsalaten, *turrones de yema*, einer traditionellen spanischen Süßigkeit, Schokoladenkuchen und vielen anderen Leckereien. Es war von allem reichlich da. Die Musik gefiel den Gästen auch. Ich hatte die *playlist* selbst zusammengestellt. Einige tanzten bereits in unserem Wohnzimmer, als ich gegen Mitternacht das erste Mal auf die Uhr schaute. Alle waren gekommen. Nur eine Person fehlte: Caro. Seit unserem spontanen Aufeinandertreffen am Nachmittag hoch über den Dächern Sevillas hatte sich mein Magen noch nicht wieder beruhigt. Sobald ich an Caro dachte, kribbelte es heftig in meiner Magengrube. Ich wusste, was das bedeutete. Aber da musste ich nun durch. Ich musste stark bleiben.

Es würde schon wieder aufhören. Ab morgen würde ich wieder in der Heimat sein, und meine großartige Freundin Lisa würde dafür sorgen, dass die Gefühle für Caro schnell in Vergessenheit gerieten. Am heutigen Abend würde ich wirklich nur zwei Bier trinken, um bei klarem Verstand zu bleiben. Ich war dennoch versucht, Caro eine Nachricht zu schreiben, um zu fragen, wann sie denn käme. Bei genauerer Überlegung kam mir eine solche Nachfrage allerdings uncool vor und ich ließ es bleiben.

Ich setzte mich mit meinem ersten Bier des Abends zu Nadine und Natalie, die sich gerade über den leckeren Schokoladenkuchen hermachten.

„Na, habt ihr Spaß?"

„Total. Echt super Party, Jonas", antworteten sie wie immer gleichzeitig.

„Das freut mich. Wenn ihr etwas braucht, sagt mir Bescheid, in Ordnung?"

„Klar, machen wir. Sag mal, wer ist denn der süße Typ dort drüben?", fragte mich Natalie und nickte mit dem Kopf verstohlen in Richtung Muhammad.

„Ich bin mir sicher, dass du das problemlos schon selber herausfinden wirst!", gab ich lachend zurück. Beide stimmten in mein Lachen ein.

„Sagt mal, habt ihr etwas von Caro gehört? Wann sie ungefähr vorbeikommen wollte, meine ich", fragte ich.

„Nee, keine Ahnung. Die haben wir die letzten Wochen kaum gesehen. Bis auf gestern. Da hat sie uns quasi im Vorbeigehen mitgeteilt, dass sie ab April bei ihrer Cousine hier irgendwo im Altstadtzentrum wohnen würde. Damit spare sie angeblich 'n Haufen Kohle."

„Das fällt ihr aber früh ein," bemerkte ich ironisch.

„Ja, die Cousine sei wohl erst vor Kurzem hierhergezogen, und der Kontakt kam auch mehr oder weniger erst durch Caros Mutter zustande. Wir finden es echt schade. Jetzt, wo Jessie auch schon weg ist. Aber Caro muss ziemlich aufs Geld achten. Von daher können wir sie schon verstehen. Außerdem macht sie meist eh ihr eigenes Ding. Auf Dauer ist wohl eine Zweier-WG besser für sie. Und wir werden uns dann eben zwei neue Mitbewohner suchen müssen. Zwei männliche." Beide tauschten vielsagende Blicke aus und brachen in schallendes Gelächter aus.

Es war nun schon fast ein Uhr nachts und Caro war immer noch nicht da. Lasse drückte mir ein Glas Wodka in die Hand, das ich nicht ablehnen mochte. Die hochprozentige Flüssigkeit brannte angenehm in meiner Kehle. Zehn Minuten später schrieb ich Caro eine Kurznachricht aufs Handy, wo sie denn bliebe. Gegen zwei Uhr nachts erhielt ich die knappe Antwort von ihr, dass sie „gleich" käme. Um drei Uhr war sie immer noch nicht aufgetaucht. Langsam befürchtete ich, dass sie gar nicht mehr kommen würde. Gegen halb vier Uhr begannen die ersten Partygäste, nach Hause zu gehen. Natalie und Nadine verließen die Wohnung Hand in Hand mit Brian und Muhammad. Ich starrte mittlerweile alle fünf Sekunden auf mein Handy in der Hoffnung, irgendein Lebenszeichen von Caro zu erhalten. Ihr noch einmal zu schreiben, schloss ich kategorisch aus. Sie sollte nicht denken, dass ich ihr hinterherliefe.

„Du wolltest doch heute nicht so viel trinken", sprach mich Stefan an und zeigte dabei auf meine vierte oder fünfte Bierflasche, die ich gerade in der Hand hielt. Stefan hatte die ganze Feier über keinen Alkohol getrunken. Er schleppte sich immer noch mit einer Erkältung herum und war vernünftig genug, deswegen auf Alkohol zu verzichten.

„Ich habe mich umentschieden. Es ist mein letzter Abend hier in Sevilla!", sagte ich und rang mich zu einem Lächeln durch.

Stefan lächelte zurück. „Klar, wenn du meinst. Kannst ja eigentlich heute noch einmal richtig die Sau rauslassen. Warum guckst du eigentlich die ganze Zeit aufs Handy?"

Ich fühlte mich zu schwach, um mir eine Ausrede einfallen zu lassen: „Caro wollte noch vorbeikommen. Sie hatte mir vor fast zwei Stunden geschrieben, dass sie gleich kommen würde."

„Ach, Jonas. Die kommt doch nicht mehr. Sei nicht traurig deswegen. Du mochtest sie, ich weiß. Aber es ist wahrscheinlich besser, wenn sie heute hier nicht mehr auftaucht." Ich kam mir wie ein Häuflein Elend vor. „Nimm es mal nicht so schwer. Freu dich lieber auf dein Zuhause und auf Lisa." Ich nickte nur. Ich hätte mich nie weniger auf Zuhause freuen können als in diesem Augenblick. Kurz darauf verabschiedete sich Stefan von mir. Der Abschied fiel uns nicht allzu schwer. Wir hatten bereits auf der Silvesterfeier vereinbart, uns spätestens auf der Kieler Woche wiederzusehen. Ich brachte Stefan noch zur Wohnungstür. Gerade wollte ich zurück ins Wohnzimmer gehen, als ich leise die Türklingel hinter mir vernahm.

22

„Du bist spät. Ich dachte schon, du kommst gar nicht mehr", schlug ich Caro die Sätze um die Ohren. Sie sollte ruhig merken, dass ich ziemlich sauer über ihr spätes Kommen war. Caro ließ meine Worte jedoch unbeeindruckt von sich abprallen und gab sich lässig: „Ja, *sorry*", kicherte sie und hüpfte über die Türschwelle. „Ayla und ich waren noch mit Luis auf einer anderen Party. Das war echt verdammt lustig dort. Ayla wollte einfach nicht gehen. Deswegen habe ich sie auch dort gelassen. Luis passt schon auf sie auf." Wieder kicherte sie. So wie sich Caro verhielt, war sie entweder sehr betrunken oder total bekifft. Bei dem Namen Luis standen mir sofort alle Nackenhaare zu Berge. Im ersten Moment war ich wütend, dass sie aus diesem Grund so spät zu meiner Abschiedsfeier gekommen war, und hätte sie am liebsten sofort wieder aus der Wohnung geworfen. Auf der anderen Seite konnte ich mich wohl geschmeichelt fühlen, dass sie überhaupt noch vorbeigekommen war.

„Hey, bekomme ich eigentlich keine Begrüßungsküsse?", fragte sie, nachdem sie ihre Jacke achtlos auf unsere Garderobe geworfen hatte. Etwas widerwillig beugte ich mich zu ihr herunter und gab ihr zwei angedeutete Wangenküsse, wie es in Spanien üblich ist. Sie roch nach Zigarettenqualm und Alkohol. Mit erstaunlich großem Appetit machte sich Caro zunächst über den Rest des Büffets her, das in der Küche stand. Sie schien Heißhunger zu haben und stopfte sich den Mund abwechselnd mit *turrón* und Nudelsalat voll. Vergnügt tänzelte sie daraufhin in das Wohnzimmer, wo Antonio, Fernando, Alf und noch ungefähr zehn andere sich

aufhielten. Ein paar tanzten auch. Ich folgte Caro wortlos ins Wohnzimmer und setzte mich zu meinen Mit-
bewohnern. Fernando reichte mir seinen Joint. Caro
gesellte sich zu der tanzenden Gruppe. Lasse brachte
auch ihr ein Glas Wodka, das sie in einem Zug leerte.
Von mir nahm sie keine Notiz mehr. Es kam, wie es
kommen musste. Keine Viertelstunde später wirbelte sie
mit Lasse über unseren Wohnzimmerboden wie über
einen *dancefloor*. Dann plötzlich stoppte sie und horchte
konzentriert nach dem nächsten Lied. Aus den Boxen
ertönte nun anstatt der neusten Pop- und Rock-Musik
ein klassisches Flamenco-Lied von dem legendären
spanischen Sänger *El Camarón de la Isla*. Caro johlte vor
Freude, als sie das Lied erkannte. Sie war in einem
Rausch, zerschlug kurzerhand zwei kleine Porzellan-
schüsseln und benutzte die Scherben als Kastagnetten.
Die spanischen Jungs riefen lauthals *olé*, als Caro im Stile
einer echten *bailaora* mit dem Flamenco-Tanzen begann.
Ich wusste nicht, dass sie diesen volkstümlichen Tanz
beherrschte. Ihre Mutter musste ihn ihr beigebracht
haben. Ein Spanier aus Fernandos Freundeskreis sprang
auf und übernahm den männlichen Tanz-Part. Keine
professionelle Flamenco-Show in ganz Sevilla hätte uns
ein solch tolles Schauspiel bieten können wie die beiden
in jener Nacht. Caro trug einen dem klassischen Fla-
menco-Kleid nicht unähnlichen Rock, ein weißes, eng
anliegendes Oberteil und einen schwarzen Bolero darüber. Sie sah aus wie eine echte Spanierin. Es folgten
direkt auf das Lied von *El Camarón* noch zwei weitere
bekannte Flamenco-Lieder. Auch zu diesen tanzten
beide mit leidenschaftlicher Hingabe. Die Spanier
klatschten im Takt der Musik mit, wie es sich beim Flamenco gehörte. Ich konnte meine Augen nicht von
Caro abwenden. Sie wirkte auf mich wie eine exotische

Tänzerin aus einer fremden Galaxis. Ihr ganzer Körper strahlte so viel Energie aus. Gleichzeitig wirkte sie unendlich verletzlich. Sie hatte den für den andalusischen Flamenco typischen, zutiefst leidenden Gesichtsausdruck aufgesetzt. Für einen Moment bildete ich mir ein, sie hätte nur für mich die Tür zu ihrer Seele einen Spaltbreit geöffnet. Plötzlich störten mich alle anderen Menschen im Raum. Selbst meine Mitbewohner. Ich wollte mit Caro allein sein. Sie sollte nur für meine Augen tanzen. Diese intimen Augenblicke nur mit mir teilen. Ihr Seelenleben ging sonst niemanden etwas an. Nur mit Mühe konnte ich mich zusammenreißen, ihren Tanzpartner nicht an den Schultern zu packen und dem Erdboden gleich zu machen. Mir gefiel es überhaupt nicht, wie er Caro anschaute. Und Caro ihn. Als das letzte Flamenco-Lied verklungen war, fielen sich beide Tänzer heftig atmend und verschwitzt in die Arme. Caro gab dem jungen Spanier einen Kuss auf den Mund und bedeutete ihm, ihr auf den Wohnzimmer-Balkon zum Rauchen zu folgen. Für mich war der Kuss der Tropfen, der das Fass zum Überlaufen brachte. Wütend nahm ich meine Flasche Bier und wollte nur noch an die frische Luft. Ich hatte keine Lust, vor die Haustür zu gehen, da mich Caro dort vom Balkon aus hätte sehen können. Ich verließ die Wohnung, ging zwei Stockwerke höher und betrat die Dachterrasse von *7 Revueltas*.

Es war eine schöne Dachterrasse mit einem tollen Panorama-Blick über Sevilla. Hell erleuchtet sah ich in einiger Entfernung die *Giralda*. Ich stützte mich mit meinen Ellenbogen auf die rückwärtige Hausmauer. Hier sah ich niemanden von meinen Gästen und hörte auch kaum mehr etwas von der Musik. Die Nacht war kalt und klar. Die Kälte tat mir gut. Zusätzlich hielt ich mir mein kaltes Bier an die Stirn. Tränen stiegen in mir hoch. Das mussten die Wirkungen des Joints sein. Normalerweise war ich nicht so nah am Wasser gebaut. So hatte ich mir meinen Abschied aus Sevilla nicht vorgestellt. Ohne Caro wäre es eine wirklich tolle Party gewesen. Ich setzte mich auf die Mauer und schaute auf die dunklen Dächer Sevillas. Unter meinen baumelnden Füßen klaffte der Abgrund, der immer näher zu kommen schien.

„Warum bist du hier?" Caro war mir auf die Dachterrasse gefolgt. Ich hatte sie nicht kommen hören. Schnell versuchte ich, mir die Tränen aus dem Gesicht zu wischen. Zu spät. Sie hatte es gesehen. „Warum weinst du?" Ihre Stimme klang ungewöhnlich sanft und geradezu besorgt. Ich hatte ihr noch immer nicht geantwortet. „Bist du traurig, weil du uns morgen verlässt?"

„Ja, auch", presste ich heraus. „Warum bist du nicht mehr unten und tanzt weiter? Amüsier dich ruhig. Sind ja genug Typen da, die mit dir tanzen wollen."

„Ich möchte aber nicht mehr tanzen. Und die anderen Typen sind mir total egal. Ich bin deinetwegen hierhergekommen. Weißt du noch? Ich hatte dir doch gesagt, dass ich dir noch etwas schulde. Ich begleiche immer meine Schulden." Der Mond schien hell in dieser Nacht. Ich konnte ihre dunklen Augen sehen und wie sie mich zärtlich ansahen. Während sie sprach, war sie langsam auf mich zugegangen. Ich ließ mich von der Mauer hinab und hatte wieder festen Boden unter den Füßen.

„Welche Schulden? Wovon redest du?", fragte ich sie verwirrt. Sie kam ganz dicht an mich heran, legte ihren Zeigefinger auf meine Lippen und sagte leise: „Jetzt wird nicht mehr geredet!" Dann küsste sie mich auf den Mund.

23

„Was machen wir hier eigentlich?", fragte sie plötzlich ungläubig in die Nacht hinein. „Ich weiß es auch nicht", brachte ich als überflüssige Antwort mühevoll hervor. Mein Verstand hatte sich ausgeschaltet. Mir schwindelte angenehm vor Erregung. Ich wusste nicht, wie mir geschah. Sie hielt inne, entließ mich aus ihrer Umarmung und überlegte. „Lass uns auf dein Zimmer gehen", sagte sie, zog mich im nächsten Moment schon die Treppen des Hauses hinunter und hinein in die Wohnung. Mein Zimmer lag direkt neben der Wohnungstür, so dass uns keiner der übrigen Partygäste bemerkte. Caro sah sich in meinem kahlen Zimmer um. Der gepackte Koffer stand schon neben der Zimmertür. Mich überkam schreckliche Angst, sie würde es sich anders überlegen und gehen. Das kleine, schmale Bett mit der abgewetzten roten Überdecke sah erbärmlich aus. Doch sie schlang erneut heftig ihre Arme um mich und flüsterte mir ins Ohr, welch unbändige Lust sie nach mir verspürte. Ich vergaß Raum und Zeit. Ihre Finger und ihre Zunge schienen an allen möglichen Stellen meines Körpers gleichzeitig zu sein. Immer wieder musste sie mich ermahnen, nicht so laut zu stöhnen. Sie wollte nicht, dass meine Mitbewohner uns hörten. Als Alf einmal an meiner Tür klopfte, hielten wir beide inne und atmeten gefühlt erst wieder aus, als er sich entfernte. Inzwischen war die Musik schon lange aus und alles in der Wohnung war ruhig. Wir liebten uns mehrmals. So viele Gefühle hatten sich über die Wochen und Monate bei uns angestaut, die sich nun mit aller Macht ihren Weg an die Oberfläche bahnten. Wir konnten einfach nicht voneinander lassen. Unsere Körper waren ineinander verschlungen. Vieles, was Caro machte, war neu für mich und dadurch umso aufregender. Caro leitete mich geübt an, wo sie berührt werden wollte. Stellte ich es richtig an, belohnte sie mich, indem sie mir schwer ins Ohr seufzte. Das pure Verlangen hatte die Kontrolle über unsere Körper übernommen. Es war der Himmel auf Erden.

24

Der nächste Morgen brachte die totale Ernüchterung. „Jetzt sind wir quitt", hörte ich Caro sagen. Ich war gerade erst aufgewacht und noch schlaftrunken. Es wunderte mich, dass Caro nicht mehr in meinen Armen lag. Dort, wo sie gelegen hatte, war das Bettlaken noch warm. Sie stand mit dem Rücken zu mir und hob ihre Kleidung vom Boden auf. „Was meinst du damit?", fragte ich sie verwirrt. „Das war eine einmalige Sache, Jonas. Das meine ich damit", war ihre kühle Antwort. Sie hätte mir auch mit voller Wucht ins Gesicht schlagen können, es hätte das Gleiche bewirkt wie diese Worte. Eben waren wir uns noch so nah, gerade sie war dabei die treibende Kraft gewesen, und nun diese Eiseskälte. Hatte ich etwas falsch gemacht? Mir fehlten die Worte. Stumm stand ich auf und zog mich ebenfalls an.

Sie hatte es eilig fortzukommen. Es war noch dunkel draußen. Ich bot Caro an, sie nach Hause zu begleiten. Das hatten wir bisher stets so unter uns geregelt. Nach dem Feiern brachten wir Jungs die Mädels sicher nach Hause. Man hörte immer wieder von Überfällen, gerade in der Altstadt. Caro akzeptierte mein Angebot nur widerwillig. Wir einigten uns darauf, dass ich sie bis zur Straße *Cabeza del Rey Don Pedro* begleiten würde. Das war ungefähr die halbe Wegstrecke von mir bis zu ihrer Wohnung. Wir sprachen auf dem Weg nicht miteinander. Ich hätte die Straße *Boteros* hinunter gern ihre Hand gehalten. Doch Caro wirkte so abweisend, dass ich es nicht wagte.

Mit einer hastigen, ungeschickten Berührung unserer Wangen, die einem Wangenkuss noch nicht einmal im Ansatz gleichkam, verabschiedeten wir uns voneinander wie flüchtige Bekannte. Ihr Verhalten verwirrte mich immer mehr. „Wann sehen wir uns wieder?", fragte ich sie verunsichert.

„Sobald du wieder klaren Verstandes bist, Herzchen!", antwortete sie, wandte mir den Rücken zu und ging.

„Ich glaube, ich habe mich ein bisschen in dich verliebt, Caro", sagte ich leise, laut genug jedoch, dass sie es noch hören konnte. Sie drehte sich nach diesen Worten noch einmal um und ging ein paar Schritte auf mich zu. Eine Armlänge vor mir blieb sie stehen.

„Ich glaube, ich bin auch ein bisschen in dich verliebt", sagte sie mit ernstem Gesichtsausdruck. „Wir haben heute Nacht beide bekommen, was wir wollten. Aber es ist besser, wenn wir hier und jetzt einen Schlussstrich ziehen. Aus uns beiden wird nichts. Wir sind einfach zu verschieden, wie Feuer und Wasser. Wir leben in verschiedenen Welten. Meine würde dir nicht gefallen. Dafür bist du zu brav und zu deutsch. Und in deiner wäre ich nicht glücklich. Fahr nach Hause zu deiner Freundin und vergiss mich. Spätestens morgen werde ich dich auch vergessen haben. Schau mich nicht an wie ein geprügelter Hund, Jonas! So bin ich nun einmal. Du wusstest das. Mach's gut!"

Und weg war sie. Verschwunden im Morgennebel. Ich konnte es nicht begreifen: Das war's? Was war das? Erschöpft musste ich mich kurz auf die Stufen eines Hauseingangs setzen. Mir wurde schlecht. Ich stand auf und übergab mich unter dem Straßenschild *Cabeza del Rey Don Pedro*. Übersetzt bedeutete der Straßenname „Kopf des Königs Don Pedro". Es gibt eine Legende zu diesem Straßennamen und eine steinerne Büste des Königs ein paar Häuser weiter. Da stand ich nun in dieser Straße und wusste nicht, wo mir mein eigener Kopf nach all den Ereignissen der letzten vierundzwanzig Stunden stand.

25

In Norddeutschland herrschte tiefer Winter. Der Schnee lag kniehoch im Garten. Nach der Ankunft in meinem Heimatdorf nahe Kiel legte ich mich in mein altes Jugendbett im Haus meiner Eltern und schlief drei Tage lang fast durch. Ich stand zwischendurch nur kurz auf, um mir etwas zu essen und zu trinken zu holen. Meine Eltern machten sich schon Sorgen um mich. Ich wusste selber nicht, woher diese bleierne Müdigkeit kam. Immer wieder träumte ich von Caro. Mir gingen ihre letzten Worte nicht aus dem Kopf. Wie konnte man jemandem sagen, dass man in ihn verliebt sei und dann so kühl abservieren? Diese Frau war mir ein Rätsel. Der Satz, dass sie mich schon morgen vergessen haben würde, hatte mich sehr gekränkt. Wie ein verletztes Tier leckte ich mir in diesen ersten drei Tagen die Wunden. Lisa war sehr verständnisvoll. Natürlich sagte ich ihr nicht, was wirklich mit mir los war. Ich brachte es nicht übers Herz. Sie hatte mich freudestrahlend am Flughafen in Hamburg empfangen. Auf der Fahrt nach Kiel sagte ich ihr, dass ich ein paar Tage für mich bräuchte, um in Ruhe wieder in Deutschland anzukommen. Lisa wusste, wie schwer mir der Abschied von Sevilla gefallen war. Sie glaubte, dass ich nur ihretwegen meinen Aufenthalt nicht verlängert hatte. Ein paar Tage ließ sie mir daher Zeit für mich selbst und kam mich erst am vierten Tag wieder bei meinen Eltern besuchen. Ihre warme, innige Umarmung tat mir sehr gut. In mir stieg die Hoffnung auf, dass ich Caro vielleicht doch vergessen könnte. Zum Teufel mit ihr! Je länger ich über die ganze Sache mit Caro grübelte, desto wütender wurde ich auf sie. Es war gut so, dass ich jetzt wieder mein altes, geregeltes und unkompliziertes Leben zurückhatte.

Da ich vor Sevilla aus meiner alten WG in Kiel ausgezogen war und meine Sachen bei meinen Eltern zwischengelagert hatte, wohnte ich nun vorübergehend wieder in meinem Elternhaus. Die Ruhe und die ländliche Idylle wirkten beruhigend auf mich. Dennoch standen die verschneiten Kuhweiden und gefrorenen Seen in keinem Vergleich mit der einzigartigen Schönheit Sevillas. Lisas Idee war es im letzten Jahr gewesen, dass wir uns nach meinem Sevilla-Aufenthalt eine gemeinsame Wohnung in Kiel mieteten. Daran erinnerte sie mich nun knapp eine Woche nach meiner Rückkehr. Sie wollte schnellstmöglich aus ihrem Zimmer im Studentenwohnheim ausziehen, in das sie erst vor einem Jahr gezogen war. Es war ihr dort alles zu schmutzig und unordentlich. Vorher hatte sie nur bei ihren Eltern gewohnt, die im selben Ort lebten wie meine. Vor Sevilla fand ich Lisas Idee gut. Nach den jüngsten Ereignissen hatte ich nun allerdings ein komisches Gefühl bei dem Gedanken, mit ihr zusammenzuziehen. Ich hatte wohl etwas Angst davor, dass sie bald heiraten und Kinder kriegen wollte, sobald wir zusammengezogen waren. Lisa war sehr häuslich veranlagt. Das verstärkte meine Ängste noch. Ich wollte sie immer noch heiraten und mit ihr Kinder haben, aber noch fand ich uns zu jung dafür. Mittlerweile nagte jedoch das schlechte Gewissen wegen meiner Liebesnacht mit Caro immer stärker an mir. Ich konnte und wollte Lisa daher keinen Wunsch abschlagen.

Wir fanden recht schnell eine hübsche kleine Wohnung im Dachgeschoss eines Mietshauses in der Kieler Innenstadt. Der Umzug lenkte mich für ein paar Wochen von meinem Fernweh nach Sevilla ab. Ich überließ Lisa weitgehend die Gestaltung der Wohnung. Sie hatte einen guten Geschmack und schaffte es, die Wohnung sehr gemütlich einzurichten. Nur auf meinem Sevilla-Poster bestand ich als Wandschmuck. Es zeigte eine Frau und einen Mann beim Flamenco-Tanz und im Hintergrund die *Giralda*. Das Poster war ein Nachdruck des Werbeplakats für die heilige Osterwoche und das Frühlingsfest im Jahr 1928 in Sevilla. Lisa konnte dem Motiv nicht viel abgewinnen, ließ es mich aber schließlich einrahmen und in unserem winzigen Arbeitszimmer an die Wand hängen.

Die Wochen vergingen. Die Wohnung war mittlerweile fertig eingerichtet, das neue Semester hatte begonnen, und ich ging wieder dreimal die Woche abends zum Handballtraining. Samstags und donnerstags arbeitete ich tagsüber im Lager eines Getränkemarktes und stapelte Kisten. Den Sonntag verbrachte ich meistens mit meiner Mannschaft auf Handball-Turnieren. Alles war wie früher und fühlte sich trotzdem so fremd an. Tagsüber funktionierte ich, aber abends versank ich regelmäßig in Melancholie und fühlte mich wie gelähmt. Lisa ging früh zu Bett, so dass ich abends allein auf dem Sofa saß. Oft starrte ich einfach nur an die weiße Decke und dachte an meine Zeit in Sevilla zurück. Nachts war es mucksmäuschenstill. Ich vermisste die Gesellschaft von Antonio und Alf. Gern hätte ich mit ihnen eines unserer Brett- oder Videospiele gespielt, gepokert oder zusammen einen Film geschaut. Anfangs hatte Lisa mich noch dazu überreden können, mit ihr zusammen abends ins Bett zu gehen. Sie mochte es, in meinem Arm einzuschlafen. So wie früher. Doch ich stellte fest, dass ich mit Lisa im Arm einfach nicht mehr einschlafen konnte. Es fühlte sich irgendwie nicht richtig an. Selbst wenn wir vorher noch Sex miteinander hatten, der weiterhin gut und vertraut war, konnte ich nicht mit ihr zusammen einschlafen. Eine weitere Veränderung, die ich an mir feststellte, war ebenso bedrückend: Das Handballspielen machte mir nicht mehr so viel Spaß wie früher. Vor Sevilla war dieser Sport mein Ein und Alles gewesen. Nun kostete es mich viel Kraft und Überwindung, regelmäßig zum Training zu gehen und die Punktspiele zu bestreiten.

Ein dichter, dunkler Wolkenteppich hing über Kiel. Seit Wochen hatte es meinem Gefühl nach entweder dauernd geschneit oder geregnet. Dazu wehte ein kräftiger, eiskalter Wind. An den Bäumen hingen noch keine Blätter. Alles wirkte düster und kahl. Die Gesichter der Leute auf den Straßen sahen grau und freudlos aus. Überall drängelten die Leute ungeduldig und meckerten über Kleinigkeiten. Ich konnte mir beim besten Willen nicht vorstellen, dass auch nur einer dieser Menschen zu Hause lauthals zu seinem Lieblingslied mitsang. Obendrein spielte mir mein Gehirn manchmal einen Streich, wenn ich meinen Blick durch die Menschenmengen am Bahnhof oder in den Einkaufsstraßen schweifen ließ. Aus heiterem Himmel stockte mir plötzlich der Atem, weil ich für einen kurzen Augenblick glaubte, Caros Gesicht in der Menge gesehen zu haben.

„Du leidest unter 'nem Kultur- und Klimaschock, Alter!", diagnostizierte Thomas, als ich ihm nach einem Handball-Training einige meiner deprimierenden Eindrücke schilderte. „In Sevilla schien ja selbst im tiefsten Winter noch die Sonne. Und von den Leuten brauchen wir gar nicht erst zu sprechen. Alle, die ich dort kennengelernt hatte, waren echt super drauf. Sag mal, hast du eigentlich was von Jessie gehört?"

„Zuletzt vor ein paar Wochen. Wieso?"

„Mich wundert es nur, dass sie sich nach Sevilla gar nicht mehr bei mir gemeldet hat. Ich hatte ihr extra meine Nummer mit Kuli auf ihren Oberschenkel geschrieben."

„Vielleicht hat sie ja die Nummer versehentlich abgewaschen und verzehrt sich nun danach, dass du sie endlich anrufst?!" Es war gemein von mir, dass ich auf Thomas' ernst gemeintes Anliegen mit Ironie reagierte. Ich war einfach verdammt schlecht gelaunt.

„Haha, sehr witzig, Jonas! Außerdem habe ich ihre deutsche Nummer nicht," antwortete Thomas gekränkt.

„Ich kann sie ja mal fragen, ob ich sie dir geben darf," lenkte ich ein.

„Ja, mach das mal. Ich würde sie gern zu meiner *opening party* im Juni oder Juli einladen. Willst du Caro auch einladen? Ich checke immer noch nicht, warum du sie dir durch die Lappen hast gehen lassen!"

„Das war doch jetzt überhaupt gar nicht Thema!"

„Du heulst mir gerade was davon vor, wie trist du hier alles findest. Da kann ich ja wohl noch das Thema auf die schönen Dinge des Lebens lenken. Caro war echt verdammt scharf auf dich. Aber gut, ich akzeptiere, dass du dich für ein gutbürgerliches Spießerleben mit Lisa entschieden hast." Ich hatte keine Lust, mit Thomas zu diskutieren. Er hatte keinen blassen Schimmer, in welche Wunde er mit solchen Sprüchen bei mir bohrte. Ich hatte ihm nichts von meinem Seitensprung mit Caro erzählt, da ich Angst hatte, dass er sich irgendwem gegenüber verplappern könnte. Gern hätte ich jetzt jemanden zum Reden gehabt. Jessie hatte ich auch nichts verraten. Ich schämte mich zu sehr, dass ich nicht auf ihren gut gemeinten Rat gehört hatte. Die einzige

Person, mit der ich offen hätte reden können und es auch sehr gern getan hätte, war Caro. Nach meinem Umzug hatte ich an alle meine Freunde, darunter auch Caro, eine E-Mail mit meinen neuen Kontaktdaten geschrieben. Caro hatte sich daraufhin jedoch nicht bei mir gemeldet. Wir hatten gar keinen Kontakt mehr seit unserer gemeinsamen Nacht gehabt. Mich ließ die quälende Frage nicht los, ob sie mich wirklich bereits vergessen hatte. Missmutig nahm ich meine Sporttasche und ging nach Hause.

Der folgende Tag brachte gleich zwei schicksalhafte Ereignisse kurz hintereinander. Als ich nach langer Zeit einmal wieder ein Wort in meinem dicken spanischen Wörterbuch nachschlug, fiel mir die Rosenblüte vor die Füße, die mir Caro damals in der Disko erst ins Haar gesteckt und dann an den Kopf geschnipst hatte. Ich hatte die Blüte vor Monaten zum Pressen in das Buch gelegt und offenbar dort vergessen. Behutsam hob ich sie auf und roch an ihr. Sie verströmte noch immer einen leichten Duft. Plötzlich schwappte die Erinnerung an Caros und meine Liebesnacht wie eine Welle über mich: Fast als wäre es real, spürte ich ihre weichen Lippen auf meinen, ihre Fingernägel, wie sie sich in meinen Rücken gruben, und immer wieder ihre unglaublich sexy klingende Stimme im Flüsterton in meinem Ohr: „Ich habe solche Lust auf dich!". Mit großer Mühe riss ich mich aus diesem zugleich schönen wie auch schmerzlichen Flashback wieder heraus. Ich hatte am ganzen Körper Gänsehaut. In meinem Brustkorb hämmerte das Herz. Meine Stirn war von Schweiß benetzt. Ich überlegte, was ich mit der Blüte machen sollte, die ich immer noch zwischen Daumen und Zeigefinger hielt. Am liebsten hätte ich sie hinter die Glasscheibe meines gerahmten Sevilla-Posters gesteckt. Das hätte jedoch zu viele Fragen bei Lisa hervorgerufen. Vorsichtig legte ich sie daher in das Buch zurück. Ich war kurz davor, Caro eine sentimentale Nachricht auf ihr Handy zu schicken. Zu gern hätte ich ihr mitgeteilt, dass ich in zwei Wochen wieder in Sevilla sei, und sie gefragt, ob wir uns treffen wollten. Ich ging kalt duschen, um auf andere Gedanken zu kommen. Nach der Dusche war die sentimentale Stimmung weitgehend verflogen. Lisa war noch in der Uni. Ich setzte mich an den Computer, um etwas für mein nächstes Referat im Internet zu recherchieren. Nebenbei checkte ich E-Mails. Mein Herz machte einen kurzen Aussetzer, als ich unter vielen Werbemails eine E-Mail von Caro entdeckte. Sie hatte den Betreff meiner E-Mail, in der ich allen meine neuen Kontaktdaten mitgeteilt hatte, und war erst vor gut einer halben Stunde abgeschickt worden. Gespannt öffnete ich die E-Mail und las:

Hi Jonas,
könntest du mir bitte den Semantik-Test einscannen und schicken, den du bei Martínez geschrieben hast. Der scheint immer den gleichen Test schreiben zu lassen. Wenn du das bis morgen machen könntest, würde mir das echt sehr helfen.
LG, Caro

Professor Martínez Castro war bekannt dafür, dass er bereits mitten im Semester einen Test schreiben ließ. Wer diesen nicht bestand, durfte nicht mehr weiter an dem Seminar teilnehmen. Der Test war nicht einfach gewesen. Ich hatte recht viel dafür lernen müssen. Daher sah ich es nicht ein, Caro den Test so mir nichts, dir nichts zu schicken – auch trotz ihrer prekären finanziellen Lage und der strikten Stipendienvorgaben. Sie hatte wahrscheinlich mal wieder zu viel gefeiert und sich zu wenig ums Studium gekümmert. Außerdem war ich sauer, dass sie sich wochenlang nicht bei mir gemeldet hatte und in ihrer E-Mail noch nicht einmal gefragt hatte, wie es mir geht. Am besten wäre es gewesen, ich hätte die E-Mail ignoriert. Stattdessen schrieb ich trotzig zurück:

Hi Carolina,
schön, dass du dich mal wieder bei mir meldest. Offensichtlich hast du mich doch noch nicht vergessen! Den Test habe ich leider verlegt.
VG, Jonas

Keine fünf Minuten später öffnete sich ein Chatfenster auf meinem Bildschirm. Caro schrieb: „Hi, Jonas! Warum so abweisend?"

„Abweisend? Das ist doch deine Spezialität!", schrieb ich zurück.

„Verstehe. Du bist sauer auf mich."

„Ja."

„Wie läuft es denn in Kiel?"

„Gut."

„Und mit deiner Freundin?"

„Das geht dich nichts an!"

„Ich kann verstehen, dass du mir den Test nicht schicken willst, wenn du sauer auf mich bist. Es ist nur so, dass ich den echt dringend brauche. Du bist meine letzte Hoffnung. Im Ernst!"

„Warum lernst du nicht einfach für den Test wie jeder andere auch?"

„Das hat verschiedene Gründe. Mir läuft die Zeit davon."

„Das ist nicht mein Problem."

„Eigentlich wollte ich dich auch fragen, ob du mich demnächst in Sevilla besuchen kommen magst. Aber das kann ich mir wohl schenken, oder?"

„Ich bin in gut zwei Wochen eh wieder in Sevilla. Wir können uns dann gern auf einen Kaffee treffen."

„Das klingt doch gut! Ich glaube, ich vermisse dich ein wenig." Ich stockte und las den letzten Satz vorsichtshalber noch ein zweites Mal.

„Meinst du das ernst?"

„Ja. Ist schon komisch ohne dich hier in Sevilla."

„Und das sagst du jetzt nicht nur, weil du den Test von mir haben willst?"

„Naja, auch."

„Du bist unmöglich!"

„Ich weiß!"

„Ich werde dir den Test nicht schicken!"

„Auch nicht, wenn du wieder das von mir bekommst wie in deiner Abschiedsnacht?"

„Du bist wirklich unmöglich!"

„Ich weiß! Ich muss jetzt los. Auf bald in Sevilla! *Un besito, guapo*!"

Ich schickte Caro noch am selben Tag den Test und fügte meiner E-Mail ein paar Hinweise hinzu, welche Seiten im Lehrbuch sie sich genauer anschauen sollte. Meine Vorfreude auf meinen Sevilla-Besuch wuchs ins Unermessliche.

26

Ich landete einen Tag vor dem Samstagabend-Spiel von *El Betis* in Sevilla. Sofort nach meiner Ankunft schrieb ich Caro eine Mitteilung auf ihr Handy, dass ich nun da wäre, und fragte, wann wir uns treffen wollten. Ich hatte gehofft, sie noch am gleichen Abend zu sehen. Aber schon wenig später schrieb sie zurück, dass sie erst am Mittwochabend könnte. Das war an meinem vorletzten Abend. Ich war etwas enttäuscht, versuchte jedoch, mir meine gute Stimmung davon nicht verderben zu lassen. Dann würde ich eben von Sonntag bis Dienstag mit Alf wandern gehen. Die Zeit würde wie im Fluge vergehen.

Antonio und Alf nahmen mich wieder herzlich in *7 Revueltas* auf. Alf zeigte mir stolz seine neuen Wanderschuhe, die er sich extra für unsere Tour gekauft hatte. Er freute sich wie ein kleines Kind auf unsere gemeinsame Wanderung in den Bergen der *Sierra Nevada*. Mit stiller Genugtuung hörte ich, dass der neue Mitbewohner namens José es nicht geschafft hatte, meinen Platz einzunehmen. Weder Antonio noch Alf wurden warm mit ihm. José bemühte sich auch nicht sonderlich, ein Teil der Gemeinschaft der *7 Revueltas*-WG zu werden. Er war selten zu Hause und wenn er da war, zog er sich in sein Zimmer zurück. Keiner wusste genau, was er eigentlich studierte. Als Fernando später noch zu uns stieß, gingen wir zur *Plaza de la Alfalfa* und tranken ein paar Bier zusammen. Es war genau wie früher. Wir quatschten über Sport, die neusten Filme und auch ein wenig über die aktuelle EU-Politik. Mir ging es großartig. Das Wetter war super. Die Leute standen draußen vor den Bars und unterhielten sich ausgelassen. Alle hatten rosige und fröhliche Gesichter. Es war, als wäre ich heimgekehrt. So fühlte sich mein Leben richtig an. Genau hier. Genau jetzt. Nur Caro fehlte noch zu meinem Glück.

Caro wäre jedoch nicht Caro gewesen, wenn sie sich an unsere Verabredung gehalten hätte. Nach einem grandiosen Abend im Fußballstadion und drei abenteuerlichen *Outdoor*-Tagen mit Alf erhielt ich am Mittwoch gegen Mittag eine Nachricht von ihr, dass sie sich erst am Donnerstagabend mit mir treffen könnte. Ich ärgerte mich über ihre kurzfristige Planänderung und beschloss, sie spontan zu Hause aufzusuchen. Von Natalie und Nadine, die ich bereits am Sonntag kurz getroffen hatte, wusste ich, dass Caro nun in der *Calle Candilejo* lebte. Die Straße war keine fünf Minuten Fußweg von *7 Revueltas* entfernt. Im Gegensatz zu dem angenehmen Klima in den Bergen um Granada war es bullenheiß in Sevilla. Bei über dreißig Grad überquerte ich die *Plaza de la Alfalfa* und bog vor der Bar Alfalfa rechts in die Straße *Candilejo* ein. Vor dem Haus mit der Nummer 24 machte ich halt. Ich klingelte bei der Apartmentnummer, die mir Nadine und Natalie genannt hatten. Kurz darauf ertönte der Türsummer. Ich drückte die schwere Tür auf. Mein Herz raste auf einmal. Im Hausflur übersah ich den Fahrstuhl und hechtete die Treppen bis in den dritten Stock hinauf. Atemlos stand ich vor der geschlossenen Wohnungstür. Ich klopfte.

„Was machst du denn hier?", fragte mich Caro überrascht, als sie mir die Tür aufgemacht hatte. Sie sah müde aus und gab mir nicht das Gefühl, dass sie sich über meinen Besuch freute. Weder umarmte sie mich noch machte sie Anstalten, mir zumindest die üblichen Wangenküsse zur Begrüßung zu geben. Vielmehr verharrte sie im Türrahmen und schaute mich aus unergründlichen Augen an. Hatte sie nicht geschrieben, dass sie mich vermisste? Trotz ihrer dunklen Augenränder sah sie großartig aus. Sie wirkte etwas schmaler als noch vor zwei Monaten. Ihr Haar fiel in langen Wellen locker über ihre braungebrannten Schultern. Sie war diskret geschminkt und strahlte dadurch eine Natürlichkeit aus, die mich anrührte. Ich brauchte sie nur so zu sehen und wusste sofort, dass ich sie nicht einen Augenblick vergessen hatte und sie immer noch so sehr begehrte wie schon vom ersten Tag an. Wenn ich ehrlich war, war es um mich bereits an jenem Abend mit der Rosenblüte geschehen.

„Ich wollte dich endlich sehen", entgegnete ich ihr. „Darf ich reinkommen?"

„Eigentlich passt es mir gerade echt nicht so gut. Aber, wo du schon einmal hier bist, warte kurz." Sie schloss die Wohnungstür wieder. Ich stand schwitzend vor ihrer Tür und hörte mein Herz aufgeregt schlagen. Caro ließ auf sich warten. Schließlich kam sie übel gelaunt aus der Wohnung. Sie hatte sich etwas anderes angezogen und ihre Haare streng nach hinten zu einem Zopf gebunden. Ich mochte es lieber, wenn sie die Haare offen trug. „Lass uns nach nebenan ins Café gehen. Dort ist es klimatisiert", sagte sie nur kurz und bedeutete mir, ihr in den Fahrstuhl zu folgen. In dem engen, stickigen Fahrstuhl standen wir uns gegenüber. Sie schaute zu Boden und wippte nervös mit dem Fuß. Es lag ein unerträgliches Knistern in der Luft. Ich fasste mir ein Herz, beugte mich zu ihr und hob ihr Kinn, um sie auf den Mund zu küssen. Sie drehte ihren Kopf zur Seite, so dass ich nur ihre Wange traf. In dem Moment ging die Fahrstuhltür auf und wir stiegen schweigend aus. Zwei Häuser weiter war ein kleines Eiscafé, in das wir uns setzten. Wir bestellten uns beide einen Espresso und ein Glas Wasser dazu. Da Caro weiterhin nicht sehr gesprächig war, berichtete ich ihr von meinem Stadionbesuch. Dass ich selten so eine tolle Stimmung in einem Fußballstadion erlebt und dass *El Betis* sogar am Ende gewonnen hatte. Ich berichtete von den immer noch schneebedeckten Kuppen der *Sierra Nevada* und den wunderschönen Sonnenaufgängen, die Alf und ich erlebt hatten. Tagsüber waren wir gewandert und gegen Abend hatten wir unser Zelt stets irgendwo mitten in der Natur aufgeschlagen. Einmal war Alf sogar auf einem schmalen Pfad ausgerutscht und wäre beinahe in eine mindestens hundert Meter tiefe Schlucht gestürzt. Caro schienen meine Erzählungen nicht zu beeindrucken. Oft schaute sie geradezu gelangweilt aus dem Fenster, während ich krampfhaft versuchte, sie mit meinen übertriebenen Schilderungen zum Lachen zu bringen. Als ich nichts mehr zu erzählen wusste, fragte ich sie schließlich, warum sie heute Abend keine Zeit für mich hätte.

„Ich habe noch etwas zu erledigen", wich sie mir kühl aus. Ich hatte mir unser Wiedersehen wesentlich herzlicher vorgestellt. Langsam hatte sich meine Aufregung gelegt und Enttäuschung stellte sich ein.

„Warum bist du mir eben ausgewichen, als ich dich küssen wollte?", fragte ich weiter.

„Weil ich sauer auf dich bin", war ihre für mich überraschende Antwort.

„Was? Weswegen das denn?"

„Ich mag keine Leute, die sich lange bitten lassen und für alles eine Gegenleistung wollen."

„Du meinst wegen des Tests?"

„Ja. Bei der Hausarbeit hattest du mir einen größeren Gefallen getan. Dabei wusstest du nicht einmal, ob du etwas dafür bekommen würdest. Bei dem Test hast du mit mir geschachert. "

„Das habe ich nicht! Du hast es doch von dir aus angeboten."

„Hättest du mir den Test denn geschickt, wenn ich 'es' nicht angeboten hätte?" Ich schwieg verlegen. Nein, ich hätte ihr den Test dann sicher nicht geschickt.

„Na, komm, lass uns nach oben gehen und es hinter uns bringen. Ich halte meine Versprechen. Alternativ gebe ich dir den Espresso aus. Sehr viel mehr war der Test eigentlich auch nicht wert", sagte sie in eiskaltem Ton.

„Caro, hör auf! So möchte ich nicht, dass es zwischen uns ist. Es geht mir doch nicht nur um Sex mit dir", entgegnete ich ihr entrüstet.

„Ach, und worum geht es dir noch? Willst du einen Harem aufmachen?", fragte sie provokant. Mir fiel nicht sofort ein, was ich darauf sagen sollte. Wir fingen an, uns zu streiten. Caro konnte geschickter argumentieren als ich. Sie drehte mir alle meine Worte im Munde um. Irgendwann war ich wegen ihrer ungerechten Anschuldigungen so wütend auf sie, dass ich am liebsten etwas im Eiscafé zertrümmert hätte. Ich riss mich aber zusammen, stand auf und verließ grußlos das Eiscafé. Das Geld für meinen Espresso knallte ich vorher noch auf den Tisch. Ich irrte eine Weile durch die Gassen des Judenviertels, kreuz und quer wie ein Wahnsinniger, bis diese rasende Wut verflogen war. Schließlich suchte ich die Kühle der Kirche *San Salvador* an der *Plaza del Salvador* auf. Es war einer meiner heimlichen Lieblingsorte in Sevilla. Die Atmosphäre in dieser Kirche hatte immer beruhigend auf mich gewirkt. Ich setzte mich in der hintersten, dunkelsten Ecke auf eine Bank und fing erschöpft und aus Verzweiflung über das verunglückte

Wiedersehen mit Caro an zu weinen. Warum verstand Caro nicht, dass ich sie über alles liebte und begehrte wie sonst noch nie jemanden zuvor in meinem Leben? Warum musste alles zwischen uns immer so kompliziert sein? Ich vergrub meine Hände in meinen Haaren. Dann auf einmal eine leise Stimme vor mir: „Was für dicke Krokodilstränen! Daraus würde meine spanische Großmutter einen hervorragenden Liebestrank brauen." Ich blickte auf. Caro stand vor mir und lächelte mich versöhnlich an. „Na, Jonas, bist du mir noch böse? Es ist gerade alles etwas viel für mich. Ich glaube aber, dass ich immer noch ein bisschen in dich verliebt bin. Denn seit du aus Sevilla weg bist, weiß ich nicht, was mit mir los ist. Nichts will mir mehr so recht gelingen. Schon komisch." Sie wuschelte mir verspielt durch mein Haar und strich mir zärtlich erst über meine linke und dann über meine rechte Wange. Dabei wischte sie mir meine Tränen ab. „Komm! Lass uns in die *Calle Candilejo* gehen." Sie nahm meine Hand. So versöhnten wir uns am Ende des Nachmittags wieder leidenschaftlich miteinander. Doch Caros Launen waren wie das Wetter in den Bergen. Innerhalb kürzester Zeit konnte nach strahlendem Sonnenschein ein übles Gewitter aufziehen.

Ich döste noch auf Caros Bett, als sie mir sagte, dass ich gehen müsste. Caro wollte mir weismachen, dass ihre Cousine keinen Männerbesuch duldete und bald nach Hause käme. Mir war gerade so behaglich zumute, dass ich nicht aufstehen mochte. Ich hing in Gedanken noch unserer ausgiebigen Dusche nach, die wir sofort nach Ankunft in ihrer Wohnung zusammen genommen hatten. Caros Cousine war angeblich Stewardess und viel unterwegs. So erzählte es mir Caro, nachdem ich mich ihr gegenüber laut gewundert hatte, dass die Wohnung nicht den Anschein erweckte, als würde noch jemand Zweites in ihr wohnen. Im Bad standen ausschließlich Caros Sachen und im Flur nur ihre Schuhe. Auf dem Weg zur Dusche hatte ich einen kurzen Blick in ein kleines Wohnzimmer und die noch kleinere Küche werfen können. Alles war sehr aufgeräumt. Es gab noch zwei weitere Zimmer. Das eine war Caros Schlafzimmer. Das andere musste das Zimmer der Cousine sein. Die Zimmertür der Cousine war geschlossen. „Jonas!", wurde Caro nun vehementer. „Du musst jetzt wirklich gehen!" Caro war längst wieder angezogen, geschminkt und frisch parfümiert. Ihre Duftwolke stieg mir wohlig in die Nase. Caro wirkte nervös, als sie in das Schlafzimmer gekommen war, um mich zum zweiten Mal aufzufordern, schnellstmöglich die Wohnung zu verlassen. Widerwillig stand ich auf und trottete ins Badezimmer, wo meine Kleidung lag. Caro war inzwischen in die Küche gegangen und klapperte mit dem Geschirr. In null Komma nichts war ich angezogen. Als ich aus dem Bad kam, packte mich die Neugier. Ich ging auf Zehenspitzen zur Zimmertür der Cousine, horchte kurz nach Caro, die weiterhin laut in der Küche mit dem Porzellan hantierte, und drückte die Türklinke hinunter. In dem Raum war es stockdunkel. Alle Jalousien waren heruntergelassen. Meine Augen brauchten einige Sekunden, um sich an die Dunkelheit zu gewöhnen. Doch schon der Lichtschein, der durch die leicht geöffnete Tür fiel, reichte aus, um den großen Tisch mit den fein säuberlich abgepackten Tütchen darauf zu sehen. Viel mehr als dieser Tisch, zwei Stühle und mehrere Regale standen auch nicht in dem Raum. Ich ging völlig perplex zu dem Tisch und nahm ein Päckchen in die Hand, das mit weißem Pulver gefüllt war. Plötzlich fiel mir die Szene wieder ein, die ich damals kurz vor meinem Filmriss neben dem Club beobachtet hatte. Caro hatte ihrer Bekannten damals genau so ein Tütchen in die Hand gedrückt. Ich bekam einen ungeheuren Schreck! Die Wohnung war ein als Studentenwohnung getarntes Drogenversteck! Ich schaute mich um. In den Regalen standen alle möglichen Dosen mit bunten Pillen, mehrere Waagen, kleine und große Kartons und vieles mehr. Worauf hatte sich Caro nur eingelassen? Ich hielt immer noch das Päckchen mit dem weißen Pulver in der Hand, als ich durch den Flur ging, um zur Küche zu Caro zu gelangen. Da hörte ich direkt vor mir, wie ein Schlüssel von außen in das Wohnungstürschloss gesteckt und umgedreht wurde. Ich blieb erschrocken stehen. Im nächsten Moment schob sich ein etwa 1,70 Meter großer, bulliger Mann durch die Tür. Noch nie in meinem Leben hatte ich ein so verschlagenes und hässliches Gesicht gesehen. Der Kerl war mindestens schon Anfang vierzig, trug bei der Hitze eine schwarze Lederjacke und hatte eine fettige Glatze. Mitten in seiner Visage prangte eine breite, platte Nase. Aus kleinen, widerlichen Schweinsaugen starrte er mich an. Caro war unterdessen in den Flur gestürmt und stieß ein leises „Ach du Scheiße!" aus, als sie mich mit dem Päckchen in der Hand sah. „¡Coño! Was macht dieser Idiot hier mit unserer Ware, du dämliche Ziege?", fuhr der Typ Caro an, nachdem er blitzschnell die Wohnungstür hinter sich geschlossen hatte. Seine Augen funkelten mich gefährlich an. Aber anstatt auf mich zuzugehen, knöpfte er sich Caro vor, die dichter bei ihm stand, und packte sie heftig am Arm. „Luis, lass das! Du tust mir weh!", stieß sie aus. Das war Luis? In mir stieg eine blinde Wut hoch. Ohne nachzudenken, riss ich Luis von Caro weg, so dass er ins Wohnzimmer stolperte. „Fass sie nicht an!", schrie ich ihn auf Deutsch an. Luis war blitzschnell mit der Faust, das musste man ihm lassen. Ehe ich mich versah, hatte er mir in den Bauch geboxt. Mir blieb für einen kurzen Augenblick die Luft weg. Ich taumelte nach hinten. Seinem nächsten Schlag wich ich jedoch aus und verpasste ihm eine halbwegs kräftige Rechte auf seine hässliche Nase. Dann erst schaffte es Caro, sich zwischen uns zu stellen. „Hört auf! Schluss!", schrie sie uns abwechselnd an. „Wer ist das? Was macht der hier? Ich bring ihn um, wenn er uns verrät!", schrie Luis Caro an. „Er verrät uns nicht!", versuchte sie Luis zu beschwichtigen. „Er ist ein Cousin von mir aus Deutschland!", log sie ihn an. Und zu mir gewandt, nun auf Deutsch, so dass uns Luis nicht verstand: „Hau sofort ab! Luis macht keine Scherze, wenn es um seine Geschäfte geht. Geh! Schnell!"

„Vergiss es! Ich lass dich doch mit dem Typ jetzt hier nicht allein!", wandte ich heftig ein. In meinem Körper pulsierte das Adrenalin.

„Jonas! Du kapierst echt gar nichts. Es geht um Leben und Tod! Verschwinde! Vergiss mich und alles, was du hier gesehen hast! Komm nie wieder!" Während sie diese Worte sprach, schob sie mich schon Richtung Wohnungstür.

„Caro! Was soll das? Das kann nicht dein Ernst sein!"

„Doch, das meine ich todernst! Ich liebe Luis. Du warst nur ein netter Zeitvertreib für mich." Sie sah mich aus harten Augen an. Ich konnte nicht fassen, was sie mir gerade gesagt hatte. Luis schien gemerkt zu haben, dass Caro sehr deutliche Worte mir gegenüber benutzt hatte. Ein hässliches Grinsen machte sich auf seinem unförmigen Gesicht breit. Aus seiner Nase tropfte Blut. Wie ich ihn so sah, fühlte ich Mordlust in mir aufsteigen. Das erste Mal in meinem Leben. „Raus jetzt!", mahnte mich Caro aggressiv. Mit einem Ruck wandte ich mich von Luis ab und stürmte aus der Wohnung, ohne Caro noch eines Blickes zu würdigen. Sollte sie doch sehen, wo sie bleibt! Die Tür knallte ich so kräftig hinter mir zu, dass ich den Türrahmen splittern hörte.

27

„Wer ist Caro?", fragte mich Lisa eines morgens im Bett. Ich war seit einer Woche zurück aus Sevilla. Wie bei meiner ersten Rückkehr hatte ich erneut alles daran gesetzt, Caro zu vergessen. Dieses Mal hatte sie mich so schwer gekränkt, dass es mein Stolz und Selbstwertgefühl unmöglich zuließen, ihr je wieder zu verzeihen. Wie konnte sie nur Luis mir vorziehen und mich nie wieder sehen wollen? Die ersten Tage war ich stinksauer auf sie. Doch je mehr Tage seit unserer letzten Begegnung verstrichen, desto mehr Sorgen machte ich mir um sie. In was hatte Luis sie da hineingezogen? Und hatte sie nicht gesagt, dass sie mich immer noch lieben würde und ohne mich weniger gut zurechtkäme? War das ein indirekter Hilferuf gewesen? Es würde zu ihr passen, mich nicht direkt um Hilfe zu bitten. Sie war extrem stolz. Oder interpretierte ich zu viel zu meinen Gunsten? Hatte sie in Wirklichkeit nicht doch jedes böse Wort genau so gemeint, wie sie es gesagt hatte? Wollte sie, dass ich für immer aus ihrem Leben verschwinde? Ich wusste weder ein noch aus. Meine Gefühle fuhren im wahrsten Sinne des Wortes Achterbahn. Es war alles andere als einfach, Caro aus meinem Kopf und vor allem meinem Herzen zu löschen. Lisa hatte sofort gemerkt, dass etwas mit mir nicht stimmte. Ich wiegelte jedoch alle ihre Nachfragen ab und erzählte ihr nur, dass ich Streit mit einem Mann gehabt hätte, der Alf und mich auf unserer Wanderung blöd angemacht hätte. Lisa glaubte nicht, dass das alles wäre. Seit einer Woche stritten wir uns täglich deswegen. Nun hatte ich die Katze offenbar aus dem Sack gelassen – und das während ich schlief. Das Leben konnte einem böse

Streiche spielen. „Caro? Wie kommst du auf den Namen?", fragte ich Lisa verwundert.

„Du hast ihn heute die halbe Nacht vor dich hin gemurmelt", sagte sie und äffte eine jämmerlich klingende Stimme nach, die wohl meine sein sollte: „Oh, Caro! Nein, Caro! Wieso nur, Caro?"

„Ich kenne keine Caro", log ich.

„Jonas, halt mich bitte nicht für völlig bescheuert und naiv! Hattest du etwas mit ihr?" Das ganze Thema erwischte mich vollkommen unvorbereitet. Ich rang in meinem Kopf nach einigermaßen sinnvollen Sätzen. Als ich nicht sofort antwortete, sprang Lisa mit einem Satz aus dem Bett und erhob wütend ihre Stimme: „Jonas! Ich glaube es nicht! Habt ihr wenigstens ein Kondom benutzt? Oder war es dir egal, ob sie irgendwelche Krankheiten hat?!"

„Nein", gab ich kleinlaut zurück. „Wir haben kein... Caro hat aber ganz sicher keine Krankheiten."

„Woher willst du das wissen, Jonas?! Hast du auch nur einmal an mich dabei gedacht? Wie lange geht das schon?" Lisa war außer sich.

„Lisa, bitte!" Ich stand vom Bett auf und versuchte sie in den Arm zu nehmen. Sie wich zurück und wollte Antworten von mir hören. Unsicher stammelte ich, dass ich das alles nicht geplant hätte und dass es mir so schrecklich leid täte. Ich wüsste selber nicht, was in mich gefahren wäre. „Ich wollte dir treu sein, Lisa! Bitte glaube mir!", flehte ich sie an. Ich schämte mich so. Lisa hatte das nicht verdient. Ihr liefen bereits dicke Tränen die Wangen hinunter. Sie schaute mich unverwandt an.

„Liebst du sie mehr als mich, Jonas?", war ihre letzte, vernichtende Frage. Noch heute klingt mir diese Frage im Ohr nach. Ich liebte in Wahrheit beide Frauen. Jede auf eine völlig andere Art und Weise und mit unterschiedlicher Intensität. Lisa bedeutete für mich Wärme und Geborgenheit. Sie war mein sicherer Hafen, meine treue Begleiterin. Meine Liebe zu Caro konnte man hingegen am ehesten mit einer aufregenden Abenteuerreise vergleichen, die mich abwechselnd Himmel und Hölle durchleben ließ. Sie war nervenaufreibend und ungemein kräfteraubend, aber gerade dadurch nahm ich sie emotional höchst intensiv wahr. Und das Spannendste: Ich wusste nicht, wo die Reise hinführen würde. Schlussendlich war es aber vollkommen unmöglich, beide Arten von Liebe oder gar beide Frauen miteinander zu vergleichen. Ganz davon zu schweigen, genau zu bestimmen, wen ich mehr oder weniger liebte. Das wurde mir jedoch alles erst viel später wirklich klar. So gab ich Lisa die Antwort, die mein Schicksal besiegelte.

Noch am gleichen Tag stand ich mit einem Koffer voller Klamotten, meiner Sporttasche und dem eingerahmten Sevilla-Poster unter dem Arm vor Thomas' Wohnungstür. Wir hatten vorher kurz telefoniert. Er wusste Bescheid, dass Lisa wegen Caro mit mir Schluss gemacht hatte. Bereits am Telefon hatte er mir Vorwürfe gemacht, dass ich ihm die Sache mit Caro früher hätte erzählen müssen. Er war arg gekränkt über diesen Mangel an Vertrauen. Dennoch ließ er mich, wie es sich für den besten Freund gehörte, vorübergehend bei sich wohnen. Er öffnete mir die Tür, sagte mir, dass ich beschissen aussehen würde, und ließ mich danach in Ruhe. Ich schlich mit meinen wenigen Habseligkeiten in sein Gästezimmer und warf mich aufs Bett. Es war ein Wasserbett. Ich fühlte mich darauf wie eine wabernde, leblose Masse. Und ich blieb liegen. Ich aß nichts und trank nur etwas Leitungswasser aus dem Wasserhahn im Badezimmer. Eine Woche tat ich nichts anderes, als nur dazuliegen. Ich fühlte mich komplett ausgebrannt. Einfach nur leer. Wenn ich schlief, träumte ich abwechselnd von Lisa und Caro – stets ohne *happy end*. In einem Traum verbündeten sich beide sogar gegen mich und lachten mich hämisch aus, als ich nackt vor ihnen kniete und sie um ihre Liebe anflehte. Nach einer Woche kam Thomas an mein Bett und befahl mir, etwas zu essen. Er hatte Hühnersuppe vom Asiaten für mich gekauft. Als ich mich weigerte, diese auch nur zu probieren, drohte er, meine Eltern zu verständigen. Ich hatte über die letzten Tage verteilt mehrere wütende Mailbox-Sprachnachrichten von meinen Eltern und meinen beiden jüngeren Schwestern erhalten. Was für ein Idiot ich doch sei, Lisa mit einer anderen Frau zu betrügen. „Soll das das Ergebnis unserer guten Erziehung gewesen sein?", brachte es meine Mutter selbstgerecht auf den Punkt. Vorwürfe über Vorwürfe. Meine beiden Schwestern waren mit Lisa befreundet. Lisas und meine Eltern kannten sich ebenfalls gut. Beiden Seiten musste es schrecklich unangenehm sein, dass unsere Beziehung nun so geendet hatte. Lisa hatte bestimmt allen ihre Sicht der Dinge mitgeteilt. Ich konnte es ihr nicht verübeln. Für alle war ich nun der Böse. Der Schuft, der seine Freundin aus einer Feierlaune heraus betrogen hatte. Kurz gesagt: Ich war nicht sonderlich darauf erpicht, meine Eltern zu sehen oder sonst irgendwen aus meinem Familienkreis zu sprechen. Im Zeitlupentempo löffelte ich die Suppe und merkte, dass sie mir guttat. Langsam rappelte ich mich auf. Ich begann wieder regelmäßig zu essen und siedelte vom Bett auf Thomas' riesengroßes Ledersofa im Wohnzimmer um. Stumpf schaute ich Fernsehen oder spielte hirnlose Videospiele. Nach zwei Wochen war ich wieder in der Lage, zur Uni und zur Arbeit zu gehen. Zum Handballspielen fühlte ich mich noch zu schwach. Vor allem hatte ich keine Lust, mich den neugierigen Fragen meiner Teamkollegen zu stellen, warum ich die letzten Wochen nicht da gewesen wäre. Eine Art Alltag stellte sich ein. Ich tat alles mechanisch, ohne Gefühl. Und trotzdem funktionierte ich irgendwie. Doch jeder Tag kostete mich enorm viel Kraft. Nachts zitterten meine Glieder. Manchmal schreckte ich aus dem Schlaf mit dem Gefühl hoch, jemand hätte versucht, mich zu erwürgen. Und immer drehten sich meine Gedanken um Caro. Es war, als hätte sie mir heimlich eine Droge eingeflößt. Eine Droge, die bereits nach einmaliger Einnahme abhängig gemacht hatte. Zumindest fühlte ich mich so. Die Sehnsucht nach Caro verursachte mir körperliche Schmerzen. Ich hatte angefangen, Caro kurze Nachrichten auf ihr Handy zu schreiben. Dass mir alles so schrecklich leid täte, dass ich sie vermissen würde, dass mit Lisa Schluss wäre und dass ich sie, also Caro, über alles liebte. Nie kam eine Reaktion darauf. Wenn ich sie anrief, meldete sich nur ihre Mailbox. Ich war am Verzweifeln und hatte ernsthaft Angst, den Verstand zu verlieren. Ich konnte diese *silencio*, diese Stille, dieses Nichtwissen, was mit Caro war, kaum ertragen. Dass Luis mich ausgestochen und die Gunst von Caro gewonnen hatte, war vernichtend für mein Selbstbewusstsein. War ich wirklich solch ein *loser* im Vergleich zu ihm? Was hatte er und ich nicht? Diese Art von Fragen zermürbten mich. Ich malte mir die schlimmsten Szenarien aus. Dass Caro von Luis schwanger wäre oder dass er sie schlagen würde und zu Sachen zwang, die sie gar nicht wollte.

„So geht das doch nicht weiter, Jonas!", sprach Thomas mich eines Abends vorwurfsvoll an. „Du bist ein Schatten deiner selbst! Schau dich doch einmal im Spiegel an. Wann hast du eigentlich das letzte Mal geduscht?" Thomas war wieder einigermaßen mit mir versöhnt. Ich hatte Jessie überreden können, ihre Nummer an Thomas weiterzugeben. Thomas hatte sie daraufhin sofort angerufen, und sie hatte zu seiner großen Freude zugesagt, bei seiner Club-Einweihungsfeier dabei zu sein.

„Ich komme nicht so recht mit deiner Luxus-Dusche klar", wich ich Thomas' Frage aus. Ich mochte mir vor ihm nicht die Blöße geben und sagen, dass mich das Duschen viel Kraft und Überwindung kostete. Wozu oder für wen sollte ich mich überhaupt duschen?

„So ein Quatsch! Du schaltest einfach das Standardprogramm Nummer 1 ein und dann fließt das Wasser ganz normal aus dem oberen Duschkopf heraus, wie sonst auch überall. Außerdem geht es mir nicht allein ums Duschen. Alter, komm mal wieder klar! Du hast Lisa mit Caro betrogen, *so what?* Wenn du Lisa wieder zurückhaben willst, musst du eben zu Kreuze kriechen oder dir sonst irgendetwas einfallen lassen. Leicht wird es nicht werden, aber unmöglich ist es auch nicht. Außerdem hättest du dann auch wieder deinen Familienfrieden zurück. Langsam nervt es mich echt, dass der Anrufbeantworter vom Festnetzanschluss nur noch von deiner Familie vollgequatscht wird. Und deine Schwestern haben auch schon öfter hier geklingelt, aber da warst du Gott sei Dank immer gerade nicht da."

„Ich bekomme sie einfach nicht aus dem Kopf!", murmelte ich.

„Wen jetzt? Lisa oder Caro?"

„Caro. Mit Lisa ist es vorbei. Ich habe es in ihren Augen gesehen. Lisa wird mir nie verzeihen. Es kann schon sein, dass sie mich wieder zurücknehmen würde, wenn ich mich bei ihr in aller Form entschuldige. Aber sie würde es mir immer und ewig vorhalten. Ich wusste das schon vorher. So ist sie. Deshalb habe ich auch nie gewollt, dass es jemals so weit kommt. Nun ist es aber passiert. Es ist endgültig vorbei, und es tut weh. Wir waren über viele Jahre ein verdammt gutes Team und immer ehrlich zueinander."

„Und mit Caro könntest du kein gutes Team werden?"

„Caro hat mir beim letzten Mal ziemlich deutlich gesagt, dass sie mich nie wieder sehen möchte. Sie hat einen Freund, den sie offenbar mehr liebt als mich. Ich habe mich mit ihm geprügelt. Daraufhin hat sie mich aus ihrer Wohnung geschmissen."

„Du hast dich geprügelt? Du hast dich doch noch nie in deinem Leben mit jemandem geschlagen! Krass! Dich muss es echt ganz schön erwischt haben. Aber glaubst du, dass Caro es wirklich so meinte, wie sie es gesagt hat? Frauen sagen oft irgendwelche Sachen und meinen eigentlich etwas völlig anderes."

„Ich habe alles komplett vermasselt, Thomas! Ich bin ein totaler Versager!"

„Na, also, komm! So etwas will ich nicht von dir hören, Alter! Mein Vater ist ein Versager, was Beziehungen angeht, aber doch nicht du! Sprich doch noch einmal mit Caro."

„Ich habe schon alles versucht! Sie reagiert nicht auf meine Anrufe und Nachrichten. "

„Dann muss der Berg eben zum Propheten gehen. Flieg doch noch einmal zu ihr und versuch, mit ihr von Angesicht zu Angesicht zu reden!"

„Das hatte ich auch schon überlegt. Das wäre meine letzte Chance. Ich habe aber kein Geld mehr, um mir die Flüge zu leisten", jammerte ich. „Und meine Eltern kann ich jetzt auch schlecht um Geld anpumpen."

„Ich glaube es nicht! Alter, die Lösung für dein Problem sitzt doch direkt vor dir! Die paar hundert Euro für die Flüge kann ich dir doch locker leihen. Von mir aus sogar schenken. Manchmal stehst du aber auch echt auf dem Schlauch, Junge!"

Die Vorstellung, Caro sehr bald wiedersehen zu können, erfüllte meinen Körper wieder mit Leben. Warum war ich nicht vorher schon auf die Idee gekommen, mir das Geld für die Flugtickets von Thomas zu borgen? Ich suchte mir sofort Flüge heraus und fand eine gute, schnelle Verbindung für das kommende Wochenende. Alf und Antonio freuten sich riesig, als ich sie anrief und erzählte, dass ich kommen würde. Caro schrieb ich auch eine kurze Nachricht. Ich rechnete mit keiner Antwort. Doch kurz darauf erhielt ich eine Nachricht von ihr, dass sie sich freuen würde, mich zu sehen. Aber dass wir uns auf gar keinen Fall wieder in der *Calle Candilejo* treffen könnten. Sie würde mir Bescheid geben, wann und wo wir uns treffen könnten. Hatte sie mir verziehen? Liebte sie mich vielleicht doch mehr als Luis? Ich flog mit großen Erwartungen im Gepäck nach Sevilla.

28

Und dann wieder nichts. Kaum war ich in Sevilla gelandet, rief ich Caro mehrmals an und schrieb ihr Kurznachrichten. Aber nichts. Absolute *silencio*. In meinem Kopf drehte sich alles. Es war unerträglich heiß in Sevilla. Ich machte mir Sorgen, dass ihr etwas zugestoßen sein könnte. Gleichzeitig hatte ich Angst, dass sie es sich vielleicht wieder anders überlegt haben könnte. Wollte sie mich doch nicht sehen? Alf und Antonio, bei denen ich natürlich auch dieses Mal wieder spontan untergekommen war, sahen mir meine Qualen an. Am zweiten Abend, ohne etwas von Caro gehört zu haben, war ich so verzweifelt, dass ich ihnen mein Leid offenbarte. Beide schauten mich danach groß an. „Ist Caro die, die auf deiner Abschiedsfeier so wild getanzt hatte?", fragte Alf schließlich. Ich bejahte. „*Mon dieu*, die war aber auch wirklich sehr sexy!", stieß Alf mit einer Mischung aus Bewunderung und Mitleid aus. Antonio schaute ungläubig zu Alf hinüber. Offenbar teilte er Alfs Meinung nicht. Und zu mir gewandt mit ruhiger, aber eindringlicher Stimme:

„Ich mochte Lisa wirklich gern. Sie war so freundlich und so...deutsch. Diese Carolina wird dir nur Unglück bringen! Ich erinnere mich auch noch sehr gut daran, wie sie hier im Wohnzimmer getanzt hat. Sie hat allen Männern den Kopf verdreht. Das, was du für sie empfindest, ist...*¡una obsesión!* Das ist keine Liebe. Vergiss sie, *¡El Gótico!* Sie spielt nur mit dir. Flieg nach Hause und bitte Lisa um Verzeihung!"

„Antonio, ich habe schon so viel versucht, um sie zu vergessen", entgegnete ich mit erstickter Stimme. „Es ist wie eine Sucht. Ich komme nicht von ihr los. Ich wünschte, ich könnte es!" Beide schauten mich mitleidig an und verstanden, dass es keinen Sinn hatte, weiter über das Thema zu sprechen. Antonio zündete mir einen Joint an und bot ihn mir mit väterlicher Gestik an. Ich nahm ihn an und tat einen tiefen Zug. Wir schauten uns daraufhin – wie schon so oft in solchen Momenten – ein Live-Konzert von Queen an. Freddie war einfach der Größte und die beste Medizin, wenn es um Liebeskummer ging! Ich musste heftig schlucken, als er das Lied „Too much love will kill you" sang. Der Liedtext erschien mir wie ein Spiegelbild meiner Lage.

Dann, gegen Mitternacht, endlich eine Nachricht von Caro: „*Sorry*, hatte mein Handy zu Hause liegen lassen. Melde mich später. C." Ich ließ alles stehen und liegen und lief entgegen Caros Anweisung sofort in die *Calle Candilejo*. Es verließ gerade jemand das Haus, als ich ankam, so dass ich problemlos durch die Haustür direkt zu Caros Wohnung hochlaufen konnte. Zu meinem Erstaunen war ihre Wohnungstür nur angelehnt. Ich stieß sie vorsichtig auf und betrat leise die Wohnung. „Wärst du nicht so kopflos in der Situation gewesen, hätten wir das Problem jetzt nicht, Luis. Find eine Lösung! Und zwar schnell! Ich habe langsam die Nase voll von deinen faulen Ausreden und Entschuldigungen", hörte ich Caros aufgebrachte Stimme.

„Wir fahren jetzt einfach zusammen zum Hafen und holen uns das Zeug wieder", entgegnete Luis. „Den Sicherheitscode für das Lager habe ich ja."

„Guuute Idee, Luis! Du bist ein solches Genie! Und wenn es Probleme gibt? Wir sind nur zu zweit. Wir brauchen noch mindestens einen dritten, der uns den Rücken frei hält."

„¡*Ya está!*", rief Luis aus und stimmte ein schäbiges Lachen an, als er mich im Türrahmen des Wohnzimmers stehen sah. „Dein lieber Cousin wird uns fahren!" Caro hatte mit dem Rücken zu mir gestanden und drehte sich nun ruckartig um. Die Verblüffung war ihr ins Gesicht geschrieben, mich hier zu sehen. Sie sah noch müder und ausgezehrter aus als bei unserer letzten Begegnung. Für mich war sie dennoch die schönste Frau auf Erden. Am liebsten wäre ich vor ihr auf die Knie gefallen und hätte ihre wunderschönen Zehen geküsst. Aus dunklen Augen schaute sie mich ungläubig an.

„Hallo, Caro", begrüßte ich sie schüchtern. „Ihr braucht Hilfe?"

„Ach, Jonas!", seufzte Caro. Schnell hatte sie sich wieder gefasst. „Luis und ich stecken gerade tief in der Scheiße. Eine kleine, aber wichtige Lieferung für uns wurde im Hafen konfisziert und liegt dort nun in einem von Sicherheitsleuten bewachten Zolllager. Wir müssen die Ware unbedingt da herausbekommen und an unseren wichtigsten Geschäftspartner weiterleiten. Wenn das nicht innerhalb der nächsten zwölf Stunden passiert, sind wir tote Leute. Ich mache keine Scherze!", verriet sie mir unverhohlen. Ich sah ihr an, dass sie keine Scherze machte. Sie bangte tatsächlich um ihr Leben. Was war nur schief gelaufen? Offenbar hatte dieser Nichtsnutz Luis irgendetwas verbockt. Denn er stand zahm wie ein Lämmchen vor uns und glotzte mich mit seinen Viehaugen hoffnungsfroh an. Benebelt von blinder Liebe und Antonios Joint sah ich meine große Chance gekommen: Ich würde Luis ausstechen und Caro beweisen, dass ich die bessere Partie bin.

„Ob Luis draufgeht oder nicht, ist mir egal. Mir geht es allein um dich. Was muss ich tun?", erwiderte ich mit fester Stimme ebenfalls auf Deutsch. Ich wollte

Luis weiterhin im Glauben lassen, dass ich kein Spanisch verstand.

„Für dich dürfte die ganze Sache nicht so wild werden", sagte Caro. „Du müsstest uns eigentlich nur zu diesem Zolllager im Hafen kutschieren, dort kurz warten und uns danach nach *Tres Mil* fahren." Mit *Tres Mil* meinte Caro einen Außenbezirk von Sevilla namens *Las 3000 Viviendas*, der zu einem der gefährlichsten Viertel von Sevilla zählte. Er war berüchtigt für sein kriminelles Milieu, hatte aber auch schon den einen oder anderen genialen Flamencokünstler hervorgebracht. „Du wärst mir wirklich eine große Hilfe", fügte sie noch hinzu. Sie tätschelte kurz meinen Arm.

„Kein Problem. Ich mach's. Wann geht es los?", fragte ich. Die Möglichkeit, Caro zu imponieren, erfüllte mich mit unbändigem Tatendrang.

„Jetzt sofort. Wir dürfen keine Zeit verlieren", antwortete Caro und gab Luis einen Wink, dass ich zugestimmt hatte, beide zu fahren. „Und lass dein Handy hier, damit du nicht im Nachhinein aufgespürt werden kannst!" Ich gehorchte und folgte ihr nach draußen.

29

„Lass den Motor laufen!", befahl mir Caro, als wir am Zollager unweit des Hafenbeckens angekommen waren. Sie gab mir einen flüchtigen Kuss auf die Wange, zog sich eine Skimaske über den Kopf und stieg aus dem Wagen. Luis war schon mit einer leeren Tasche in der Hand aus dem Wagen gesprungen und näherte sich dem Lager. Er hatte während der Autofahrt keinen Mucks von sich gegeben. Ich schaute beiden hinterher, bis sie in der Dunkelheit verschwunden waren. Erst als ich so allein im Auto saß, fiel mir auf, dass ich keinen blassen Schimmer hatte, was die beiden genau vorhatten. Mit „Ware" meinten sie sicher irgendeine Art von Drogen. Als ich Teenager war, hatte ich mich eine Zeit lang sehr für das Thema Drogenhandel interessiert und viel über die Machenschaften der lateinamerikanischen Drogenbosse gelesen. Mir war bekannt, dass Drogen von Südamerika nach Europa meistens irgendwie per Schiff kamen. Gut versteckt zwischen Bananen oder irgendwo unauffällig eingenäht oder verschweißt. Hatten Caro und Luis auch auf eine derartige Lieferung aus Lateinamerika gewartet? Was war schief gelaufen? Und wie wollten sie nun die Sicherheitsleute umgehen und ihre Ware aus dem Lager herausholen? Meine letzte Frage beantwortete sich wenige Sekunden später. Ich hörte auf einmal lautes Stimmengewirr. Dann zwei Schüsse. Und wieder Stille. Gespenstische Stille. Vor Schreck erstarrt saß ich hinter dem Steuer und wagte es nicht, mich zu rühren. Wer hatte da geschossen? Ging es Caro gut? „Du musst auf jeden Fall im Auto bleiben! Wenn wir nicht innerhalb von zehn Minuten wieder zurück sind, musst du ohne uns abhauen, Jonas!", hatte mir Caro noch eingebläut, bevor sie aus dem Wagen gestiegen war. Ich schaute ängstlich auf die Autouhr. Die zehn Minuten waren gleich um.

Dann endlich tauchten sie aus der Dunkelheit auf. Beide rannten auf das Auto zu. Caro sprang als erste mit der Tasche in der Hand in den Wagen, dicht gefolgt von Luis. „Fahr, Jonas, fahr los!", schrie Caro. Ich erschrak und trat heftig aufs Gaspedal. Im selben Moment ging hinter uns im Lager der Alarm los. „Schneller, schneller", rief nun auch Luis von hinten. In rasendem Tempo überfuhr ich rote Ampeln, achtete auf keine Fußgänger oder Fahrradfahrer und wagte es nicht, in den Rückspiegel zu blicken. Hinter uns hörte ich Polizeisirenen. „Da lang, da lang", kommandierte Luis und fuchtelte mit seiner Hand vor meinem Gesicht herum. Mit quietschenden Reifen nahm ich die Kurven und gab auf geraden Strecken Vollgas. Aus Angst vor der Polizei fuhr ich immer schneller und halsbrecherischer. Bilder verschwammen vor meinen Augen. Kalter Schweiß floss mir literweise den Rücken hinunter. Meine Zunge klebte mir wie ein totes Stück Fleisch in meinem trockenen Mund. Irgendwann wurde das Sirenengeheul endlich leiser, schließlich war es nicht mehr zu hören. „Halte hier an!", wies mich Luis nach einer gefühlten Ewigkeit an. Ich schaute mich das erste Mal richtig um. Das konnte nicht *Tres Mil* sein. Wir waren irgendwo auf dem Land. Das Auto stand mitten auf einem verlassen wirkenden, heruntergekommenen Fabrikgelände. Alles um uns herum war gar nicht oder nur sehr spärlich beleuchtet. „*Good boy!*", sagte er zu mir, als ich den Wagen zum Stehen gebracht hatte. Caro saß stumm mit versteinerter Miene neben mir auf dem Beifahrersitz und rührte sich nicht. Ich war völlig fertig. Schon während der Fahrt war mir speiübel geworden.

Nun, da unsere halsbrecherische Fahrt endlich zu Ende war, riss ich die Wagentür auf und erbrach mich. Ich konnte mich später nur noch an Luis' dreckiges Lachen, den bitteren Geschmack im Mund und an den Kinnhaken erinnern, den ich dieser lachenden Fratze verpasste hatte. Alles Weitere danach muss irgendeine Art von Selbstschutzmechanismus aus meinem Gedächtnis gelöscht haben. Meine Erinnerung setzte erst viel später wieder ein.

30

Ich wachte in einem abgedunkelten Zimmer auf. Mir fiel der modrig-feuchte Geruch auf. So roch es in jahrzehnte- oder gar jahrhundertealten spanischen Wohnungen, die meistens von alten Leuten bewohnt wurden. Ich lag, nur mit meinen Boxershorts bekleidet, in einem Bett und war halb mit einem weißen Laken zugedeckt. Der Raum oder zumindest das, was ich durch mein unversehrtes Auge davon sah, war mir fremd. Mein linkes Auge war zugeschwollen. Mein Kopf fühlte sich doppelt so groß an wie sonst. Und diese Schmerzen! Als wollte mein Kopf gleich zerplatzen. Auch mein rechter Rippenbogen tat mir furchtbar weh. Bei jedem Atemzug fühlte es sich an, als würde mir jemand mit einem Messer in die Seite stechen. Als ich laut aufstöhnte vor Schmerz, hörte ich Caros Stimme neben mir. Ihre Hand streichelte meinen nackten Arm. „Ganz ruhig, Jonas", redete sie beruhigend und sanftmütig auf mich ein. „Du hast ordentlich was abbekommen, aber dein Dickschädel hat dich gerettet. Warum musstest du auch in die *Calle Candilejo* kommen, obwohl ich es dir verboten hatte? Aber keine Sorge. Bald wirst du wieder gesund sein!" Trotz der starken Schmerzen durchströmte mich ein Glücksgefühl, dass Caro bei mir war. „Was ist passiert?", fragte ich sie. „Wo bin ich hier?"

„Erinnerst du dich nicht?", fragte Caro verwundert.

„Nein", gab ich verunsichert zurück. „Ich weiß nur noch, wie ich mit dem Wagen vor diesem Fabrikgebäude gehalten und Luis eine verpasst habe. Wo ist er?

Was ist danach passiert? Warum liege ich hier?" Den letzten Satz konnte ich nur mit Mühe zu Ende sprechen.

„Ruh dich noch etwas aus. Ich erzähle dir alles später." Caro stand auf, gab mir einen Kuss auf die Stirn und verließ das Zimmer. Direkt danach muss ich schon wieder eingeschlafen sein. Ich schlief traumlos. Als ich das nächste Mal erwachte, ging es mir etwas besser. Ich hatte einen trockenen Mund und trank das Glas Wasser, das neben mir auf einem Nachttisch stand, in einem Zug leer. Neben dem Glas war auch ein bisschen Brot, das ich hungrig aß. Außerdem lag mein Handy dort. Ich hatte mehrere Kurznachrichten von Antonio und Alf erhalten. Vorsichtig versuchte ich aufzustehen. Ich schaffte es, mich für einen Moment auf die Bettkante zu setzen. Durch die heruntergelassenen Jalousien schien ein wenig die Sonne. Hier drinnen war es angenehm kühl. Außer dem Bett, dem Nachttisch und einer kleinen Kommode stand nichts weiter in dem kleinen Zimmer. Über dem Bett hing ein großes Kreuz aus Holz mit dem blutüberströmten, in spärliches, weißes Leinen gehüllten Jesus darauf gepflockt. Ich fand solche Jesusdarstellungen unheimlich. Warum hängt man sich so etwas in seine Wohnung?

„Ich hatte Tante Dolores gebeten, das Kreuz abzunehmen, aber sie bestand darauf, dass er über dich wachen sollte. Und wie du siehst, hat es ja gewirkt. Du lebst und es geht dir besser, stimmt's?" Caro kam mit einer Flasche Wasser in der Hand ins Zimmer. „Sie wird gleich kommen, um sich deine Wunden anzuschauen und die Verbände zu wechseln." Als Caro sich zu mir aufs Bett gesetzt hatte, nahm ich ihre Hand und fragte sie noch einmal, wie ich hierhergekommen wäre und was sich genau ereignet hätte. Sachlich, so als würde sie das alles nichts angehen, erzählte mir Caro von der Aus-

138

einandersetzung zwischen Luis und mir: „Du hast Luis einen ordentlichen Schlag unters Kinn verpasst, als der dich auslachte, weil du dich nach unserer Verfolgungsjagd mit der Polizei übergeben musstest. Luis hatte damit nicht gerechnet. Er rastete daraufhin mal wieder vollkommen aus, schlug deinen Kopf auf die Motorhaube und prügelte danach wie wild auf dich ein. Dein eines Auge war schon bald komplett zugeschwollen, aber du hast dich trotzdem erstaunlich gut gegen ihn behauptet und ein paar ordentliche Schläge ausgeteilt. Wahrscheinlich hast du ihm sogar die Nase gebrochen. Was aber ziemlich egal ist, weil Luis tot ist."

„Luis ist was?", stieß ich mit erstickter Stimme aus. Damit hatte ich im Leben nicht gerechnet. Hatte sie das gerade wirklich gesagt?

„Ja. Als Luis merkte, dass du stärker warst als er und nicht aufgeben wolltest, hat er seine Waffe gezogen und auf dich geschossen. Der Schuss streifte dich aber nur rechts an der Seite. Deshalb trägst du an der Stelle jetzt einen Verband. Die Wunde hat unglaublich geblutet. Ich dachte schon, er hätte dich doller erwischt. Na, jedenfalls hast du dich danach auf ihn gestürzt. Wie in so einem schlechten Gangsterfilm lagt ihr dann beide miteinander ringend auf dem Boden und habt euch hin- und hergewälzt. Es ging alles verdammt schnell. Plötzlich fiel ein Schuss. Die Kugel traf Luis genau ins Herz. Er war sofort tot. Den Abzug hat er wahrscheinlich selbst gedrückt. Die Waffe lag noch in seiner Hand, als er so leblos dalag."

„Oh, mein Gott! Bist du sicher, dass er tot ist?", fragte ich ungläubig.

„Mausetot." Sie zögerte kurz und fügte in bitterernstem Ton hinzu: „Das erspart mir viele Probleme. Du hast mir damit echt einen großen Gefallen getan."

Ich? Wollte sie damit andeuten, dass ich Luis auf dem Gewissen hatte? Ein heftiger Schauder ergriff mich. Und warum begrüßte sie seinen Tod? Hatte sie ihn etwa nie geliebt? Ihre Reaktion war mir absolut unverständlich. Schließlich war Luis tot! Tot?

„Und was ist mit seiner Leiche?", fiel mir glühend heiß ein.

„Darüber brauchst du dir keine Gedanken zu machen. Die haben wir verschwinden lassen. Keiner wird sie je finden", antwortete Caro kühl. Wir? Krampfhaft versuchte ich mich zu erinnern. Aber da war nichts. Keinerlei Erinnerung. Mir blieb nichts anderes übrig, als Caros Schilderungen Glauben zu schenken. Aber warum sollte ich ihr auch nicht glauben? Erst viele Jahre später fiel mir Caros Tagebuch aus dieser Zeit in die Hände und brachte endgültig Licht ins Dunkel. Eigentlich glich ihr Tagebuch über weite Strecken eher einem Notizbuch. In diesem hatte sie stichwortartig, immer unter Verwendung von Pseudonymen und Abkürzungen, notiert, wann sie wen kennengelernt und welche Aufträge sie ausgeführt hatte. Die kryptische Schreibart, die sie an vielen Stellen verwendete, machte es recht schwer, aus ihren Aufzeichnungen schlau zu werden. Immerhin entnahm ich ihren Notizen, dass sie sich sehr schnell als besonders geschickte und ehrgeizige Gehilfin von Luis erwiesen hatte, so dass der „Boss" auf sie aufmerksam wurde. Offenbar machte sie am Ende Luis sogar geradezu Konkurrenz. Das wiederum hatte mit der Zeit immer häufiger zu Streit zwischen den beiden geführt. Caro wollte nicht mehr nur Luis' bloße Handlangerin sein, sondern das Geschäft mit ihm zusammen leiten und sogar ausweiten. Luis missfiel, dass Caro solche selbstbewussten Forderungen stellte. Etwa sechs Wochen vor der desaströsen Nacht, in der Luis starb, tauchte das erste Mal das Wort „Orienthandel" in ihrem Tagebuch auf. Sie hatte es mehrfach unterstrichen und mit drei Ausrufungszeichen versehen. Danach gab es lange keinen weiteren Eintrag. Kurz nach Luis' Tod hatte sie dafür einen ungewöhnlich ausführlichen und durchaus aussagekräftigen Text in ihr Tagebuch geschrieben. Sie musste beim Schreiben sehr aufgebracht gewesen sein, denn ich konnte ihre Schrift bei dieser Eintragung nur schwer entziffern. Ihre Ausführungen spiegelten offenbar, wenn auch in gedanklich recht ungeordneter Form, die tatsächlichen Begebenheiten wider, wie sie sich in jener Nacht auf dem Fabrikgelände zugetragen hatten. Außerdem gaben sie mir noch einen höchstinteressanten Einblick in Caros damaliges Innenleben.

Sevilla, 19. Juni 2010

Die Herren der Schöpfung sind auch wirklich zu nichts zu gebrauchen! Immer diese Selbstüberschätzungen! Stets machen sie große Versprechungen, dass alles gut werden würde, und am Ende geht doch alles schief. Und ist das Kind dann in den Brunnen gefallen, haben immer alle anderen die Schuld, nur sie nicht. Die Scherben dürfen dann natürlich auch immer die anderen für sie zusammenkehren. Mein Vater ist so. Und L. auch. So richtige Versager eben! Ich hatte L. von Anfang an gesagt, dass wir diesem M. nicht trauen dürfen. Aber nein, er war ja so dicke mit ihm befreundet. So dicke, dass er ihm vor meinen Augen aus lauter Wut dann auch eine Kugel in den Kopf jagte, als der Testlauf zum Fiasko wurde und wir die Araber im Nacken hatten. Nur dank J. konnten wir den Deal gerade noch so retten. L. hätte es ansonsten doppelt versaut, da im Lager sein Handy laut klingelte und er daraufhin auf die herbeieilenden Sicherheitsleute schoss. Am liebsten hätte ich ihn danach auf der Stelle erwürgt!

Und als hätte dieser Idiot nicht schon genug Schaden angerichtet, wollte er kurz darauf auch noch J. umlegen. Aber nicht mit mir! Als er seine Waffe auf J. richtete, hatte ich endgültig die Schnauze voll von ihm und versuchte ihm die Waffe wegzunehmen. Ich schwöre bei meiner Zigeunerehre, ich hätte ihn getötet, wenn ich die Waffe in die Hände bekommen hätte. Leider war der Mistkerl stärker und ein Schuss löste sich. Die Kugel erwischte J. glücklicherweise aber nicht richtig. J.'s Schmerzensschrei klang aber trotzdem krass. Ich dachte schon, dass er hinüber wäre. Aber weit gefehlt! Die Schusswunde hatte in ihm plötzlich Bärenkräfte freigesetzt. Wie besinnungslos warf sich J. auf L., biss, schlug und würgte ihn. Total abgefahren! So etwas hatte ich J. wirklich nicht zugetraut! Am Ende verpasste sich L. wohl aus eigener Dummheit eine Kugel. Halleluja! Ich weine ihm keine Träne nach! Der Boss ist auch sehr erleichtert, dass das Thema L. erledigt ist. Seine Leute halfen mir dabei, alle Spuren auf dem Fabrikgelände zu beseitigen und den bewusstlosen J. zu D. nach 3M zu bringen. Ich habe ihnen gesagt, dass J. mein Cousin ist. Das macht es für mich unkomplizierter. J. ist zäher und kräftiger als ich gedacht habe. Während ich das hier schreibe, sitze ich gerade an seinem Bett und warte darauf, dass er aufwacht. D. hat ihm etwas Beruhigendes gegen die Schmerzen gegeben. Er sieht wie ein unschuldiger, kleiner Junge aus, wenn er schläft. Eigentlich wollte ich dieses Unschuldslamm aus meinen Geschäften heraushalten. Aber ich glaube, ich habe mich in ihm getäuscht. Er hält doch einiges aus. Außerdem frisst er mir aus der Hand! Ob er auf mein Angebot eingehen wird?

Damals, im Gästezimmer von Caros angeblicher Tante Dolores, ahnte ich noch nichts von den Geschäftsbeziehungen zwischen Caro, dem Boss und den sogenannten Arabern. Nachdem Caro mir von Luis' Tod erzählt hatte, drang ich darauf, alles der Polizei zu erzählen. Mir schien es das einzig Richtige zu sein. Ich konnte behaupten, dass es Notwehr war. Caro hätte sagen können, dass sie von ihm gezwungen worden sei, bei seinen schmutzigen Geschäften mitzumachen. Caro lehnte meinen Vorschlag jedoch rigoros ab: „Auf gar keinen Fall! Überleg doch mal! Erstens ist Luis' Leichnam bereits unwiederbringlich entsorgt und zweitens – selbst, wenn dem nicht so wäre – würden die uns für mehrere Jahre ins Gefängnis stecken. Willst du das? Den Bullen ist es völlig egal, ob wir schuldig sind oder nicht. Die brauchen Sündenböcke und einen schnellen Fahndungserfolg, um die Öffentlichkeit zufriedenzustellen und zu beruhigen. Deine Vorstellung von der Polizei ist absolut naiv, Jonas! Die sind nicht dein Freund und Helfer. Nicht, wenn es um so etwas geht!" Vermutlich hatte Caro recht, aber was sollten wir jetzt tun? „Wir sollten für einige Zeit den Ball flachhalten", riet sie. „Unsere beste Tarnung ist und bleibt, wenn wir weiter unserem Studium nachgehen. So, als wäre nichts gewesen."

„Aber das Erasmus-Jahr ist so gut wie um. Willst du danach wieder zurück nach Bochum?", fragte ich.

„Nein, ich will in Spanien bleiben", antwortete sie bestimmt. „Ich möchte nicht wieder zurück nach Deutschland. Nie wieder. Ich habe mir hier mittlerweile ein ziemlich gutes geschäftliches Netzwerk aufgebaut. Ich verdiene viel Geld und die Chancen stehen sehr gut, dass es bald sogar noch sehr viel mehr werden wird. Es war immer mein Traum, viel Geld zu verdienen und mir etwas leisten zu können!"

„Mit ehrlicher Arbeit kann man aber doch auch viel Geld verdienen. Wir könnten zusammen in Kiel zu Ende studieren. Ich würde Lehrer werden und du könntest auch irgendetwas arbeiten, was dir Spaß macht", versuchte ich, sie von meinem Lebensplan zu überzeugen. „Das wäre legal und wir könnten ohne Angst leben."

„Nein, Jonas, das ist nicht mein Fall. Ich könnte so nicht leben. Ich will *action* und Nervenkitzel. Dazu brauche ich jemanden an meiner Seite, der Abenteuer liebt und Risiken nicht scheut. So einen richtigen Kerl eben! Ich hatte gehofft, dass du vielleicht derjenige sein könntest. Ich bräuchte jemanden, der mich im Notfall beschützt. Du hast bereits mehrmals bewiesen, dass du dazu in der Lage bist. Wie sieht es aus? Möchtest du mein Partner werden? Du würdest jeweils 40 Prozent von einem *deal* abbekommen." Caros Angebot war nicht nur recht unromantisch vorgetragen, sondern auch wahnwitzig. Ich musste versuchen, sie zur Vernunft zu bringen, auch wenn ich mir insgeheim nichts lieber wünschte, als Caro vor allen Gefahren dieser Welt zu beschützen.

„Caro, ich liebe dich über alles und will mit dir zusammen sein. Für immer. Aber ich werde sicher nicht anfangen, mit Drogen zu handeln. Das kann ich einfach nicht. Das möchte ich nicht."

„Wer sagt denn etwas von Drogen? Das war doch nur zum Aufwärmen. Um Kontakte zu knüpfen. Heutzutage kann man mit anderen Waren sogar noch viel mehr Kohle machen. Was glaubst du, was in der Tasche drin war, die Luis und ich im Lager am Hafen gefüllt haben? Das waren keine Drogen! Das waren Rollsiegel, kleine Statuen und allerlei Schmuck aus antiken Ausgrabungsstätten. Diese Sachen haben mindestens einen ebenso hohen Marktwert wie Drogen – eher einen noch höheren. Reiche, einflussreiche Menschen auf der ganzen Welt interessieren sich für derlei Schätze. Aber wenn du nicht mit ins Geschäft einsteigen willst, mache ich es eben ohne dich. Ich brauche dich nicht. Ich brauche niemanden. Deine Reaktion enttäuscht mich. Ich dachte, du wärst ein richtiger Kerl!"

„Wir können doch auch etwas Legales machen. Warum muss es denn gleich so etwas sein?"

„Das habe ich dir gerade erklärt, Jonas. Aber wenn du nicht willst, trennen sich hier unsere Wege." Caro stand vom Bett auf und ging Richtung Tür. Ich flehte sie an zu bleiben. Doch sie verließ einfach das Zimmer. Ich wollte sie aufhalten, aber die Schmerzen und Tante Dolores, die nun ins Zimmer gekommen war, um meine Wunden zu versorgen, hielten mich zurück. Zwei Tage ließ sich Caro nicht blicken. Ich war krank vor Sorge, dass sie nie wiederkommen würde. Dass sie sich vielleicht sogar schon irgendwohin abgesetzt hätte und ich sie nie wiederfinden würde. Tante Dolores war mir in Sachen Caro keine große Hilfe. Sie war eine knorrige, alte Frau, die sich aufopferungsvoll um mich kümmerte, aber einen unverständlichen Dialekt sprach. Am Ende musste ich einsehen, dass sie wahrscheinlich ebenso wenig wie ich wusste, wo Caro steckte. Als Caro schließlich wieder mürrisch auftauchte, um sich nach mir zu erkundigen, willigte ich ohne Umschweife ein, alles für sie zu tun und ihr überallhin zu folgen. Ich konnte ohne diese Frau nicht mehr leben. Diese zwei Tage der Ungewissheit waren für mich schrecklicher, als es hundert Jahre in der Hölle gewesen wären. Sie war außer sich vor Freude, dass ich meine Meinung geändert hatte. „Du wirst schon sehen. Der Orienthandel wird uns beide zu reichen Leuten machen!", sagte sie und küsste mich stürmisch übers ganze Gesicht. Ich schwelgte im Glück. Völlig verblendet vor Liebe sagte ich ihr: „Das Geld ist mir egal, Caro. Hauptsache, wir beide sind zusammen und ich muss dich nie wieder mit jemandem teilen!"

31

Mit Caro an meiner Seite schritt meine Genesung rasch voran. Sie umsorgte mich so liebevoll, wie ich es bisher nur von meiner Mutter kannte. Auf meinem lädierten Auge konnte ich schon fast wieder klar sehen, meine sämtlichen Prellungen taten kaum noch weh, und die Schusswunde verheilte gut. Nur ein wenig Kopfschmerzen und leichten Schwindel hatte ich noch. Ich musste eine ordentliche Gehirnerschütterung gehabt haben. Tante Dolores schien mit meinen Fortschritten ebenfalls zufrieden zu sein. Vergnügt saß Caro von morgens bis abends bei mir auf dem Bett, aß Unmengen von Orangen und schwärmte mir mit leuchtenden Augen von unseren zukünftigen Geschäften vor:

„Du musst dir das so vorstellen: Dort draußen gibt es unglaublich viele reiche Menschen, die bereit sind, ein Vermögen für richtig alte Sachen auszugeben. Das können Terrakottafiguren, Keilschrifttafeln oder Grabbeilagen sein wie fein gearbeitete Waffen oder Schmuck. Gerade letztens wurde wieder eine nicht mehr als sieben Zentimeter große Bronzefigur aus Mesopotamien, also Irak, für 25,7 Millionen US-Dollar auf einer Auktion in den USA versteigert. 25,7 Millionen, Jonas! Diese Leute sind schier verrückt. Denen ist es im Prinzip völlig egal, woher die Antiken stammen, solange die Herkunftsnachweise ihrer neuen Schätze gut genug gefälscht sind. Meistens heißt es in diesen Nachweisen, dass das kostbare Objekt schon seit Jahrzehnten in Familienbesitz irgendeiner adligen Familie gewesen sei. Manchen ist es sogar gleichgültig, ob die Gegenstände überhaupt echt antik sind – nur öffentlich herauskommen darf das natürlich nicht, da die Sachen sonst deutlich an Wert verlieren würden. Es geht eigentlich nur ums Geld. Diese Leute nennen es 'Kapitalanlage'. Manchmal ist es aber auch einfach nur Geldwäsche. Die Sachen, die ich aus dem Zolllager geholt habe, sind jetzt schon längst in der Schweiz und warten dort auf ihren neuen Besitzer, der das ganze Zeug für 250.000 Euro gekauft hat. Und weißt du, was unser Anteil daran ist? Wir bekommen 3 Prozent! Das sind 7.500 Euro auf einen Schlag, Jonas! Wahnsinn, oder? Das Geld ist sogar schon vom Boss auf mein dafür bestimmtes Konto eingezahlt worden. Und das ist, wie gesagt, nur der Anfang. Der Boss hat Großes mit uns vor. Er kann auch kaum erwarten, dich kennenzulernen. Ich verstehe mich super mit dem, und er hat vollstes Vertrauen in mich, dass ich, also wir, zukünftig regelmäßig solche Sachen aus dem Orient nach Europa schmuggeln werden. Er hat mir sogar schon fünf Prozent in Aussicht gestellt. Wenn wir uns geschickt anstellen, werden wir sicher bald nicht nur schmuggeln, sondern auch selbst in Deutschland oder anderswo die Sachen verkaufen. Das gibt dann noch einmal deutlich mehr Provision."

„Wer ist denn eigentlich dieser 'Boss'?", unterbrach ich sie kurz. Als ich Caro so von ihm reden hörte, stieg in mir wieder Eifersucht auf. Insgeheim hoffte ich, dass es ein alter, dicker, hässlicher Opa sein würde.

„Du wirst ihn sehr bald kennenlernen. Er ist Brite und hat ein schickes Büro in Gibraltar. Arthur J. Lloyd Wright nennt er sich. Der Name ist aber natürlich falsch. Seinen richtigen kenne ich nicht. Alle nennen ihn einfach nur 'Boss', weil er schon seit Jahrzehnten in dem Antikengeschäft arbeitet und ein extrem gutes Netzwerk hat. Ein wirklich intelligenter Mann! Sehr belesen. Ein Problem hat er allerdings: Er ist kokainsüchtig. Dadurch habe ich ihn auch kennengelernt. Sein Großvater war angeblich Kolonialbeamter in Ägypten und hatte eine Vorliebe für altägyptische Funde aus der Pharaonenzeit. Der Boss hat offenbar seine Leidenschaft geerbt und sie auf weitere Teile des Orients ausgedehnt."

Ich war einigermaßen beruhigt, als ich vernahm, dass der „Boss" schon seit Jahrzehnten in dem Geschäft unterwegs war. Dann konnte er ja nur ein älterer Herr sein.

„Eine illegale Leidenschaft", bemerkte ich daher nur spitz.

„Ja, klar, es ist heutzutage illegal, Kulturgüter aus Ägypten, Irak, Afghanistan, Syrien und so weiter ohne offizielle Genehmigung herauszuschaffen und sie im Ausland zu verkaufen. Daher ja auch diese lästigen, gefälschten Herkunftsnachweise. Aber eigentlich tun wir etwas Gutes. Ganz im Gegensatz zum Drogenhandel, wo sich die meisten Junkies echt kaputtmachen und du ihnen quasi noch beim langsamen Dahinsiechen hilfst. In Ländern wie dem Irak und Afghanistan herrschen seit vielen Jahren Krieg und Terror, wie du weißt. Den Leuten dort geht es echt schlecht. Ob sie beim Bestellen ihrer Felder zufällig auf ein Rollsiegel oder ein tausende Jahre altes Relief stoßen, kümmert sie nicht. Sie können es nicht essen. Wenn sie nicht wüssten, dass sie damit Geld machen können, würden sie es einfach achtlos wegwerfen oder im Fall von Edelmetallen die gefundenen Gegenstände einfach einschmelzen. Damit wären diese Sachen für die Menschheit für immer verloren. Der Boss kauft diesen Menschen die Sachen für gutes Geld ab, so dass sie ihre Familien weiter ernähren können. Für die ist Essen und ein Dach über dem Kopf wichtiger, als sich auf ihr jahrtausendealtes kulturelles Erbe zu berufen. So hat es mir der Boss erklärt, und ich glaube ihm."

So wie Caro mir den Handel mit illegal ausgeführten Kulturgütern beschrieb, klang alles eher nach einem Kavaliersdelikt. Man tat sogar etwas Wohltätiges, wovon alle involvierten Parteien letztlich profitierten: Der armen Landbevölkerung konnte finanziell unter die Arme gegriffen werden, gleichzeitig bewahrte man die antiken Gegenstände vor der Zerstörung und verkaufte sie an Menschen, die oftmals die schönen Stücke aus längst vergangenen Zeiten mehr zu schätzen wissen als die Menschen aus dem Herkunftsland. Dass dem illegalen Antikenhandel keineswegs etwas Wohltätiges anhaftete, erfuhr ich erst nach und nach. Ich war im Sommer des Jahres 2010 naiv genug zu glauben, dass das Geschäft mit der Antike trotz des vielen Geldes, das dahintersteckte, unblutig und weitgehend komplikationsfrei verlief. Zudem war es mir allemal lieber als der Handel mit Drogen. Mir ging es in erster Linie darum, mein Leben an Caros Seite zu verbringen. Ihre begeisterten Schilderungen vom illegalen Handel mit Mosaiken, kleinen Obelisken und Votivfiguren hatten mich aber auch durchaus neugierig gemacht. Etwas von ihrer Euphorie hatte sich auf mich übertragen. Es klang alles sehr spannend. Nach einer Woche mehr oder weniger strenger Bettruhe erlaubte uns Tante Dolores, dass ich ihre Wohnung verlassen durfte. Sie trug Caro auf, darauf zu achten, dass ich mich die nächsten Wochen nicht zu sehr körperlich anstrengte. Selbstverständlich hielt sich Caro nicht an diese Anweisung. Wir lebten in den darauffolgenden Wochen nun endlich ungestört die körperlich intensiven Zeiten eines frisch verliebten Paares aus. Ich fühlte mich wie im siebten Himmel. Wenn ich an den Rausch dieser Tage und Wochen zurückdenke, überkommt mich noch heute ein wohliger Schauer. Es war die bis dahin schönste Zeit meines Lebens.

32

Caro hatte ihre Wohnung in der *Calle Candilejo* nach dem Tod von Luis sofort geräumt und gekündigt. Sie wollte mit dem Drogenhandel nichts mehr zu tun haben. Zu meinem Erstaunen gelang ihr der Ausstieg aus diesem Geschäft problemlos. Es schien sich auch niemand bei ihr nach Luis' Verbleib zu erkundigen. Als ich sie darauf ansprach, erklärte sie mir knapp, dass der Boss alles geregelt hätte und wir uns keine Sorgen zu machen bräuchten. Wir beide zogen zunächst in die *7 Revueltas*-Wohnung ein. Alfs Zimmer war frei geworden. Ich hatte durch meine Zeit bei Tante Dolores Alfs Abschiedsfeier versäumt. Er war nach Frankreich zurückgekehrt, da nun auch das Sommersemester in Spanien vorüber und somit sein auf ein Jahr befristetes Erasmus-Stipendium ausgelaufen war. Ich hatte Antonio und Alf per Handynachricht von Tante Dolores aus geschrieben, dass ich bei Caro sei und sie sich keine Sorgen machen sollten, wenn sie mich ein paar Tage nicht zu Gesicht bekämen. Alf hatte mir daraufhin eine Nachricht zurückgeschrieben, in der er mir zu meinem Liebesglück gratulierte. Dennoch war Alf bestimmt enttäuscht darüber, dass ich ihn nicht persönlich verabschiedet hatte. Antonio hatte mir nicht geantwortet. Er war sichtlich sauer auf mich, als wir uns das erste Mal nach meinem überstürzten, nächtlichen Aufbruch wiedersahen. Er warf mir vor, dass ich wegen ein paar schöner Tage mit Caro Alf und ihn links liegen gelassen hätte. Freundschaft ging ihm bekanntlich über alles. Es quälte mich, dass ich ihm die Wahrheit nicht sagen durfte. Ich musste ihn in seinem Glauben lassen, und konnte ihn so nur mit Mühe überreden, auch Caro in der Wohnung wohnen zu lassen. Er mochte sie nicht und machte auch keinen Hehl daraus. Caro zeigte sich davon unbeeindruckt. Sie war eh nur selten zu Hause, da sie sich eifrig um sämtliche Formalitäten kümmerte, damit wir beide für das nächste Semester an der Uni Sevilla eingeschrieben blieben. Ich konzentrierte mich darauf, meine Angelegenheiten in Deutschland zu regeln. Lisa hatte mehrere Umzugskisten mit meinen restlichen Sachen zu Thomas' Wohnung liefern lassen, nachdem sie erfahren hatte, dass ich in Sevilla bei Caro war. Thomas erwies sich als souveräner Manager der Lage. Als er hörte, dass ich vorhatte, mit Caro in Spanien weiter zu studieren, versendete er all mein Zeug an die *7 Revueltas*-Adresse. Zusätzlich überwies er mir Geld für Flugtickets für Caro und mich, damit wir zu seiner Club-Eröffnung Mitte Juli in Kiel sein und später auch wieder nach Sevilla zurückfliegen könnten. Es war nicht mehr lange bis zu Caros und meiner ersten gemeinsamen Flugreise nach Deutschland. Sie freute sich darauf, Jessie wieder zu sehen. Dass Thomas uns die Flüge bezahlte, nahm sie schulterzuckend mit einem verschmitzten Lächeln hin. Vor der Reise war noch viel zu erledigen. Nachdem der mühsame Papierkram mit den Universitäten endlich erledigt war, machten wir uns daran, eine eigene Wohnung zu suchen. Sie sollte groß genug für uns beide sein, gewisse Annehmlichkeiten wie Klimaanlage und Heizung aufweisen und dennoch von außen so bescheiden wirken, als könnten sich zwei Studenten die Wohnung leisten. Nach einigem Suchen wurden wir im Stadtteil *Macarena* fündig. Die Wohnung war möbliert und gefiel uns beiden auf Anhieb. Den Umzug stemmten wir an nur einem Wochenende. Antonio, Fernando und *El Moro* packten mit an. Ich wollte so schnell wie möglich aus der *7 Revueltas*-Wohnung ausziehen. Nicht wegen

Antonio oder Fernando, sondern wegen José, der seit März in meinem alten Zimmer wohnte und bisher nie Anstalten gemacht hatte, sich mit uns anzufreunden. Mir missfiel, dass er seit Caros Einzug auf einmal unsere oder besser gesagt Caros Nähe suchte. Da die Wohnung keine Klimaanlage hatte und draußen konstant über 30 Grad herrschten, liefen wir alle nur spärlich bekleidet durch die Wohnung. Caro hatte meistens nur einen ihrer knappen Bikinis an, in denen sie atemberaubend sexy aussah. Antonio und Fernando hatten keine Augen für Caro. José entgingen Caros Reize hingegen nicht. Ständig suchte er das Gespräch mit ihr oder drängte ihr Stücke von seinen Früchten auf, die er als Vegetarier in rauen Mengen vertilgte. Als ich ihn eines Tages in unserem Zimmer erwischte, wie er einen BH von Caro in der Hand hielt, platzte mir der Kragen. Ich packte ihn, schüttelte ihn kräftig durch und drohte ihm mit dem Tod, wenn er je wieder etwas von Caro anfassen sollte, geschweige denn es wagen sollte, sie auch nur noch einmal anzusehen. Der Feigling verkroch sich daraufhin wieder in sein Zimmer und ließ sich nicht mehr blicken. Antonio und Fernando erzählte ich nichts von Josés Vergehen, obwohl sich beide etwas wunderten, dass José so plötzlich wieder in sein altes Verhaltensmuster verfallen war. Caro amüsierte sich köstlich, als ich ihr den Grund für Josés Verhalten erzählte. Sie hatte sofort gemerkt, dass etwas zwischen José und mir passiert war. „Du kannst doch nicht jedem mit dem Tod drohen, der einen BH von mir anfasst", sagte sie lachend. „Zur Strafe musst du mich jetzt mit Obst versorgen." Für sie war das Thema damit erledigt. Ich war froh, als wir kurz darauf in unsere eigene Wohnung zogen.

33

„Es ist soweit, Jonas!", überraschte mich Caro zwei Tage vor unserem Abflug nach Deutschland. „Der Boss möchte dich morgen sehen. Er hat uns nach Gibraltar in sein Büro eingeladen." Tags darauf fuhren wir mittags los. Während der knapp dreistündigen Fahrt schwor mich Caro auf die Begegnung mit dem Boss ein: „Lass mich sprechen. Wenn du etwas direkt von ihm gefragt wirst, halte deine Antworten kurz. Der Boss hört sich am liebsten selbst reden. In der Regel ist er zwar recht umgänglich, aber manchmal weiß man nicht, auf welchem Trip er gerade ist. Wundere dich auch nicht, wenn er ab und zu etwas auf Arabisch zu seinen Angestellten sagt. Er hat lange Zeit in Ägypten gelebt und gearbeitet. Ich glaube sogar, dass er mal mit einer Ägypterin verheiratet war oder immer noch ist." Als wir nach der Passkontrolle gerade die Landebahn in Gibraltar überquert hatten und auf der *Winston Churchill Avenue* in Richtung Stadtzentrum fuhren, fiel Caro noch ein wichtiges Detail ein: „Ach, noch etwas! Ich habe dich übrigens als meinen Cousin ausgegeben. Das ist besser so. Die Leute, mit denen wir zu tun haben werden, halten bei dieser Art von Geschäften Familienbande für nachhaltiger und stärker als die von Paaren, die erst seit Kurzem in wilder Ehe zusammenleben." Caro hatte mich durch ihre ganzen Belehrungen und Anweisungen etwas nervös gemacht. Außerdem war ich im ersten Moment etwas beleidigt, dass sie mich nicht als den vorstellen wollte, der ich war, nämlich als ihren Freund. Sie versuchte mich zu beruhigen und wiederholte eindringlich, dass ich einfach nur ihr das Wort überlassen sollte.

Im Stadtzentrum wies mich Caro ortskundig an, wo ich parken sollte. Das restliche Stück des Weges mussten wir zu Fuß gehen. Über dem Büroeingang vom Boss prangte ein großes Schild, auf dem in goldenen Buchstaben „Lloyd Wright & Sons Ltd." zu lesen war. Wir mussten kurz in einer kleinen, recht schlicht gehaltenen Lobby warten, bis uns ein arabisch aussehender junger Mann stumm aber freundlich aufforderte, ihm durch eine massive, panzerartige Tür zu folgen. Hinter der Tür gelangte man in eine andere Welt, offenkundig die des großen Geldes: Rechts und links entlang eines langen Flures standen viele beleuchtete Vitrinen. In diesen waren hauptsächlich alte Vasen und Statuetten ausgestellt. Einige teuer aussehende Gemälde und Wandteppiche schmückten die Wände. Am Ende des Ganges lag das Büro vom Boss. Es war nicht groß. Nichts in Gibraltar war wirklich groß, da nur wenig Platz zur Verfügung stand. Dafür war es mit edlem Marmor gefliest und über und über mit kostbar aussehenden Antiquitäten vollgestopft. Viele der Stücke schienen aus Gold oder Silber zu sein. Eine überlebensgroße, griechische Statue rechts neben dem massiven Schreibtisch sprang mir sofort ins Auge. Es war nicht schwer zu erkennen, dass sie den Gott Apollo darstellte. Ihr fehlte der rechte Arm sowie die Nase. Das Büro hatte kein Fenster und war nur durch schwaches künstliches Licht beleuchtet. Es gab jedoch eine gute Klimaanlage. Der Raum war angenehm kühl. Als Boss, ein dicklicher, mittelgroßer Mann mit dünnem, grauem Pferdeschwanz und bekleidet mit einem stilvollen Anzug, uns erblickte, stand er sofort freudig von seinem Platz hinter dem Schreibtisch auf, quetschte sich etwas umständlich an diesem vorbei und ging mit ausgebreiteten Armen und jovialen Willkommensgrüßen auf Caro zu. Er umarmte sie und gab ihr nach französischer Art drei Küsse auf die Wangen. Dabei beteuerte er Caro auf leicht überdrehte Art und Weise, wie froh und glücklich er sei, sie zu sehen, und wie fantastisch sie wieder einmal aussehe. Erst als Caro ihm in ihrer charmanten Art ebenfalls mehrfach versichert hatte, dass sie sich überaus freuen würde, ihn zu sehen, entließ er sie und wandte sich mir zu. „Und dieser junge Mann wird Jonas sein", stellte er fest und gab mir einen sehr kräftigen Händedruck. Dabei musterte er mich kurz mit ernstem, durchdringendem Blick. Mein Herz rutschte mir in die Hose. Ich hielt seinem Blick aber stand und versuchte, mir mit einem freundlichen Lächeln meine Aufregung nicht anmerken zu lassen. Den Boss umgab eine zutiefst respekteinflößende Aura. Er musste schon viel in seinem Leben gesehen haben, dachte ich in dem Moment, als wir uns von Nahem direkt in die Augen schauten.

„Setzt euch, bitte! Setzt euch!", forderte er uns auf und ruderte zur Bekräftigung seiner Worte übertrieben mit seinen Armen in Richtung zweier schwarzer Ledersessel, die vor seinem Schreibtisch standen. „Mögt ihr einen englischen Tee und etwas Gebäck?"

„Ja, sehr gern", antwortete Caro sofort und setzte sich in den Ledersessel, den ihr der Boss, ganz *English gentleman*, vornehm zurechtrückte, damit sie bequem Platz nehmen konnte.

„Und du, Jonas?", fragte der Boss, noch ehe ich mich gesetzt hatte.

„Nein, vielen Dank", sagte ich, korrigierte mich aber augenblicklich, als ich Caros Tritt an meiner Wade spürte. „Ja, doch, Tee wäre sehr schön jetzt", beeilte ich mich also zu sagen und setzte mich in den Sessel neben Caro. Der Boss machte ein zufriedenes Gesicht. In Richtung seiner offenen Bürotür brüllte er sodann etwas auf Arabisch. Ich nahm an, dass es unsere Tee- und Gebäck-Bestellung war, da diese keine zwei Minuten später von dem gleichen jungen Mann hereingebracht wurde, der uns zum Büro vom Boss geleitet hatte.

„Das ist übrigens Karim, einer meiner Söhne", stellte der Boss den Mann vor. „Eigentlich ist Karim nicht wirklich mein Sohn, aber nach dem tragischen Tod seiner Eltern habe ich ihn aus Ägypten hierher geholt und quasi großgezogen. Ich habe es leider nur versäumt, ihm vernünftiges Englisch beizubringen. Aus reiner Bequemlichkeit spreche ich also fast nur Arabisch mit ihm. Er selbst spricht gar nicht. Keinen Ton hat er mehr seit dem Tod seiner Eltern herausgebracht. Ein Jammer!" Karim nickte uns freundlich zu. Mit einer ungeduldigen Handbewegung bedeutete der Boss ihm, wieder zu gehen. Karim gehorchte und schloss beim Hinausgehen die Tür hinter sich. Der Boss trank ein paar Schlucke aus einer weißen Porzellantasse mit Goldrand. Wir taten es ihm gleich. Ich hasste Tee. Zudem schmeckte dieser Tee besonders bitter.

„Du musst etwas Milch dazugeben. Ansonsten schmeckt der Tee etwas bitter", riet mir der Boss, als hätte er meine Gedanken gelesen. Ich bedankte mich brav und füllte die Tasse randvoll mit Milch. „Wie genau seid ihr nochmal verwandt? Cousins?", fragte er und schaute mich dabei an.

„Ja, genau. Seine Mutter ist die kleine Schwester meines Vaters", beantwortete Caro die Frage schnell für mich. Der Boss nickte und schien sich mit der Antwort zufrieden zu geben. Sein Blick ruhte weiter neugierig auf mir.

„Caro hält große Stücke auf dich, Jonas. Bei der Sache mit Luis warst du uns wirklich eine große Hilfe. Er war ein Hitzkopf. Das ist nicht gut, weder in seinem angestammten Geschäft noch in meinem. Ich kannte ihn schon ein paar Jahre. Wenn es um viel Geld geht, muss man die Ruhe bewahren können – gerade wenn es hektisch wird und man unter Druck gerät. Jede Aktion muss immer genau überlegt sein. Alle Chancen und Risiken müssen sorgfältig gegeneinander abgewogen werden. Und vor allem darf man nie zulassen, dass die eigenen Kollegen oder Geschäftspartner Schaden nehmen. Luis war ein guter Klein-Dealer, aber zu mehr hatte er nicht das Zeug. Du hingegen – so behauptet es zumindest Carolina, und ich habe das größte Vertrauen in dieses zauberhafte Geschöpf – bist da anders. Du hast Köpfchen, Kraft, Mut und *fortune* (er sprach das Wort Französisch aus) zugleich. Ich sehe außerdem in deinen Augen, dass du loyal und verlässlich bist. Ich arbeite gern mit Deutschen zusammen. Noch lieber sogar als mit den Amerikanern, obwohl ich die gleiche Sprache spreche wie sie. Wusstest du, dass Deutschland nach den USA und der Schweiz das größte Abnehmerland für meine Antiquitäten ist?" Ich machte eine verneinende Kopfbewegung. „Die meisten meiner Kunden in Deutschland sind echte Kunst-Liebhaber. Das macht mich glücklich, denn auch ich liebe Kunst, vor allem die Meisterwerke aus antiker Zeit – egal, ob aus altägyptischer, altassyrischer oder altrömischer Zeit. Wie du an meinem guten Freund Apollo hier sehen kannst, habe ich auch eine große Schwäche für die griechische Antike. Du kommst doch aus der Nähe von Hamburg, stimmt's?"

„Ja, Sir", antwortete ich überrascht. Woher wusste er das? Hatte er mich etwa überprüfen lassen? Mir wurde etwas bange. Doch Caro tätschelte beruhigend meine Hand und gab mir so zu verstehen, dass alles in Ordnung sei.

„Ich habe viele Freunde und sehr gute Kunden in Hamburg", fuhr der Boss fort. „Ihr Fachwissen über gewisse Stücke verblüfft mich immer wieder. Denen kann ich so leicht nichts vormachen. Die bemerken sofort den Unterschied zwischen Original und Replik – meistens zumindest." Der Boss lachte herzlich auf. Leute übers Ohr zu hauen, schien ihn zu amüsieren. „Also kommen wir zum Geschäftlichen, meine Lieben! Bitte entschuldigt meine Eile, aber ich muss heute Abend noch nach Kairo fliegen. Jonas, Caro hat dir ja bereits die wichtigsten Dinge über mein Geschäft erzählt. Was ich an dieser Stelle dir gegenüber nur noch einmal persönlich klarstellen möchte – und bitte entschuldige meine Direktheit – ist Folgendes: Ich lasse niemals zu, dass mein Ruf als seriöser Händler mit Antiquitäten auch nur ansatzweise beschädigt wird. Daher wirst du nie, aber auch wirklich niemals, auf die dumme Idee kommen, meinen Namen, den meiner Partner und Kunden oder diesen oder andere Orte, an denen wir uns treffen, Dritten gegenüber zu erwähnen. Wir sind uns niemals begegnet! Du wirst mich auch niemals direkt kontaktieren. Ich werde immer derjenige sein, der dich oder vielmehr euch kontaktieren wird. Wenn ihr etwas Dringendes mit mir besprechen müsst, klärt das mit meinem Sohn Essam. Caro hat seine Nummer. Wer sich an dieses Prozedere nicht hält, für den wird es sehr unangenehm. Haben wir uns verstanden?"

„Ja, Sir, absolut verstanden", versicherte ich ihm eifrig.

„Schweigen ist Gold! Das ist alles, was du dir merken musst. Karim wird dir gleich beim Hinausgehen noch ein Mobiltelefon geben, auf dem Essam oder ich dich ausschließlich kontaktieren werden. Das Signal dieses Telefons kann nicht geortet werden. Über Internet verfügt es natürlich auch nicht. Trage es ab sofort immer bei dir und lass es angeschaltet. Ich verlange nicht, dass ihr wie ich nächtelang durcharbeitet, aber ich will, dass ihr für mich vierundzwanzig Stunden sieben Tage die Woche erreichbar seid. Im Gegenzug werde ich euch zu reichen Leuten machen. Okay? Das klingt doch fair, oder?"

„Ja, sehr fair, Sir!", bestätigte ich geflissentlich.

„Du gefällst mir, Jonas!", schloss der Boss den leicht einschüchternden Part der Unterhaltung versöhnlich ab. „Ich bin optimistisch, dass wir gute Geschäfte miteinander machen werden. Caro erzählte mir, dass ihr morgen nach Hamburg fliegen werdet. Weißt du, ich bin nicht nur ein schöngeistiger Kunsthändler, sondern auch ein pragmatischer Logistiker. Daher würde ich euren netten Ausflug nach Deutschland gern mit eurem ersten gemeinsamen Auftrag für mich verknüpfen. Es geht um zwei kostbare, antike Schmuckstücke, die ich an einen guten Kunden in Hamburg verkaufen möchte. Das Set besteht aus einer Halskette und einem Armreif, beides aus purem Gold. Der Marktwert dieses Sets beträgt einige Hunderttausend US-Dollar. Ihr erhaltet nach getaner Arbeit wie immer drei Prozent vom Verkaufswert. Das einzige, was ihr dafür tun müsst, ist, die Sachen unbehelligt durch die Sicherheitskontrollen und den Zoll zu bringen. Wie ihr das macht, ist mir egal, solange ihr keine unnötige Aufmerksamkeit erregt. Caro wird schon etwas einfallen. Sie ist ein Naturtalent." Ich war geschockt. Mal eben solch teuren, antiken, illegal eingeführten Schmuck durch zwei Flughäfen schleusen? War das die Art von Geschäften, die uns erwarteten? Minimale Vorbereitungszeit, maximales Risiko? Caro schien, genau wie ich, für einen Moment sprachlos zu sein. Der Boss lächelte Caro an und räumte ein, dass er normalerweise nur erfahrene Mitarbeiter mit so etwas beauftragte. Flughäfen seien immer sehr riskant für Schmuggelware. Caro jedoch würde er einen solchen Auftrag zutrauen. Außerdem wäre es ein schwieriger, aber sehr guter Kunde, der nicht länger auf seine Bestellung warten wolle. Ich sah, dass es in Caros Kopf schwer arbeitete. Schnell fand sie jedoch ihre Sprache wieder und sagte dem Boss zu, den Auftrag zu erledigen. Ich schaute sie ungläubig von der Seite an, traute mich aber nicht, ihr vor dem Boss zu widersprechen. Das Ganze war doch eine absolute Schnapsidee! Wie sollten wir durch die Sicherheitskontrolle und den Zoll kommen? Außerdem hatten wir die Flüge nur mit Handgepäck gebucht. Wo sollten wir in den kleinen Koffern diese teuren Gegenstände nur so verstauen, dass sie bei der Durchleuchtung nicht auffielen? Caro und der Boss besprachen unterdessen bereits, wie Caro verfahren sollte, sobald wir in Hamburg das Flughafengelände zusammen mit dem Schmuck verlassen haben würden. „Wenn wir den Flughafen in Sevilla überhaupt verlassen sollten, ohne vorher festgenommen zu werden", dachte ich insgeheim und spürte, wie meine Hände bei dem Gedanken daran feucht wurden. „*Very well*, dann ist ja alles geklärt", sagte der Boss schließlich und öffnete eine seiner Schreibtischschubladen. Aus dieser nahm er ein großes Kästchen heraus und zeigte uns den Inhalt: eine aus vielen münzförmigen Plättchen gefertigte Halskette und ein schlichter, breiter Armreif, beides aus glänzendem Gold. Mit Schmuck kannte ich mich bis dahin noch nicht gut aus. Ich hatte keine Ahnung, aus welcher Epoche oder welchem Kulturraum die Stücke kommen mochten. Sie sahen ziemlich gut erhalten aus. Der Boss legte Caro aus Spaß beide Kostbarkeiten an. Caro standen sie fantastisch. Der Boss sah es ähnlich und kam aus dem Schwärmen nicht mehr heraus. Caro fühlte sich sichtlich geschmeichelt.

„So, nun muss ich aber wirklich los", verkündete der Boss und klatschte laut in die Hände. „Sobald ihr aus Deutschland zurück seid, stelle ich euch Essam und einige andere Personen vor, mit denen ihr in Zukunft regelmäßig zu tun haben werdet. Allesamt absolut integre Leute. Trotzdem ist natürlich immer Vorsicht geboten. Daher werden alle außer Essam nur euren Decknamen erfahren. Auch Essam wird euch vor anderen Mitarbeitern ausschließlich mit eurem Decknamen ansprechen. Ihn könnt ihr weiterhin Essam nennen. Es ist nicht sein richtiger Name. Caro hat sich bereits den Namen 'Calli' gegeben. Wie soll deiner lauten, Jonas?"

„Ich weiß nicht", antwortete ich und fühlte mich erneut etwas überrumpelt. „Darüber habe ich mir noch keine Gedanken gemacht."

„Es sollte einer sein, mit dem du dich identifizieren kannst, den aber nicht jeder kennt", half mir der Boss etwas ungeduldig auf die Sprünge. „Die Spanier haben doch eine Vorliebe für Spitznamen. Hast du bisher noch keinen abbekommen?"

„Doch!", fiel es mir ein. „*El Gótico* nennen mich zwei meiner besten spanischen Freunde."

„*El Gótico*?", fragte der Boss erstaunt und belustigt zugleich. „Warum? Das klingt ja wie der Name eines südamerikanischen Drogenbarons."

„Nein, nein, mit Drogen hat das gar nichts zu tun. Wir haben oft so ein Brettspiel gespielt, bei dem es um historische Eroberungsfeldzüge und dabei insbesondere um das strategische Geschick ging. Die anderen behaupteten immer, dass ich die härtesten Methoden anwenden würde, um meine Armee zum Sieg zu führen.

In Kombination mit meinem Äußeren kamen sie dann irgendwie auf diesen Namen."

„Und? Hast du durch deine 'harten Methoden' gewonnen?"

„Ja, viele Male."

„Würdest du den Namen ab sofort als Decknamen für unsere Zwecke verwenden wollen?"

„Ja, ich denke schon. Ein anderer fällt mir nicht ein, der nicht direkt auf meinen echten Vornamen schließen lässt."

„Dann soll *El Gótico* ab sofort dein Deckname sein. Wer weiß, vielleicht werden dich deine harten Methoden in diesem Geschäft noch weit bringen."

34

Auf dem Weg zurück zum Auto war ich so mit meiner eigenen Gedankenwelt beschäftigt, dass ich Caro neben mir kaum wahrnahm. Sie schwatzte vergnügt irgendetwas über die Berberaffen, die es in freier Wildbahn auf europäischem Boden nur hier in Gibraltar gebe. Der Boss hatte mich nachhaltig beeindruckt, sowohl in positiver als auch negativer Hinsicht. Er war eine interessante Person mit viel Charisma. Das imponierte und gefiel mir. Mir gefiel auch, dass er sich sehr höflich und respektvoll gegenüber Caro und mir verhalten hatte. Er hatte viel mit uns vor, war mein Gefühl. Deshalb verstand ich aber umso weniger, warum er uns Hals über Kopf mit dem Schmuggel von zwei Schmuckstücken einem solchen Risiko aussetzte. Ich war zudem sauer auf Caro, dass sie, ohne Rücksprache mit mir zu halten, den Auftrag einfach angenommen hatte. Als wir im Auto saßen und vor neugierigen Ohren geschützt waren, machte ich meinem Ärger darüber Luft: Was sie sich dabei gedacht habe, uns so in Gefahr zu bringen. Dass es egoistisch von ihr gewesen sei und dass am Ende sogar noch Thomas mit in die Sache hineingezogen werden könnte, falls wir geschnappt würden. Schließlich hatte er uns die Flugtickets bezahlt. Caro hörte sich alles an, ohne mich zu unterbrechen. Als ich mit meiner Tirade fertig war, erklärte sie mir erstaunlich ruhig, dass sie gar keine andere Wahl hatte, als den Auftrag anzunehmen: „Ich kann deinen Ärger nachvollziehen. Im ersten Moment war ich auch alles andere als begeistert. Der Boss ist unglaublich schlau. Ich denke, dass er uns als Team damit einem Test unterziehen möchte. Er will sehen, ob wir kurzfristig auf

Sachen reagieren können und ob wir zusammen harmonieren. Vor allem aber geht es bei diesem Auftrag darum, die Nerven zu bewahren. Solch einen Schmuck durch die Flughafenkontrolle zu bringen, ist in der Tat nicht ganz ohne. Aber ich habe schon einen Plan. Vertrau mir einfach!" Ich war weiterhin aufgebracht, wusste aber auf ihre recht schlüssigen Argumente nichts zu entgegnen. Wahrscheinlich hatten wir wirklich keine Wahl. Und vieles wies in der Tat auf einen Test hin. Da ich wusste, wie wichtig Caro dieses Geschäft war, oder besser gesagt, dass unsere Beziehung davon maßgeblich abhing, schluckte ich meinen Ärger hinunter. Wir schwiegen einander an, bis wir wieder die Grenze zu Spanien überquert hatten.

Caro brach das Eis und fragte mich neugierig:

„Abgesehen von unserem Auftrag, wie ist denn so dein Eindruck vom Boss?"

„Ein recht beeindruckender Typ. Höflich, aber bestimmt. Sehr charismatisch! Er ist definitiv daran gewöhnt, dass Leute nach seiner Pfeife tanzen. Wenn ihm etwas nicht passt, kann er bestimmt auch ganz anders. Als er mir mit so ganz bedrohlicher Stimme 'Schweigen ist Gold!' zuraunte, hätte ich mir vor Angst fast in die Hose gemacht."

„Ach, jetzt übertreibst du aber. Du hast echt zu viele Mafiosi-Filme gesehen. Der Boss ist schon in Ordnung. Wir dürfen ihn eben nur nicht enttäuschen. Ich finde ihn auch sehr charismatisch und vor allem sehr charmant. Der weiß, wie man Frauen behandelt. Da könntest du dir noch eine Scheibe von abschneiden." Caro grinste mich frech von der Seite an und kniff mir in den Oberschenkel.

„Höre ich da eine leichte Kritik heraus, die Dame? Ab sofort werde ich dir auch immer den Stuhl zurechtrücken, alle Türen aufhalten und dich stets über die Türschwelle tragen", konterte ich mit einem ordentlichen Schuss Ironie in der Stimme.

„Nee, lass mal! Über die Türschwelle tragen, machen doch nur frisch Verheiratete! Das finde ich total kitschig. Außerdem will ich niemals heiraten", gab Caro amüsiert zurück. Sie streichelte mir sanft über meinen Oberschenkel. Mein Zorn verflüchtigte sich. Ich schaute kurz von der Straße weg und studierte ihr Profil. Sie war so unglaublich schön. Gern hätte ich sie jetzt von ihrem Hals abwärts bis zum Bauchnabel geküsst. Sie liebte es, wenn ich das tat, schnurrte dabei wie eine Katze und drückte meinen Kopf mit ihren weichen Händen meistens weiter hinunter bis zu ihrem Schoß.

„Und was ist mit 'Calli'?", fragte ich schnell, um auf andere Gedanken zu kommen.

„Was soll damit sein?"

„Na, wie bist du auf den Namen gekommen?"

„Ach so! Das hatte ich dir ja noch gar nicht erzählt!" Sie zögerte kurz, bevor sie weitersprach. „Mütterlicherseits komme ich aus einer Familie von Sinti und Roma, die überall verstreut in Spanien und Portugal leben. Zigeuner nennen sich untereinander 'Calli'. Meine Vorfahren mussten schon immer sehr erfinderisch darin sein, ihr Geld zu verdienen. Sie haben Schmuggel und solche Sachen daher schon seit Jahrhunderten im Blut. Ich fand den Namen daher passend und konnte mich damit identifizieren."

„Du bist recht stolz auf diese Wurzeln, oder?"

„Eigentlich schon!", gab Caro zu. „Zumindest in meiner Familie sind alle tolle, hilfsbereite Menschen, die immer zusammenhalten – komme, was wolle. Im Gegensatz zu meiner Verwandtschaft väterlicherseits: Da sind sie alle miteinander zerstritten und scheren sich

einen Dreck um den anderen. Das mit meinen Zigeu-
nerwurzeln mag ich trotzdem nicht öffentlich hinauspo-
saunen. Es ist meine Privatsache."

„Das kann ich gut verstehen. Ich behalte meine
gotischen Wurzeln auch lieber für mich! Denn ich habe
eigentlich keine Ahnung, was die Goten damals alles so
veranstaltet haben. Ganz gesetzestreu waren die bestimmt auch nicht." Wir mussten beide herzlich lachen.
Wir plauderten noch lange weiter über unsere Familien.
Caro schien nun endgültig Vertrauen in mich gefasst zu
haben, denn sie offenbarte mir endlich, dass ihr Vater
im Gefängnis saß und was dies für den Rest ihrer Familie und sie bedeutete. Ich freute mich wahnsinnig über
diesen Vertrauensbeweis.

Die Nacht schlief ich kaum. Ich wälzte mich
von einer Seite auf die andere. Und wenn ich kurz ein-
nickte, dann träumte ich, dass uns die *Guardia Civil* am
Flughafen Sevilla festnahm und ins Gefängnis sperrte.
Schweißgebadet wachte ich nach einem solchen Traum
auf. Ich schaute auf den Wecker. Es war sechs Uhr
morgens. In einer Stunde mussten wir spätestens aufstehen, um rechtzeitig am Flughafen Sevilla-San Pablo
zu sein. Ich hatte uns gestern bereits online eingecheckt
und die Bordkarten ausgedruckt. Wir mussten also nur
noch mit unseren Koffern die Sicherheitskontrolle passieren. Caro hatte gesagt, dass sie einen Plan hätte. Diesen hatte sie mir aber noch nicht verraten. Gestern
Abend waren wir nach unserer Ankunft in Sevilla etwas
essen gewesen. Im Restaurant waren wir aber von zu
vielen Leuten umringt, als dass wir frei miteinander
sprechen konnten. Als wir endlich zuhause waren, gingen wir gleich zu Bett und schliefen miteinander. Danach war Caro sofort fest eingeschlafen. Die halbe
Nacht hatte ich ihrem ruhigen Atem gelauscht und ver-

sucht, mich dadurch zu entspannen. Ich konnte nur hoffen, dass ihr Plan gut war. Leise stieg ich aus dem Bett, duschte und bereitete schon mal das Frühstück vor. Kurz darauf leistete mir Caro, noch ganz verschlafen, am Frühstückstisch Gesellschaft.

„Was ist nun der Plan, Caro? Ich konnte die halbe Nacht nicht schlafen. Was, wenn wir doch auffliegen? Meinst du, wir können uns auch im Gefängnis sehen?", überfiel ich sie mit meinen Fragen.

„Entspann dich, Jonas. Vertrau mir. Ich weiß schon, wie ich das Zeug durch die Sicherheitskontrolle schleuse."

„Du?"

„Ja, ich. Du wirst damit wenig zu schaffen haben. Tu mir nur den Gefallen und zieh gleich deine schicksten Klamotten an und steck dir diese teure Sonnenbrille ins Haar, die ich dir letztens mal gegeben habe. Mehr musst du nicht machen. Lass mich jetzt bitte in Ruhe frühstücken. Bestell gern schon das Taxi. In einer Stunde geht es los!"

Das Taxi kam pünktlich. Nur Caro war noch im Bad und rief mir zu, dass sie noch zehn Minuten bräuchte. Ich sollte schon einmal die Koffer zum Taxi tragen und dort auf sie warten. Das tat ich. Ich hatte mir meine besten Sachen angezogen, so wie sie es mir aufgetragen hatte: eine weiße Hose, ein schickes Hemd einer sündhaft teuren Marke und meine schwarzen Lederhalbschuhe. Die Sonnenbrille hatte ich in meine Haare gesteckt. Ich war gespannt, wozu das Ganze gut sein sollte. Es dauerte noch eine knappe Viertelstunde, bis Caro endlich nach unten zum Taxi kam. Der bereits ungeduldig gewordene Taxifahrer und ich trauten unseren Augen nicht, als wir sie auf das Auto zu stolzieren sahen. Caro war kaum wiederzuerkennen. Sie hatte tonnenweise Make-up aufgetragen, ein hautenges, weißes Kleid angezogen, einen dazu passenden Hut aufgesetzt und zur Abrundung des Outfits schwindelerregend hohe Schuhe an ihren Füßen sowie eine sehr teuer aussehende Handtasche in der Hand. Doch was mich völlig aus der Fassung brachte, war, dass sie die Halskette und den Armreif offen an Hals und Handgelenk trug. Zugegeben, der Schmuck passte perfekt zu ihrem Outfit und sah in diesem Aufzug völlig authentisch an ihr aus, aber war sie völlig wahnsinnig geworden? Ich hatte den Schmuck eigentlich in ihrem Koffer vermutet. Sie so nun zu sehen, verschlug mir doppelt den Atem. Der Taxifahrer beeilte sich, ihr die Wagentür aufzuhalten. Caro stieg ein und wir fuhren los. Meine entgeisterten Blicke wusste Caro gekonnt zu ignorieren. Mein leises, geflüstertes „Bist du denn des Wahnsinns?" tat sie mit einer gelangweilten Handbewegung ab und zischte mir zu: „Verhalte dich einfach nur normal!" Dem Taxifahrer gab sie am Flughafen ein übertrieben hohes Trinkgeld und ließ mich mit den zwei Koffern hinter sich herlaufen. Trotz der hohen Schuhe gab sie ein ordentliches Tempo vor. Wenige Meter vor der Sicherheitskontrolle, also in Hörweite von den Sicherheitsangestellten, rief sie mir auf Spanisch zu: „Nun beeil dich mal ein bisschen mit den Koffern. Wir haben es eilig, *mi tesoro*!" Ich versuchte das Spiel mitzuspielen so gut wie ich nur konnte, auch wenn ich tausend Tode starb, als Caro den Schmuck, ihren Hut und ihre Schuhe in den Korb und aufs Band zum Durchleuchten legte. Alle männlichen Blicke waren auf sie gerichtet. Selbst der Mann vor dem Screening-Monitor gaffte ihr hinterher, anstatt sich genauer anzuschauen, was in Caros Korb lag. Während ich beide Koffer jeweils in einen Korb wuchtete, und vorher noch Caros Flüssigkeitsbeutel aus ihrem Koffer separat in einen Korb legte, war Caro schon wieder dabei, alle Sachen seelenruhig aus ihrem Korb herauszunehmen. Niemandem war etwas am Schmuck aufgefallen. Dafür piepte es, als ich den Detektor durchschritt. Bei der ganzen Aufregung hatte ich vergessen, meinen Gürtel in den Korb zu legen. Nachdem ich dies nachgeholt hatte, und ich auch noch von einem Sicherheitsmann abgetastet worden war, durfte ich endlich in Richtung unseres Gates gehen. Caro saß bereits wie selbstverständlich mit einer „Vogue" in der Hand auf einem der Sitze vor unserem Abflug-Gate. Ich setzte mich zu ihr und schnaufte tief durch. Noch saßen wir nicht im Flieger, aber das Schlimmste war überstanden. Ich bewunderte Caro über alle Maße für ihre Abgeklärtheit und Coolness. Die Frau war einfach außergewöhnlich! Ein Teufelsweib, wie es im Buche steht! Mir wurde wieder einmal klar, wie sehr ich sie liebte und dass ich alles tun würde, um mit ihr zusammen zu sein.

35

Alles Weitere klappte ebenfalls wie am Schnürchen: Wir stiegen in das Flugzeug ein, flogen los und sobald wir in Hamburg gelandet waren, nahmen wir am Flughafen das nächste Taxi und fuhren zu einer Hamburger Adresse, die uns der Boss genannt hatte. Dort entledigten wir uns endlich des Schmucks, zogen uns kurz um und fuhren dann mit einem anderen Taxi zum Hauptbahnhof. Im Zug schlief ich vor lauter Erschöpfung ein. In ausgelassener Stimmung kamen wir gegen Nachmittag am Bahnhof in Kiel an. Am Ankunftsgleis erwarteten uns Thomas und Jessie. Eine große Wiedersehensfreude ergriff uns alle. Caro und ich hatten Jessie seit Anfang März nicht mehr gesehen. Sie sah gut aus. Später erfuhren wir, dass Jessie bereits seit ein paar Tagen zu Besuch bei Thomas war. Bahnte sich da etwa doch etwas Ernsteres zwischen ihr und Thomas an? Immerhin hielten sie sich bereits schüchtern an den Händen, als wir das Bahnhofsgebäude verließen und zu Thomas' Wagen gingen.

Wir hatten großes Glück. Es war ein sonniger, warmer Tag in Kiel, so dass wir mit offenem Verdeck durch die Straßen meiner alten Heimatstadt fahren konnten. Caro war vorher noch nie in Kiel und Umgebung gewesen. Thomas bot ihr daher eine ausgiebige Sightseeing-Tour. Er chauffierte uns entlang der Förde über Heikendorf bis nach Laboe und wieder zurück in die Kieler Innenstadt, wo er uns in ein sehr gutes Restaurant einlud. Beim Abendessen löcherte Caro die beiden mit Fragen, wie sie ein Paar geworden seien. Thomas und Jessie sahen sich verliebt an und erzählten uns bereitwillig, dass sie ab dem Zeitpunkt, wo ich

Thomas Jessies Nummer gegeben hatte, regelmäßig telefoniert hatten. Jessie berichtete, dass sie damals in Sevilla tatsächlich Thomas' Nummer versehentlich abgewaschen hatte, aber zu stolz gewesen war, um danach zu fragen. Kurz nachdem ich nach Sevilla geflogen war und Thomas einige Tage nichts mehr von mir gehört hatte, nahm er ebenfalls allen Mut zusammen und besuchte Jessie in Bochum. Seitdem waren die beiden ein Paar. Thomas strahlte über das ganze Gesicht. Ich sah ihm an, dass er sehr in Jessie verliebt war. Jessie wirkte auch ausgesprochen glücklich. Ich freute mich für die beiden und wurde sogar etwas wehmütig bei dem Gedanken, dass beide sehr wahrscheinlich eine deutlich einfachere Beziehung führten als Caro und ich – eine bedingungslose Liebe. Auf die unvermeidliche Frage hin, wie Caro und ich letztendlich zusammengekommen seien, tischte Caro den beiden eine recht kitschige Geschichte auf. Dass sie erkannt hätte, dass sie mich mehr liebe als Luis und solcher Art vieles mehr. Ich staunte über ihren Erfindungsreichtum und hätte ihr so viel – wenn auch ausgedachte – Gefühlsduselei gar nicht zugetraut. Caro und ich hatten uns darauf verständigt, Thomas und Jessie nichts von unseren Geschäften zu erzählen. Unsere Zukunftspläne sollten nach außen hin so aussehen, dass wir weiterhin in Sevilla studieren und danach schauen würden, was wir in Spanien beruflich machen wollten.

Am nächsten Tag halfen wir Thomas und seinem sehr sympathischen Geschäftspartner Ali mit vereinten Kräften dabei, die letzten Sachen für die Cluberöffnung vorzubereiten. Caro und Jessie boten sich freiwillig an, in den Einkaufsstraßen Werbe-Flyer zu verteilen. Thomas und ich schleppten jede Menge Getränkekisten, testeten die Musik-, Licht- und Nebelanlagen und dekorierten den Eingangsbereich.

Ab 23 Uhr ging es los. Der Club war gegen Mitternacht bereits gut gefüllt. Thomas lief permanent zwischen seinen Servicekräften und seinem DJ hin und her, schüttelte viele Hände und musste auch mit dem einen oder anderen anstoßen. Seinem Gesichtsausdruck nach zu urteilen, schien er mit der Zahl der Gäste und ihren Rückmeldungen zufrieden zu sein. Jessie, Caro und ich feierten recht entspannt und erhielten dank Thomas alles umsonst. Selbst als meine beiden Schwestern auftauchten, die ich seit der Sache mit Lisa nicht mehr gesprochen hatte, brach unsere gute Laune nicht ab. Wir begrüßten uns zwar etwas unterkühlt, aber Caro schaffte es, sie mit ihrem Charme relativ schnell für sich einzunehmen. Der Alkohol tat sein Übriges bei meinen Schwestern. Schließlich tanzten wir alle ausgelassen bis in die frühen Morgenstunden. Als ich gerade eine Tanzpause an einem der Tresen eingelegt hatte, bedeutete mir Jessie, sie auf eine Zigarette nach draußen zu begleiten. Ich folgte ihr nur ungern. Es fiel mir schwer, kein wachsames Auge mehr auf Caro und meine Schwestern werfen zu können. Auf der Tanzfläche wurden Caro und meine Schwestern gerade von ein paar Typen beäugt, die kurz davor waren, sich ihnen zu nähern.

„Warum ist Stefan eigentlich nicht hier?", stieg Jessie mit Smalltalk in unsere Unterhaltung ein und zündete sich ihre Zigarette an.

„Wir haben leider keinen Kontakt mehr. Stefans Freundin und Lisa hatten sich über Silvester angefreundet. Als dann mit Lisa Schluss war, hatte mir Stefan irgendwann noch geschrieben, dass Maren und er Lisa auf der Kieler Woche treffen würden. Zu dem Zeitpunkt war ich schon in Sevilla bei Caro. Danach habe ich nie wieder etwas von ihm gehört. Ich hatte ihm noch mehrere Nachrichten geschickt, aber er hat auf keine reagiert. Schon schade eigentlich." Jessie zuckte mit den Schultern und stellte lapidar fest:

„So schnell können Erasmus-Freundschaften vorbei sein. Stefan steht ziemlich unter der Fuchtel seiner Freundin, glaube ich. Die hat ihm bestimmt jeglichen Umgang mit Fremdgängern strengstens verboten." Jessie kicherte und bekam davon einen heftigen Schluckauf. Ich holte ihr schnell ein Glas kaltes Wasser. Sie bedankte sich bei mir. Ihre Zigarette hatte sie fertig geraucht. Ich wollte sie gerade dazu ermuntern, wieder zu den anderen zu gehen, als sie mich mit roten Wangen verlegen fragte:

„Habe ich dir damals vielleicht doch den falschen Rat gegeben?" Ich wusste sofort, was sie meinte.

„Dein Rat war gut gemeint", versuchte ich ihrer Frage auszuweichen. „Es ist schon nicht leicht mit Caro. Aber ich liebe sie und kann nicht mehr ohne sie."

„Ich weiß. Caro hat dieses gewisse Etwas. Da fliegen fast alle Männer drauf. Ich hoffe nur weiterhin für dich, dass sie dir nicht wehtun wird. Macht sie eigentlich immer noch diese ominösen Geschäfte?"

„Was meinst du?", fragte ich erschrocken.

„Na, dealt sie noch mit Drogen? Ich hatte sie zufällig einmal dabei erwischt. Das war auch ein Grund, warum ich nicht mehr länger in Sevilla bleiben wollte. Davon abbringen konnte ich sie natürlich nicht, aber ihr dabei zusehen, wie sie sich selbst ins Gefängnis manövriert – oder gar Schlimmeres, wollte ich auch nicht."

„Nein", antwortete ich erleichtert. „Das mit den Drogen hat sie Gott sei Dank gelassen! Aber bitte versprich mir, dass du das nicht Thomas oder sonst wem erzählst, okay?"

„Natürlich nicht! Kein Sterbenswort! Ich freue mich, dass du sie wieder auf die rechte Spur gebracht hast, Jonas! Du bist echt ein Guter!"

„Danke, Jessie! Ich bin auch sehr froh darüber, dass Caro sich nun wieder voll und ganz auf ihr Studium konzentriert und mit dem Drogengeschäft nichts mehr zu schaffen hat!" Ich setzte ein gequältes Lächeln auf. In diesem Moment hasste ich mich sehr dafür, dass ich Jessie, dieser guten Seele, so direkt ins Gesicht gelogen hatte.

Die Einweihungsfeier von Thomas' Club war ein voller Erfolg gewesen. Die Gästezahl und die Einnahmen hatten gestimmt, und es war zu keinen unangenehmen Zwischenfällen gekommen. Jessie und Thomas wollten uns überreden, noch eine Woche länger in Kiel zu bleiben. Caro bestand aber darauf, nach dem verlängerten Wochenende, wie geplant, wieder zurück nach Sevilla zu fliegen. Ich wusste, dass sie einen Anruf von Essam erhalten hatte. Am Tag nach unserer Ankunft in Sevilla wollte er sich mit uns in Ronda treffen. Es klang etwas geheimnisvoll. Wir sollten ein paar Klamotten für einige Wochen mit zum Treffpunkt nehmen. Thomas und Jessie brachten uns wieder zum Kieler Bahnhof. Da sich Thomas die nächsten Monate um seinen Club kümmern musste und für uns Studenten Ende September wieder das neue Semester begann, wussten wir, dass wir uns nun längere Zeit nicht mehr sehen würden. Wir herzten uns alle daher kräftig zum Abschied.

36

„Das mit dem Schmuck habt ihr gut gemacht!", begrüßte uns ein etwa Ende dreißigjähriger, kräftig gebauter Mann unverkennbar arabischer Abstammung. Essam gab uns beiden die Hand. Seine Handfläche war sehr rau. „Der Boss hat Spaß an solchen Scherzen", fügte er hinzu. „Der Schmuck war natürlich weder echt antik noch aus Gold!". Zunächst dachte ich, ich hätte mich verhört und Essams Englisch wegen des starken arabischen Akzents missverstanden. Doch im selben Moment rief Caro halb lachend, halb empört:

„Ich hatte es geahnt! Nein, ich wusste es! Der Schmuck kam mir für echtes Gold viel zu leicht vor!"

„Ich soll euch vom Boss ausrichten, dass ihr ihm deswegen nicht allzu böse sein sollt", versuchte uns Essam zu beschwichtigen. „Wir haben den Schmuck trotzdem zu einem guten Preis verkauft, und das versprochene Geld haben wir euch selbstverständlich schon überwiesen." Ich fühlte mich vorgeführt und war ziemlich sauer. Die ganze Aufregung war umsonst gewesen und die unbändige Freude, diesen unmöglichen Auftrag erfolgreich ausgeführt zu haben, war in einem Sekundenbruchteil verpufft. Welch niederschmetternde Erkenntnis, dass alles nur ein gemeiner Scherz gewesen war. Der Boss hatte einen sehr eigenwilligen Humor. Caro schien das Ganze deutlich gefasster aufzunehmen als ich. Sie bedeutet mir unauffällig, cool zu bleiben. Essams Gesichtszüge wurden ernster. Er erklärte uns endlich, warum er uns herbestellt hatte: „Dieser Scherz sollte für euch gleichzeitig eine Lektion sein! Für Schmuggler ist es sehr wichtig, dass sie echte von gefälschter Ware unterscheiden können. Ihr werdet daher nun erst einmal ein paar Wochen bei einem guten Freund vom Boss Lehrstunden darin bekommen, wie man echte antike Stücke von Fälschungen unterscheidet. Erst danach werdet ihr eure erste Reise nach Ägypten unternehmen und vor Ort Ware entgegennehmen, prüfen und schließlich nach Europa überführen." Das Ganze als Lektion zu betrachten, machte wiederum verdammt viel Sinn. Meine Wut verschwand sofort, als ich die Logik hinter der ganzen Aktion verstand. Es war ein geradezu genialer Schachzug vom Boss gewesen, uns am eigenen Leibe spüren zu lassen, wie wichtig es war, dass wir Original von Fälschung unterscheiden konnten.

Nachdem Essam uns aufgeklärt hatte, wie es für uns weitergehen würde, stiegen wir in seinen Wagen ein. Wir fuhren etwa eine halbe Stunde in Richtung Norden. Mitten im Nirgendwo hielt er schließlich an. Wir stiegen aus und er führte uns einen schmalen, unbefestigten Pfad hinunter, der zu einem Haus mit einem großen Schuppen führte. Ringsherum waren nur Berge und Olivenhaine. In dem Haus lebten drei Männer. Ein älterer Herr mit seinen zwei Söhnen. Essam stellte uns den Mann als Phidias und seine zwei Söhne als Michelangelo und Leonardo vor. Alle drei waren sehr begabte Kunsthandwerker, die sich auf die Herstellung von antiken Repliken spezialisiert hatten. In ihrem Schuppen standen alle Gerätschaften, die man dafür benötigte: ein großer Schmelzofen, zwei Ambosse, je eine Schleif- und Schneidemaschine, verschiedene Werkbänke und allerlei gröberes und feineres Werkzeug. Auch mit der neusten Technik waren sie ausgestattet, um beispielsweise schnell herauszufinden, wie es im Innern einer Statue aussah oder wie viel Edelmetallgehalt etwas hatte. Caro und ich verbrachten die nächsten sechs Wochen dort. Phidias und seine Söhne wiesen uns in die Stil- und Materialkunde der verschiedenen Kulturen und Epochen ein. Obwohl wir uns viel auf einmal merken mussten, fanden sowohl Caro als auch ich diesen Schnellkurs außerordentlich spannend. Wir wohnten in einem kleinen, sehr modern ausgestatteten Gästehaus, das fünf Minuten Fußweg von Phidias' Haus entfernt lag. Auf Geheiß von Essam durften wir uns nur auf Phidias' umzäuntem Gelände aufhalten und nicht in das nächste Dorf oder die nächste Stadt fahren. Wir sollten von keinem gesehen werden. Außerdem wäre es in unserem eigenen Interesse, wenn wir den genauen Standort des Anwesens nicht wüssten. Dieser war ein streng gehütetes Geheimnis. Phidias und seine Söhne repräsentierten einen sehr wichtigen Geschäftsbereich vom Boss. Die Einkäufe wurden von Phidias' Söhnen besorgt. Sie kochten auch für uns, so dass wir uns rundum wie in einer Art Sommer-Ferienlager vorkamen. Nur mit dem Unterschied, dass wir uns viel Wissen innerhalb kürzester Zeit aneignen mussten. Der Nachschub an Artefakten, die kopiert werden sollten, kam regelmäßig alle zwei Wochen. Unter Hochdruck arbeiteten alle drei daran, die Kopien der antiken Originale schnellstmöglich fertigzustellen. Bei größeren oder besonders komplizierten Kunstwerken konnte die Nachbildung mehrere Wochen dauern. Der Zeitdruck war enorm. Es ging immer um viel Geld, da es sich nur lohnte, die wirklich außergewöhnlichen und begehrten Stücke auf diese qualitativ hochwertige Art zu reproduzieren. Phidias entließ uns nach den sechs Wochen mit einem glücklichen Ausdruck in seinem zerfurchten Gesicht. Wir schienen gute Schüler gewesen zu sein. Ich war am Ende des Kurses in der Lage gewesen, sieben von zehn Fälschungen anhand von Kunststil, Farbe, Form, Haptik, Akustik, Gewicht und einigen anderen Tricks zu erkennen. Das war ein sehr guter Schnitt, wenn man bedenkt, dass selbst studierte Archäologen laut Phidias große Schwierigkeiten hatten, gut gemachte Fälschungen zu erkennen. Caro erkannte sogar acht von zehn Fälschungen. Auch hierbei erwies sie sich als Naturtalent. Wir beide konnten es kaum mehr erwarten, nach Ägypten und in all die anderen Länder zu reisen und uns vor Ort die antiken Stücke anzuschauen.

37

Es dauerte noch eine ganze Weile, bis uns der Boss als Gutachter nach Ägypten schickte. Monatelang war es zunächst unsere Aufgabe, in verschiedenen spanischen Hafenstädten nachts auf ein bestimmtes Fischerboot zu warten und vom jeweiligen Kapitän mal eine größere, mal eine kleinere Kiste mit Schmuggelware entgegenzunehmen. Diese mussten wir dann mit dem Auto nach Frankreich, Belgien, Deutschland oder in die Schweiz bringen. Die Kisten hatten alle ein Zahlenschloss und waren mit einem Siegel versehen, so dass wir nie wussten, was wir genau transportierten. Theoretisch hätten es auch Waffen oder Drogen sein können. Erst am Zielort öffnete sie ein Mittelsmann und prüfte den Inhalt. Dabei sahen wir manchmal, was sich darin befunden hatte. Oft staunten wir nicht schlecht, mit welchen Schätzen wir über die Autobahnen gebraust waren. Diese Touren dauerten in der Regel zwischen vier und fünf Tagen. Es war zwar anstrengend, fast am Stück so lange Strecken zu fahren, aber wir wurden für jede Tour immer pünktlich und außerordentlich großzügig vom Boss entlohnt. Ich hatte innerhalb kürzester Zeit so viel Geld auf meinem Konto, dass ich mir einen meiner größten Herzenswünsche erfüllen und Caro teure Geschenke machen konnte. Ich lud sie in die feinsten Restaurants ein, kaufte ihr schöne Kleider und überreichte ihr an unserem ersten Jahrestag einen wunderschönen Goldring. Ich wusste, dass sie niemals heiraten wollte. Deshalb machte ich ihr auch keinen Antrag, aber ich wünschte mir, dass sie den Ring als Zeichen unserer Liebe tragen sollte. Sie willigte ein und trug den Ring fortan an ihrem linken Ringfinger. Ihre Zeichen der Zuneigung waren seit unserem gemeinsamen Leben als Schmuggler zahlreicher geworden, auch wenn sie mir nie direkt sagte, dass sie mich liebte. Ihrer Mutter und ihren Brüdern gegenüber hatte sie mich als ihren festen Freund vorgestellt. Allerdings hielt sie unsere Beziehung vor dem Boss und den anderen Geschäftspartnern weiterhin geheim. Ich musste ihr sämtliche Eide schwören, dass auch ich ihnen nichts von unserer Liebe erzählen würde. Letztendlich war es mir auch gleichgültig, dass sie es nicht wussten. Die Hauptsache war, dass ihnen klar war, dass ich Caros exklusiver Beschützer war, der nicht von ihrer Seite wich.

Der Boss war stets zufrieden mit uns. Wir arbeiteten fehlerfrei und hielten uns penibel an alle Absprachen. Keinen seiner Aufträge schlugen wir aus. Als Zeichen seiner Anerkennung spannte uns der Boss immer mehr ein. Unsere Reisen nahmen sehr viel Zeit in Anspruch. Zeit, die wir nicht mehr für unser Studium hatten. Irgendwann wurde es für uns schier unmöglich, neben unserem Schmuggler-Dasein noch an den Vorlesungen und Seminaren teilzunehmen, geschweige denn Klausuren und Hausarbeiten zu schreiben. Caro und ich kamen mit dem Boss überein, dass wir unsere bürgerliche Tarnung als Studenten nicht mehr aufrechterhalten konnten. Da wir aber weiterhin vorgeblich eine normale Tätigkeit im Alltag ausüben mussten, besorgte uns der Boss zwei Jobs. Caro sollte fortan in einem Reisebüro in Sevilla arbeiten, das sich auf Kreuzfahrten und Frachtschiffreisen spezialisiert hatte. Und ich kam zu Thomas' großer Belustigung in einer Spedition unter, ebenfalls in Sevilla. In beiden Unternehmen wussten die Chefs Bescheid, welcher Profession wir in Wahrheit nachgingen und schauten großzügig über unsere Fehlstunden hinweg. In aller Verschwiegenheit kooperierten beide Firmen auch in anderen Bereichen mit dem Boss. So kam es über die nächsten Jahre hinweg mehrmals vor, dass Caro und ich Kreuzfahrten im Mittelmeer machten oder in Passagierkabinen auf Frachtschiffen von Ägypten über die Türkei und Italien nach Spanien fuhren. Selbstverständlich hatten wir bei unserer Rückkehr jedes Mal ein besonders teures Souvenir aus Ägypten oder manchmal auch aus dem Irak oder Afghanistan dabei – je nachdem, was uns unsere Mittelsmänner in Alexandria oder Port Said in unsere großen Koffer oder in unser Sportgepäck steckten. In der Spedition lernte ich Frachtbriefe zu fälschen. So wurden aus einer Ladung antiker Grabplatten und Steintafeln einfache Betonplatten für eine spanische Briefkasten-Baufirma. Oder ich „vergaß" anzugeben, dass sich im Seecontainer zwischen den Obstkisten aus Ägypten auch antike Gegenstände befanden. Es gab viele Tricks dieser Art. Niemand bemerkte je etwas. Daher wunderte es mich auch, dass damals die Sache von Caro und Luis im Hafen von Sevilla schiefgelaufen war. Caro behauptete, dass einer von Luis' angeblichen Kumpels sie damals verpfiffen hätte. Das Studium und damit meinen alten Traum des Lehrerberufs endgültig aufzugeben, ließ auch die letzte Brücke zu meinem alten Lebensentwurf einstürzen. Ich tat es Caro zuliebe, die völlig im Schmuggler-Dasein aufging.

38

Eines Tages war es dann endlich soweit. Der Boss hatte genug Vertrauen in uns, unser Können und unsere Urteilskraft gefasst, dass wir für ihn neue Geschäftsmöglichkeiten vor Ort recherchieren durften. Er ließ Caro und mich nach Kairo reisen, um uns von dort aus zu einer neuen Fundstätte von Schätzen aus angeblich ptolemäischer Zeit bringen zu lassen. Wir sollten uns einen Überblick verschaffen und dem Boss berichten, ob es sich lohne, die dortigen Funde außer Landes zu schmuggeln.

Ein junger, höflicher Ägypter begrüßte uns in einem Café in Kairo. Er stellte sich als Sohn eines Bauern heraus, der auf seinem Land auf ein altägyptisches Grab gestoßen war. Zusammen fuhren wir entlang des Nils in südliche Richtung. Ich war sehr gespannt auf das, was uns erwartete. Es war nicht das erste Mal, dass ich in Ägypten war, aber das erste Mal, dass ich mich so weit im Landesinneren bewegte. Am Straßenrand verkauften ärmlich aussehende Gestalten zwischen achtlos weggeworfenem Müll ihre Datteln und Früchte der Saison. Nach drei Stunden Fahrt durch die Wüste kamen wir endlich an. Der Eingang zu der Grabstätte lag zu meiner Überraschung mitten im Keller des Bauernhauses. Später erfuhr ich, dass dies nicht unüblich war. Angeblich würde die halbe ägyptische Bevölkerung solche Grabungslöcher und Tunnel unterhalb ihrer Häuser haben. Jeder hoffte darauf, den großen Fund zu machen. Zwar war der Handel mit altägyptischen Schätzen in Ägypten seit 1983 verboten, aber jeder Ägypter kannte jemanden, der wiederum jemanden kannte, an den die Sachen heimlich verkauft werden konnten. So geschehen bei der Familie des jungen Mannes namens Omar, der mithilfe einer selbstgebauten Strickleiter einen mehrere Meter tiefen Schacht hinunterkletterte. Caro und ich folgten ihm mit einem mulmigen Gefühl. Wir waren zuvor noch nie einen solchen Schacht hinabgestiegen. Und das sollte es noch längst nicht gewesen sein. Als wir unten angelangt waren, gab es drei enge Tunneleingänge. Omar, der nicht sehr groß war, kroch wie selbstverständlich in den von uns aus rechts gelegenen Tunnel. Wir mussten ihm wohl oder übel hinterherkrabbeln. Hier unten war es kühl, feucht und recht dunkel. Schließlich kamen wir in einer Art kleiner Kammer an, deren Decke notdürftig mit ein paar Holzbalken abgestützt war. Am Ende des Raums befand sich das, worauf wir gehofft hatten. Es war kein Pharaonengrab, aber es war eindeutig eine Grabstätte. Omar erklärte uns in passablem Englisch, dass er noch mehr Gräber ringsherum vermutete. Es stellte sich im Laufe der kommenden Monate heraus, dass er recht hatte. Omar und seine Familie waren auf eine kleine Goldgrube gestoßen. Der Boss war höchst entzückt. So etwas käme äußerst selten vor, teilte er uns über Essam mit. Normalerweise handelte es sich um einen Fehlalarm, wenn ägyptische Bauern behaupteten, dass sie auf etwas Kostbares gestoßen seien. Da Omar und ich in den kommenden Monaten eng zusammenarbeiteten, entwickelte sich eine Art Freundschaft zwischen uns. Durch ihn lernte ich das ländliche Leben in Ägypten kennen, das sehr karg und entbehrungsreich aussah. Omar hatte sogar einmal in Kairo angefangen zu studieren. Als seine Eltern sein Studium jedoch nicht mehr bezahlen konnten, musste er zurück aufs Land und ihnen bei der Dattelernte helfen. Irgendwann fing er aus Frust und großer Langeweile an zu graben. Seine beiden jüngeren Brüder hatten ihm dabei geholfen. Omar zeigte sich sehr interessiert daran, für den Boss zu arbeiten. Der Boss hatte nichts dagegen, da er immer Leute in Ägypten brauchte, und so waren Omar und ich bald auch gute Kollegen.

Nach einem längeren Aufenthalt in Ägypten folgten für mich einige etwas anspruchsvollere Schmuggel-Aktionen in den Grenzgebieten des Iraks. Omar blieb mein ständiger Begleiter und übersetzte für mich vom Arabischen ins Englische. Caro blieb auf Wunsch vom Boss bei riskanteren Aktionen in diesen Ländern zu Hause und unterstützte mich vom Reisebüro aus. Ich wusste, dass Caro es hasste, nicht am Ort des Geschehens zu sein. Aber ich war mit dem Boss einer Meinung, dass es für eine Frau in Ländern wie dem Irak einfach viel zu gefährlich war. Zudem weigerte sich Caro konsequent, ein Kopftuch zu tragen.

Es war um diese Zeit herum, dass ich kurz davor war, Frieden mit meinem neuen Leben zu schließen, das mir Caro mehr oder weniger aufgezwungen hatte. Mit allen meinen Kollegen kam ich gut zurecht. Sie brachten mir alle großen Respekt entgegen, da sie glaubten, dass ich jemanden ermordet hätte. Selbst der Boss glaubte, dass ich Luis damals erschossen hätte. Caro hatte ihm diese Version geliefert und mahnte mich, es dabei zu belassen, auch wenn mir nicht ganz wohl dabei war. Ich lernte auf meinen Reisen mit oder, wenn es sein musste, ohne Caro viele interessante Menschen aus aller Herren Länder kennen. An einem Tag trank ich einen Tee oder einen Kaffee mit einem Zwischenhändler in Beirut oder Tel Aviv und am anderen war ich als Tourist getarnt auf Erkundungstour in einer syrischen Ausgrabungsstätte. Es hätte von mir aus so weitergehen können. Aber natürlich war das töricht und naiv. Bereits einige Zeit vor dem sogenannten Arabischen Frühling im Jahr 2011 hatten wir gespürt, dass sich in den Maghreb-Staaten und im Nahen Osten politisch und vor allem gesellschaftlich viel bewegte. Gerade die jungen einheimischen Kollegen aus dem arabischsprachigen Raum hofften, dass die politischen Entwicklungen zu mehr Mitsprache und vor allem Wohlstand führen würden. Einige, so auch Omar, glaubten nicht daran, dass sich etwas ändern würde. „Immer wenn man denkt, dass es schlimmer und hoffnungsloser nicht mehr werden könnte und man sich mit dem Ist-Zustand irgendwie abgefunden hat, geht es doch immer noch schlimmer", lauteten Omars Worte. Sie klangen wie die eines verbitterten Greises. Omar wäre einst gern Rechtsanwalt geworden, hatte aber den Glauben an Gerechtigkeit mit Anfang 20 bereits verloren.

39

Die Nachwirkungen des sogenannten Arabischen Frühlings brachten Chaos und zugleich eine Angebotsfülle von antiken Kunstgegenständen aus dem arabischsprachigen Raum hervor. Die seit der globalen Finanzkrise 2009 sprunghaft angestiegene Nachfrage nach antiken Investitionsobjekten konnte durch diese Entwicklungen fast gestillt werden. Jeder halbwegs intelligente Schurke roch das Geld, das er durch Antiken verdienen konnte. Das war nicht gut für unser Geschäft. Die Preise verfielen rasant, während das Risiko stieg, dass uns vor Ort etwas zustieß. Mittlerweile führten wir erbitterte Kleinkriege gegen unsere immer zahlreicher werdenden Konkurrenten. Wir mussten uns also eine neue Geschäftsstrategie überlegen, um nicht unter die Räder zu geraten. Der Boss zitierte Caro, Essam und mich deshalb im Winter 2013 in sein Büro nach Gibraltar, um die Lage zu besprechen.

„Die momentane Marktsituation bereitet mir Sorgen", begann der Boss ohne Umschweife mit ernstem Gesicht. „Die fetten Jahre sind vorbei, in denen wir quasi nur die reifen Früchte vom Baum pflücken mussten, ohne uns dabei groß die Hände schmutzig zu machen. Jetzt kann es wirklich hässlich werden. Die zwei Golfkriege waren nichts im Vergleich zu diesem Flächenbrand, der in den kommenden Jahren noch weitere Länder heimsuchen wird. Zu lange haben zu wenige von den Reichtümern ihres Landes profitiert. Das rächt sich nun." Der Boss machte eine kurze Pause und schien nachzudenken, bevor er fortfuhr: „Dieses Chaos birgt natürlich auch viele Chancen für uns. Alte Strukturen werden aufgebrochen. Bald werden wir mit ganz anderen Menschen verhandeln, die weniger vom Markt verstehen wie die alte Elite davor. Wir müssen nun neue Netzwerke schmieden und vor allem müssen wir schlauer sein als die anderen!". Er führte aus, warum er mit der Plünderung von Museen wie dem Ägyptischen Museum nichts zu tun haben wollte. Denn: Die geraubten Kunstgegenstände aus bekannten Museen sind katalogisiert und werden daher leicht als geraubt identifiziert und wieder ins Museum nach Kairo zurückgebracht. Die Käufer fordern dann natürlich ihr Geld von den Händlern zurück, die ihnen diese Raubgüter verkauft haben. Der Boss legte auf nachhaltige Geschäftsbeziehungen mit seinen Kunden wert. Zudem schien ein durchaus aufrichtiger Kunstliebhaber in ihm zu stecken. Mit schmerzhaft verzerrtem Gesicht berichtete er, dass er keinesfalls große Museumsexponate in kleine Stücke schlagen ließe, damit sie besser transportiert werden könnten. Der Boss versprach sich vielmehr etwas von einer „härteren Gangart" wie er es nannte. Er trug uns auf, einen UNESCO-Konvoi nahe Luxor anzugreifen, der mit kostbaren, noch nicht katalogisierten Grabfunden auf dem Weg zu einem „safe haven" sei. Unschuldige, rechtschaffene Menschen anzugreifen, war für mich ein absolutes No-Go. Als ich Caro später sagte, dass ich diese Anweisung vom Boss nicht befolgen würde, fuhr sie mich schroff an, dass ich gefälligst meinen Mann stehen sollte. Sie wollte mit keinem Feigling zusammen sein, der bei der ersten gefährlicheren Aktion winselnd den Schwanz einziehe. Ihre Worte verfehlten ihre Wirkung nicht. Sie verletzten mich genau dort, wo sie sollten – in meinem männlichen Stolz. Ich wollte um jeden Preis weiterhin als der starke Mann an ihrer Seite gelten. Also machte ich mit. Ich erhielt von Essam eine

Schnellfeuerwaffe, militärische Kleidung samt kugelsicherer Weste und eine Sturmmaske.

Die Unternehmung ging sehr böse für die UNESCO-Mitarbeiter aus. Sie hatten zwar mit einem bewaffneten Überfall gerechnet, aber wussten sich nicht gut zu verteidigen. In Windeseile hatten wir sie überwältigt und schafften die wertvollen Fundstücke in unsere Autos und Laster. Als ich sah, dass einer von den UNESCO-Leuten heimlich ein Notrufsignal aussenden wollte, schoss ich ihm aus dem Affekt heraus in den oberen Brustkorb kurz unterhalb des Halses. Aus der Einschussstelle troff sofort dunkles Blut. Ich erschrak heftig über meine Reaktion und wollte dem Mann Erste Hilfe leisten. Doch einer meiner Kollegen zerrte mich in eines unserer Autos und weg waren wir. Die Ungewissheit, ob ich diesen armen Mann getötet hatte, bereitete mir schlaflose Nächte. Ich gab Caro die Schuld für das Unglück, weil sie mich überredet hatte mitzumachen. Wir gerieten darüber in einen heftigen Streit. „Reiß dich zusammen, Jonas! Der UNESCO-Typ wusste, worauf er sich einließ. Und du auch! Wenn du so etwas nicht abkannst, kann ich dich nicht gebrauchen! Ich habe dich zu nichts gezwungen. Du tust alles aus freien Stücken. Vergiss das nicht!", stellte sie brüsk klar. Caro strafte mich die Tage darauf mit Liebesentzug. Das war zu viel auf einmal für mich. Nach kurzer Zeit gab ich daher klein bei, entschuldigte mich bei ihr, und wir vertrugen uns wieder. Was zurückblieb, war die verstörende Gewissheit, dass ich zum Morden fähig war. Tatsächlich wurden mir erst im Zuge des Arabischen Frühlings und den damit einhergehenden schamlosen und brutalen Plünderungen die Augen geöffnet, dass wir die Nutznießer dieser Bürgerkriege und Regime-Umstürze waren. Caro schien das alles wenig zu bekümmern. Ihr

„Orienthandel" ging weiter. Das war das einzig Wichtige für sie.

Die Einschläge kamen nun in immer kürzeren Abständen: Als Caro, Omar und ich nach einer Besichtigung eines neu entdeckten Grabes im Frühling 2014 gerade zu unserem Wagen gingen und nach Kairo zurückfahren wollten, tauchte hinter uns plötzlich ein ägyptisches Militärfahrzeug auf und feuerte ohne Vorwarnung auf uns. Schnell liefen wir in geduckter Haltung zu unserem Wagen. Das Militär hatte ein paar Wochen zuvor angekündigt, hart gegen Raubgräber und ihre Auftraggeber vorzugehen. Wir konnten also nicht auf Gnade hoffen. Erst im Auto fiel uns auf, dass Omar nicht mehr bei uns war. Caro war zur Fahrerseite gelaufen und drehte schon den Schlüssel im Zündschloss um. „Stopp! Warte! Wo ist Omar?", rief ich aufgeregt und war gerade im Begriff, wieder aus dem Auto zu springen und nach Omar zu schauen. In diesem Moment gab Caro Gas. „Halt an! Halt an!", schrie ich Caro entsetzt an. „Omar hat's erwischt! Wir können nichts mehr für ihn tun. Schau doch selbst!", hörte ich Caro wie durch eine Nebelwand. Caro blickte angewidert in den Rückspiegel. Ich drehte mich um und sah durch die Staubwolke hindurch, dass das Militärfahrzeug hinter Omar angehalten hatte. Omar lag bäuchlings im Wüstensand. Von seinem Kopf war nicht mehr viel übrig.

40

Ich war wegen Omars Tod untröstlich. Er hatte erst vor drei Wochen seine Jugendliebe geheiratet. Die Hochzeit ging über mehrere Tage. Mit 24 Jahren zu sterben, war einfach viel zu früh. Caro wirkte genervt von meiner Trauer. So etwas passiere eben, war ihr einziger Kommentar. Ich war fassungslos über ihre Gefühlskälte und brüllte sie an, wie ich es noch nie zuvor getan hatte:

„Du warst doch diejenige, die mir am Anfang weismachen wollte, dass der Schmuggel mit Antiken völlig ungefährlich sei! Weißt du noch? Der Boss hätte dir erzählt, dass wir der hiesigen Landbevölkerung sogar etwas Gutes täten, wenn wir ihnen ihre Schätze abkaufen würden. Völliger Blödsinn! Wir sorgen dafür, dass sich die Leute deswegen gegenseitig abschlachten! Ich habe mich übrigens im Gegensatz zum Boss und dir dank Omar auch viel mit den einfachen Ägyptern unterhalten. Ihre Geschichte und ihre Kultur sind ihnen gar nicht so egal, wie ihr denkt. Das altägyptische kulturelle und geistige Erbe ist sehr wohl auch noch heute für sie und ihre Identität von großer Bedeutung. Durch die Gier und Rücksichtslosigkeit der Raubgräber, Schmuggler, Händler und Käufer gehen der ägyptischen Bevölkerung wichtige geschichtliche Zusammenhänge und Erkenntnisse verloren. Niemand weiß, welche Konsequenzen das einmal haben wird. Omar ist jetzt auf jeden Fall tot und seine Frau ist mit 21 Jahren schon Witwe!"

„Die Zeiten ändern sich! Aktuell ist es eben deutlich gefährlicher geworden. Der Boss meint, dass sich die Lage bald wieder beruhigen wird", wich Caro mir aus.

„Das glaube ich nicht! Ich bin mir ziemlich sicher, dass es sogar noch schlimmer werden wird. Ich habe mit vielen Leuten gesprochen. Alle teilen meine Einschätzung. Lass uns jetzt aussteigen! Wir haben mittlerweile genug Geld zusammen, um irgendwo anders auf der Welt ein neues Leben zu beginnen. Lass uns nach Australien auswandern!"

„Nein, Jonas!"

„Caro, sei vernünftig!", flehte ich sie an. „Noch ist es nicht zu spät. Ich liebe dich. Ich möchte nicht, dass dir etwas zustößt! Der Verlust von Omar muss ein Warnschuss für uns sein!"

„Nein! Ich habe dir von Anfang an gesagt, dass ich genau so leben möchte. Dass dieses Leben manchmal auch hart sein kann, gehört dazu. Es ist schade um Omar. Ich weiß, dass du ihn sehr mochtest. Aber für mich bedeutet das nicht das Ende einer Existenz, die ich mir mühsam über die letzten Jahre aufgebaut habe."

„Von mir aus muss es nicht Australien sein. Aber lass uns von hier weg, Caro. Ich habe wirklich große Angst um dich, um mich, um uns. Wenn wir weiter für den Boss arbeiten, werden wir über kurz oder lang wie Omar enden!"

„Sei's drum! Ich möchte nichts an meinem Leben ändern. Wenn du es willst, dann musst du es ohne mich tun. Ich werde dich nicht aufhalten. Aber wenn du mich wirklich liebst, bleibst du bei mir und benimmst dich wie ein richtiger Mann!"

Es hatte keinen Zweck, weiter mit Caro zu diskutieren. Natürlich liebte ich sie und würde sie niemals verlassen. Wie konnte sie nur so stur sein? Warum klammerte sie sich weiter an etwas, das gerade vollkommen aus den Fugen geriet?

Wenige Wochen später glaubte ich, Caros Verhalten auf die Spur gekommen zu sein. Seit einiger Zeit war sie auffallend oft in Cádiz gewesen, einer alten spanischen Hafenstadt, die auf einer schmalen Landzunge liegt. Cádiz hat traumhafte Strände und eine wunderschöne Altstadt. Viele Kreuzfahrtunternehmen machen daher dort halt. So weit ich wusste, hatte auch das Reisebüro, in dem Caro arbeitete, ein kleines Zweitbüro dort. Ich war deshalb bisher immer davon ausgegangen, dass sie beruflich dort unterwegs war und Kreuzfahrtgäste betreute. Doch dann erfuhr ich durch Zufall von einer ihrer Kolleginnen, die mich für den Cousin hielt, dass sie seit ein paar Wochen immer dort war, wenn ein bestimmter Kapitän mit seinem Schiff am Kreuzfahrtterminal in Cádiz anlegte. Caro musste ihn auf einer ihrer Mittelmeer-Kreuzfahrten kennengelernt haben, die sie ohne mich gemacht hatte, als ich gerade anderswo Aufträge für den Boss erledigen musste. Das war im letzten Jahr leider oft vorgekommen. Ich hasste es, wenn der Boss sie allein irgendwohin schickte. Vielleicht hatte ich die ganze Zeit im Unterbewusstsein schon befürchtet, dass so etwas früher oder später passieren würde. Caro suchte stets nach Abenteuern. Als ich also erfuhr, dass sie gerade wieder in Cádiz war, um den Kapitän zu treffen, eilte ich ihr wutentbrannt sofort nach.

41

Das riesige Kreuzfahrtschiff sah ich schon von Weitem im Hafen ankern. Ich gab mich am Schiff als deutscher Diplomat aus, zeigte einem verdutzten Seemann meinen gefälschten Ausweis und forderte ihn auf, mich in einer dringlichen Angelegenheit sofort zum Kapitän zu bringen. Der Mann sprach kurz etwas in sein Funkgerät, ließ mich nach Abschrift meiner Personalien an Bord und führte mich zur Kapitänskabine. Nachdem der Seemann an die Tür geklopft hatte, öffnete der Kapitän, vermutlich ein Italiener. Im gleichen Augenblick drängte ich mich schon am Kapitän vorbei, schrie laut auf Englisch „Wo ist meine Ehefrau?!" und fand Caro im Badezimmer, frisch geduscht, beim Schminken. Ich packte sie unsanft am Arm und zog sie hinter mir her. Die beiden Seeleute waren zu Salzsäulen erstarrt und schauten uns verdutzt an. Der Kapitän senkte sogar etwas verschämt seinen Blick, als ich ihn beim Verlassen der Kabine böse anfunkelte. Caro schrie mich empört an, was das Ganze solle. Dass sie nicht mein Eigentum sei. Sie riss sich im Gang von mir los und gab mir eine schallende Ohrfeige. Mit leichter Gewaltanwendung schaffte ich es schließlich, sie gegen ihren Willen von Bord und in mein Auto zu bekommen. Als wir mit großem Aufsehen von Bord gingen, gelang es mir am Ausgang dennoch, das Papier zu entwenden, auf dem ich meine falschen Passdaten aufgeschrieben hatte. Caro und ich stritten uns den ganzen Weg bis nach Sevilla. Abwechselnd drohte sie mir, mich wegen des Kapitäns zu verlassen, dann wieder leugnete sie, dass sich überhaupt irgendetwas zwischen den beiden abgespielt hätte. Wir beide waren völlig außer uns. Von Caro kamen

Sätze wie „Was schert's dich, mit wem ich ins Bett gehe, solange ich am Ende des Tages wieder zu dir zurückkomme? Was ist dein Problem? Ich gehöre dir nicht!" Ich war kurz davor, sie zu erwürgen. Glücklicherweise musste ich mit meinen Händen das Lenkrad festhalten. Ich schrie sie an, dass sie sich wie ein billiges Flittchen verhielte, das wahllos nach männlicher Aufmerksamkeit lechzte. Wir warfen uns an dem Tag viele unschöne Dinge an den Kopf. Dinge, die einmal gesagt, nicht mehr zurückgenommen werden konnten. Caros letzte Worte bei diesem Streit brannten sich bei mir ein: „Ich will tun und lassen, was ich will. Ich will frei sein! Treib es nicht zu weit, Jonas! Sonst suche ich mir bald einen neuen Geschäftspartner!" Es verletzte mich sehr zu hören, dass selbst nach so vielen Jahren des Zusammenseins sie mich immer noch ihren Geschäftspartner nannte. Sie wollte mich mit derlei Drohungen und rüden Provokationen gleichzeitig an sich binden und auf Abstand halten. Ihre Masche durchschaute ich mehr und mehr. Dennoch nützte es mir wenig. Ich liebte sie immer noch wie wahnsinnig und hatte schreckliche Angst davor, dass sie mich verlassen würde. Eine Woche lang herrschte absolute Funkstille zwischen uns. Am achten Tag lenkte ich ein und wir vertrugen uns wieder. Unsere Beziehung war nach diesem Streit jedoch nicht mehr so wie vorher.

42

Die Lage in vielen Ländern, in denen wir operierten, wurde immer undurchsichtiger. Man musste höllisch aufpassen, nicht zwischen die Fronten von Regierungstruppen, Oppositionellen oder anderen Milizen zu geraten. Im Nordirak hatten sich einige unserer langjährigen Geschäftspartner einer neu gebildeten, radikal-islamischen Gruppierung angeschlossen und weigerten sich, weiter mit uns Handel zu treiben. Der Boss wusste, dass ich ein guter Vermittler war und schickte mich zusammen mit Essam nach Mossul. Doch wir konnten sie nicht mehr umstimmen. Unverrichteter Dinge mussten wir uns wieder auf den gefährlichen Rückweg von Mossul zur türkischen Grenze begeben. Zweimal wurde unser Wagen kurz hinter der Stadt beschossen. Nichts Ungewöhnliches in jenen Tagen. Wenige Kilometer vor kurdischem Gebiet hielt Essam noch in einem Bergdorf an, um ein paar kleinere Besorgungen zu machen. Essam kannte sich sehr gut im Irak aus. Insgeheim nahm ich an, dass er im Irak aufgewachsen war. Omar hatte eine solche Vermutung mir gegenüber auch einmal geäußert. Essams arabischer Akzent wies darauf hin, dass er aus dem Norden des kriegszerrütteten Landes stammte. Ich begleitete Essam auf den Marktplatz. Eigentlich wusste ich, dass das keine gute Idee war. Ich wurde sofort als Ausländer erkannt und von den Dorfbewohnern misstrauisch beäugt. Die Zugehörigkeit zu Essam war mein einziger Schutz vor Entführung oder Schlimmerem. Ich war an diesem Tag mit meinen Gedanken allerdings zu sehr bei Caro, als dass ich mir Sorgen um mein körperliches Wohl machte. Sie war sauer gewesen, dass der Boss wieder nur mich nach Mossul geschickt hatte. Alle Argumente, dass es für eine Frau – zumal unverschleiert – einfach zu gefährlich im Irak wäre, schlug sie in den Wind. Schmollend blieb sie in Sevilla zurück und reagierte auf keinen meiner Anrufe. Ich machte mir große Sorgen, dass sie dies womöglich wieder in die Arme dieses Kapitäns treiben könnte. Sie hatte mir nie gesagt, dass die Sache zwischen ihr und *il capitano* beendet sei. So in Gedanken versunken entfernte ich mich etwas von Essam und beobachtete eine ältere Dame, die sich mit lautem Klagen und vielen Tränen von einem jungen Mann verabschiedete, der gerade dabei war, mit viel Gepäck in einen Bus einzusteigen. Es waren wohl Mutter und Sohn. Die Türen schlossen sich hinter ihm. Der Sohn war gerade im Begriff, den letzten freien Platz im Bus einzunehmen, als ein Mann mit langem Vollbart zwei Reihen vor ihm plötzlich aufsprang und wild gestikulierend irgendetwas in den Bus schrie. Ich verstand nicht, was er rief, dafür aber sehr schnell, was er meinte. Doch es war schon zu spät. Eine enorme Druckwelle erfasste mich. Dann erst kam der ohrenbetäubende Knall. Und schließlich dieser unsagbare Schmerz, der mir den Knockout verpasste.

Ich wachte schweißnass und mit starken Schmerzen in einer Höhle auf. Essam kauerte neben mir. Er hatte diverse Schnittwunden in seinem bärtigen Gesicht und an den Armen. Ansonsten schien er unversehrt zu sein. „Bleib ruhig liegen!", wies er mich streng an. „Bald kommt Hilfe!" Ich verstand ihn kaum. In meinen Ohren piepte es wahnsinnig laut. Wie ich später erfuhr, war das kleine Bergdorf von einer Rebellengruppe überfallen worden. Der Selbstmordattentäter im Bus war nur die Vorhut gewesen. Essam hatte es gerade noch so geschafft, mich zum Wagen zu schleppen und in ein Versteck in den Bergen zu bringen. In der Höhle konnte man immer noch dumpf Schüsse vernehmen. Ich schaute an mir im Liegen hinunter. Auch ich hatte einige Schnittwunden an den nackten Armen. Alle Gliedmaßen waren noch dran. Mein rechtes Bein sah allerdings nicht sonderlich gut aus. Aus dem Oberschenkel ragte etwas Metallenes heraus. Ich befühlte meinen schmerzenden Kopf und erschrak. Unter einem notdürftigen Verband ertastete ich mein rechtes Ohr oder vielmehr das, was davon übrig war. Gott sei Dank kamen bald ein paar unserer kurdischen Helfer und lotsten uns im Schutze der Nacht über die türkische Grenze. Dort lieferte mich Essam in einer kleinen Arztpraxis ab und verschwand. Dem Arzt ist kein Vorwurf zu machen. Er war sicher weder Unfall- noch Schönheitschirurg. Immerhin gelang es ihm, den groben Metallsplitter aus meinem Bein zu entfernen, ohne dass sich die Wunde später entzündete. Es blieb jedoch eine hässliche Narbe zurück. Mein Ohr flickte er nach bestem Wissen und Gewissen zusammen. Das verletzte Trommelfell konnte er jedoch nicht fachgerecht versorgen. So blieb ich fortan so gut wie taub auf dem Ohr. Als Caro mitgeteilt wurde, wo ich mich befand, reiste sie sofort zu mir. Ich war froh, dass sie da war. Dem Arzt zuliebe legte sie sogar einen Schleier über ihr Haar. Zwei Wochen lang wich sie nicht von meiner Seite. Sie schlief kaum und pflegte mich mit einer Hingabe, wie es nur eine Frau für ihren geliebten Mann tut. Sie schwor mir auch, dass sie den Kapitän nie wiedersehen würde. Ich wäre der einzige Mann, mit dem sie zusammen sein wollte. Ihre Worte waren für mich die reinste Medizin. Als ich mich trotz einer Gleichgewichtsstörung, die durch meine Ohrverletzung bedingt war, wieder aufrecht halten konnte, brachte sie mich zum nächsten türkischen Flughafen. Es dauerte weitere sechs Wochen, bis ich wieder in der Lage war zu arbeiten. In der Zwischenzeit hatte ich erneut mit Caro darüber gesprochen, die Zusammenarbeit mit dem Boss aufzukündigen und ein neues Leben zu beginnen. Dieses Mal hatten wir in Ruhe geredet. Caro blieb jedoch bei ihrem Standpunkt, versprach aber, mir fortan immer treu zu bleiben, solange wir nur unser bisheriges Leben weiterführten. Ich war zutiefst zwiegespalten. Einerseits war Caros Treueversprechen ein großartiges Zugeständnis. Nichts hatte ich mir je mehr gewünscht, als der einzige Mann in ihrem Leben zu sein. Andererseits: Was sollte noch alles passieren? Wie oft würden wir noch knapp mit dem Leben davonkommen? Unsere Beziehung war seit meinem Unfall wieder deutlich besser geworden. Caro war sehr zärtlich und liebevoll zu mir. Wir stritten uns weniger. Es musste ihr einen gehörigen Schrecken eingejagt haben, als Essam sie angerufen und darüber informiert hatte, dass ich schwer verletzt irgendwo in Anatolien läge. Wir einigten uns mit dem Boss darauf, dass ich zukünftig nicht mehr im Irak operieren sollte. Der Boss hatte genügend Männer, die für ihn bereitwillig die weiterhin lukrativen Geschäfte im Süden des Iraks aufrechterhielten. Im Norden des Iraks hatten wir ab Juni 2014, nach der Ausrufung eines Kalifats durch eine radikale islamistische Gruppierung, keine Handhabe mehr.

43

Aber auch in den anderen Ländern des Nahen Ostens wurde die Situation zunehmend prekärer. Der Bürgerkrieg in Syrien führte zu einer ausgewachsenen humanitären Katastrophe. Abertausende Menschen waren auf der Flucht. Unsere ägyptischen Fischer, die uns bisher zuverlässig beim Warenschmuggel über das Mittelmeer unterstützt hatten, lehnten plötzlich immer öfter unsere Aufträge ab. Die skrupellosesten unter ihnen verdienten nun deutlich mehr Geld mit dem Schleusen verzweifelter Flüchtlinge, die sich nichts sehnlicher wünschten, als über das Mittelmeer nach Europa zu gelangen. Ich wurde Zeuge davon, wie an einem der berüchtigten Strände mehrere Schichten von Menschen in ein altes Boot gepfercht wurden. Die unterste Schicht bestand aus Frauen und Kindern. Über diese erste Menschenschicht wurden Bretter genagelt, und dann kam die zweite Schicht. Das waren diejenigen, die etwas mehr bezahlt hatten. Ganz oben an Deck schließlich standen die etwa achtzig bis hundert Personen, die ihr gesamtes Vermögen für die mehr als riskante Passage nach Europa an den Schleuser bezahlt hatten. Es war ein menschenverachtendes Geschäft. Ich fühlte mich so ohnmächtig gegenüber all diesem Elend. Egal, wo man sich aufhielt, es wimmelte nur so vor Gaunern, die bereit waren, einem für fünfzig Dollar den Hals aufzuschlitzen. Viele unserer Geschäftspartner in Syrien kamen ums Leben. Trotzdem hatte der Boss nie Probleme, neue Leute zu rekrutieren. Die Menschen waren froh, wenn sie nur irgendwie an Geld kamen. Koste es, was es wolle. Hatten sie genug Geld zusammen, bestiegen auch sie eines der Boote nach Europa. Caro stellte mir inmitten dieses Chaos einen jungen Libanesen vor, der für eine Hilfsorganisation arbeitete. Sie hielt viel von ihm und wollte ihn für unsere Zwecke einspannen. Wir bräuchten wieder so jemanden wie Omar, der für uns übersetzte, versuchte sie mich zu überreden. Nachdem ich mir den jungen Mann angeschaut hatte, der fast noch ein Teenager war, lehnte ich ihren Vorschlag brüsk ab. Jemanden wie Omar könne er nicht ersetzen, war mein Argument. In Wahrheit hatte mir nur nicht gefallen, wie Caro den recht gut aussehenden und durchaus gescheiten Ahmed angeschaut hatte.

44

Anfang September 2014 fand die Hochzeit von Jessie und Thomas statt. Wie üblich hatte Thomas keine Kosten gescheut. Wir feierten in einem erstklassigen Restaurant mit Blick auf die Ostsee, das Thomas seit ein paar Jahren als zweites Standbein neben seinem Club betrieb. Caro und ich bewunderten Jessies kleinen, rundlichen Babybauch, den sie unter dem Brautkleid trug. Thomas tobte mit meinem zweijährigen Neffen wild über den saftig grünen Rasen. Er würde ein toller Vater sein, dachte ich. Jessie und Thomas wirkten so unbeschwert glücklich, dass ich geradezu neidisch auf sie wurde. Wir waren alle mittlerweile Ende Zwanzig. Auf der Feier wurden Caro und ich von vielen gefragt, wann wir endlich heiraten würden. Schließlich seien wir ja auch nicht mehr die Jüngsten und in etwa genau so lange zusammen wie Jessie und Thomas. Unter den neugierig Nachfragenden waren auch meine Eltern, die Caro gegenüber zwar sehr reserviert auftraten, aber mich trotzdem drängten, ihr endlich einen Antrag zu machen. Unverblümt ließen sie durchblicken, dass es ihnen in erster Linie um Nachwuchs ging. Wenn sie wüssten! Ich wollte gern eine Ehefrau und Kinder haben. Nur war ich seit Jahren mit einer Person zusammen, die weder heiraten noch Kinder bekommen wollte. All diese Gespräche über Hochzeit und Familienplanung stimmten mich sehr nachdenklich. Mir wurde bewusst, dass ich mich mittlerweile wieder sehr nach einem normalen Leben und einer eigenen Familie sehnte.

Spät nachts im Hotel fragte mich Caro, was mit mir los sei. Sie hatte bemerkt, dass ich gegen Ende der

Hochzeitsfeier immer stiller geworden war. Sie nahm an, dass die niederschmetternde Diagnose von Frank, Thomas' Vater, dem Schönheitschirurg, der Grund dafür sei. Dieser hatte sich abseits der Feier mein entstelltes Ohr angeschaut. Wir hatten allen erzählt, dass während meiner Arbeit im Lagerhaus meiner Spedition eine Ladung mit Feuerwerkskörpern hochgegangen war und eine Rakete mir diese Verletzung zugefügt hatte. Nach Franks eingehender Begutachtung teilte er Caro und mir schließlich mit großem Bedauern mit, dass zu wenig Substanz übrig sei, um ein normal aussehendes Ohr wiederherzustellen. Außerdem äußerte er noch die Vermutung, dass meine fast vollständige Taubheit auf dem Ohr wohl bleiben würde. Ich versicherte Caro, dass ich mir eh keine Hoffnungen wegen des Ohrs gemacht hatte und stritt ab, dass mich überhaupt etwas beschäftigte. Ich sei einfach nur müde. Heirat und Kinderwunsch waren bislang Tabuthemen zwischen uns gewesen. Für Caro waren Leute, die heirateten und Kinder bekamen, spießige Langweiler. Caro ließ jedoch nicht locker. Am Ende gab ich ihrem Drängen nach. Der Alkohol im Blut verleitete mich dazu, ihr die volle Wahrheit zu sagen. Caro hörte mir die ganze Zeit über aufmerksam zu. Als ich fertig war, sah sie mich geradezu mitleidig an, seufzte schwer und sagte nur: „Puh! Mit so einer Art Seelen-Striptease hatte ich jetzt nicht gerechnet. Darauf muss ich erst einmal eine rauchen gehen." Sie verließ das Zimmer und kam wenige Minuten später wieder zurück. Ich hatte mich in der Zwischenzeit bereits ins Bett gelegt, denn ich war wirklich hundemüde. Ein wenig ärgerte ich mich über mich selbst, dass ich ihr alles erzählt hatte. Die Quittung bekam ich prompt. Caros Laune hatte sich deutlich verschlechtert. „Ich verstehe dich einfach nicht", sagte sie kopfschüttelnd und dann geradezu vorwurfsvoll: „Du behauptest doch nicht ernsthaft, dass du Jessie und Thomas darum beneidest, dass sie bald am laufenden Band volle Windeln wechseln müssen, nachts nicht mehr durchschlafen können und Ebbe in ihrem Schlafzimmer herrscht? Allein schon die Vorstellung törnt mich total ab! Wenn das deine Vorstellung von einem erfüllten, glücklichen Leben ist, dann musst du dir definitiv eine andere suchen! Mit mir wirst du so ein fremdgesteuertes, deprimierendes Leben niemals haben! Das ist dir doch hoffentlich klar?!"

„Hätte ich mich doch bloß nie auf diese egozentrische Frau eingelassen!", ärgerte ich mich still und drehte mich mit einem „Vergiss es einfach!" um. Solcherlei Diskussionen führten mit Caro einfach zu nichts. Ich hätte es besser wissen sollen.

45

Für Caro schien das höchste Glück im Leben weiterhin ausschließlich darin zu bestehen, Abenteuer zu erleben. Anfangs dachte ich noch, es würde ihr beim Schmuggeln hauptsächlich um das Geld gehen. Davon hatten wir aber bereits mehr als genug. Schließlich erkannte ich, dass sie schlichtweg ein Adrenalin-Junkie war. Es konnte ihr niemals gefährlich genug sein. Deswegen war sie auch immer außer sich, wenn sie mich aus Sicherheitsgründen an bestimmte Orte nicht begleiten durfte. Was den smarten Libanesen Ahmed anbelangte, hatte sie nicht auf mich gehört. Sie hatte ihn trotz meines Neins kurz nach unserer Rückkehr aus Kiel rekrutiert. Ich litt seit meinem Unfall im Nordirak zeitweise unter starken Migräne- und Schwindelanfällen, daher zog Caro viel allein mit Ahmed los. Hätte sie mir keinen Treueschwur geleistet, wäre ich jedes Mal rasend vor Eifersucht gewesen. Meist streiften sie durch Syrien, wo der Bürgerkrieg immer mehr eskalierte. Ich weigerte mich dorthin zu reisen und wollte auch nicht, dass sich Caro solchen Gefahren aussetzte. Inständig bat ich sie, dieses Bürgerkriegsland zu meiden. Es war zu der Zeit einfach nur lebensmüde, sich dort aufzuhalten. Wieder und wieder trug ich diese Bitte an sie heran, aber stets vergebens. Schließlich wusste ich mir nicht mehr anders zu helfen und nahm ihr alle ihre Pässe weg. Aber selbst das nützte nichts. „Sei vorsichtig!", drohte sie mir. „Wenn man mir sagt, dass ich etwas nicht darf, dann tue ich es erst recht! Der Boss und Essam haben das mittlerweile verstanden. Warum du nicht? Glaubst du ernsthaft, dass irgendwelche Pässe mich aufhalten könnten?" Der Boss war seit einigen Monaten gesundheitlich stark angeschlagen. Essam leitete das Geschäft jetzt. Ihm war es egal, was Caro trieb, solange sie für Umsatz sorgte – und das tat sie. Ich ärgerte mich über Essams neuen Führungsstil, der Caro in ihrem selbstmörderischen Tun bestärkte. Aber in erster Linie war ich auf Caro sauer. Was sie und Ahmed so oft nach Syrien führte, wusste ich nicht. Sie seien an etwas Großem dran, hatte Caro mir gegenüber einmal kurz erwähnt, ohne weitere Details zu nennen. Um zu erfahren, was sie genau in Syrien trieb, durchwühlte ich eines Tages ihre Sachen und stieß auf ihre Tagebücher. Sie gaben keinen Aufschluss darüber, was ihre Pläne anbelangten. Jedoch konnte ich einer Randnotiz etwas anderes höchst Interessantes entnehmen: Caro hatte ihren Treueschwur gebrochen. Sie betrog mich mit Ahmed. In mir zerbrach etwas, als ich das las. Es war eigentlich so naheliegend und typisch für sie, aber dennoch hatte ich ihr vertraut, dass sie Wort halten würde. Wie ein Irrer tigerte ich durch die Wohnung und zerschlug alles, was mir in die Quere kam. Ich kam mir so unfassbar dumm und naiv vor! Warum konnte sie mir nicht treu sein? Warum war ich ihr verdammt noch mal nicht genug? Ich war für sie zum Lügner, Betrüger, Dieb und Mörder geworden. Ich hatte alles für sie getan! Nachts träumte ich von toten Kindern, die in Grabungsschächten erstickt oder im Mittelmeer ertrunken waren. Oder ich träumte von Omar oder dem UNESCO-Mitarbeiter – beide hatte ich auf dem Gewissen. Wozu das alles? Was hatte ich davon? Halb taub war ich und narbenübersät. Es reichte mir! Ich schmiss ein paar Sachen in einen Rucksack und reiste nach Damaskus.

46

Doch die Syrer hatten bereits neue Tatsachen geschaffen. Auf dem Weg nach Syrien rief mich Essam an und berichtete mir in seiner unterkühlten Art, dass Ahmed von syrischen Regierungstruppen in der Nähe von Palmyra erschossen worden war. Als ich das hörte, war ich gleichzeitig erleichtert und schockiert. Warum erleichtert? Hatte ich Angst gehabt, dass ich Ahmed sonst getötet hätte? Gut möglich. In meinem rechten Stiefel steckte ein scharfes Springmesser. Caro hatte es im Lauf der Jahre geschafft, dass ich zu fast allem fähig war. Der arme Kerl! Bestimmt hatte sie Ahmed auch erzählt, dass ich nur ihr Cousin sei. Sie war eine so verdammt gute Lügnerin! Essam hatte dafür gesorgt, dass Caro nach diesem tödlichen Vorfall in einer Wohnung nahe Palmyra versteckt wurde und ihr aufgetragen, sich nicht vom Fleck zu bewegen, bis ich da sei. Er gab mir die genaue Ortsbeschreibung des Unterschlupfs durch und klang kaum verwundert darüber, dass ich bereits nach Syrien unterwegs war.

Es war enorm schwierig, von Damaskus zu Caros Aufenthaltsort zu gelangen. Streckenweise musste ich meinen Weg durch geheime, unterirdische Tunnelanlagen nehmen, durch die mich langjährige Geschäftspartner für sehr viel Schmiergeld führten. Als ich die spartanische Unterkunft schließlich am späten Nachmittag erreichte, fand ich Caro zusammengekauert auf dem Boden hinter einer Art Sessel vor. Als ich mich ihr näherte, stand sie grußlos auf und machte auch keine Anstalten, mich zur Begrüßung zu umarmen oder zu küssen. Sie stand einfach nur da. Mit ihrer blassen Gesichtsfarbe und den dunklen Augenringen wirkte sie um Jahre gealtert. Fast tat sie mir ein wenig leid. Noch hatte ich ihr nicht gesagt, dass ich herausgefunden hatte, dass sie mich mit Ahmed betrogen hatte. Ich rang mit mir, ob ich es ihr überhaupt sagen sollte. Was hatte es jetzt noch für einen Sinn, wo Ahmed tot war?

„Komm mit mir nach Hause", bat ich sie also nur.

„Das geht nicht!", erwiderte sie mir impulsiv. „Von den Islamisten, die Palmyra kontrollieren, haben wir für viel Geld gestern endlich eine Grabungserlaubnis erhalten. Ich will zu Ende bringen, was Ahmed und ich hier angefangen haben. Vorher verlasse ich Syrien nicht!" Sie ging nervös im Zimmer auf und ab und biss an ihren Fingernägeln.

„Das ist viel zu gefährlich für dich allein!", hielt ich ihr vor.

„Dann wirst du mir eben mit ein paar anderen Leuten Rückendeckung geben!", zischte sie mich aggressiv an.

„Nein, das werde ich nicht! Denn ich höre mit allem hier und heute auf. Endgültig! *El Gótico* gibt es nicht mehr!"
Caro starrte mich aus rabenschwarzen, zornigen Augen an.

„Du willst mich also im Stich lassen?"

„Nein, ich möchte, dass du mit mir nach Hause kommst. Hör zu, Caro, ich will all deine Alleingänge der letzten Zeit vergessen und nie wieder ein Wort darüber verlieren, wenn du dir dafür nur das mit Palmyra und überhaupt den ganzen Orienthandel endlich aus dem Kopf schlägst. Ahmed zuliebe, mir zuliebe."

„Nein, nein, nein!", schrie Caro außer sich und stampfte mit dem Fuß auf. „Nenn seinen Namen nicht!" Eine schreckliche Müdigkeit überkam mich. Ich hatte Caros Launen so satt. Mit letzter Kraft appellierte ich an ihre Vernunft und ihr Herz:

„Caro, bitte sei vernünftig! Schau mich an! Lass mich dich hier aus dieser Hölle retten, und zugleich mit dir auch mich selbst! Ich kann nicht mehr so weiterleben. Ich kann es nicht! Ich habe einfach keine Kraft mehr! Verstehst du? Ich liebe dich immer noch! Lass uns noch einmal ganz von vorne anfangen. Am liebsten ganz weit weg von hier! Wenn wir so weitermachen, werden wir sterben!" Ich ging auf sie zu und versuchte, ihre Hände zu nehmen. Sie wich jedoch vor mir zurück.

„Erspar mir deine ewig gleiche Leier! Ich kann dein Weichei-Gejammer nicht mehr hören! Du weißt, dass du etwas Unmögliches von mir verlangst! Du hast herausgefunden, dass Ahmed und ich miteinander gevögelt haben, stimmt's? Warum wärst du sonst so plötzlich und unangekündigt hier?" Sie machte eine kurze rhetorische Pause. Ihre Augen blitzten böse auf. „Und nur damit du's weißt", fuhr sie fort: „Mit Essam und einigen anderen unserer lieben Kollegen habe ich auch Sex, wann immer sich die Gelegenheit bietet. Sie alle haben mehr Eier in der Hose als du! Du glaubst, mich immer noch zu lieben? Was für ein Quatsch! Wir könnten uns noch weiter etwas vormachen, aber ich bin es leid. Du willst nicht mehr so leben wie ich es möchte, möchtest eine Familie gründen und ein normales Spießerleben in einem verschlafenen Vorort führen. Gut. Dann sieh den Tatsachen ins Auge: Es ist aus zwischen uns."

Caro nahm den Goldring, den ich ihr zu unserem ersten Jahrestag geschenkt hatte, von ihrem linken Ringfinger und warf ihn wütend zu Boden. Ein Stich wie von einem Messer fuhr mir durch den Magen. Das war deutlich. Caro meinte es ernst. Ich zögerte kurz, nahm dann aber den Ring auf, betrachtete ihn eine Weile in meiner Handfläche und steckte ihn sorgfältig ein. Caro blickte mich trotzig an. Ihre Augen waren zu kleinen Schlitzen geworden. Alle Schönheit war von ihr gewichen. Zwei Tränen liefen ihr über die Wangen. Waren es Tränen der Wut oder der Trauer? Hätte ich sie trösten sollen? Oder hätte ich mich wegen ihrer unerhörten Worte auf sie stürzen sollen? Stimmte überhaupt alles, was sie gesagt hatte, oder wollte sie mich einfach nur verletzen, um uns auf eine verquere Art und Weise die Trennung zu erleichtern? Wie ich sie so sah, fühlte ich gar nichts mehr – weder Liebe noch Hass. Was sollte ich noch in diesem dreckigen Loch inmitten der syrischen Kriegshölle? Warum war ich überhaupt hierhergekommen? Ich war am Ende.

„Leb wohl, *Calla*!", verabschiedete ich mich von ihr und verließ die Herberge.

„Du hättest damals auf mich hören sollen, Jonas!", rief sie mir durch das Treppenhaus noch hinterher. „Damals in Sevilla, nach unserer ersten Nacht. Erinnerst du dich, was ich dir gesagt habe?"

47

Draußen musste ich erst einmal tief Luft holen. Mir war übel geworden, fast genau wie damals unter dem Straßenschild von Don Pedro. Warum musste mich Caro ausgerechnet jetzt an unsere erste gemeinsame Nacht erinnern? Wollte sie mir damit selbstgerecht sagen, dass ich allein an meinem Schicksal schuld sei? Dass sie mich gewarnt hatte und sie also keine Schuld treffe? Verstehe jemand diese Frau! Ich wollte nur noch weg. Kopflos lief ich die Straße hinunter, allein konzentriert darauf, meine Übelkeit zu unterdrücken. Es begann bereits zu dämmern. Um diese Zeit des Tages hätte ich mich nicht mehr draußen auf den öffentlichen Straßen aufhalten sollen.

Kaum 500 Meter Luftlinie von Caros Refugium entfernt sprang plötzlich ein in syrischer Soldatenuniform gekleideter Mann aus einem Hauseingang hervor und verstellte mir mit vorgehaltener Waffe den Weg. Reflexartig setzte ich zur Flucht an, doch zwei weitere Männer in Camouflage und Maschinengewehren im Anschlag tauchten hinter mir auf. Rechts und links von mir ragten Häuserwände auf, die keinen Durchgang boten. Ich saß in der Falle. Kurz überlegte ich noch, ob ich es im Nahkampf mit den dreien aufnehmen könnte, verwarf den Gedanken aber sehr rasch. Schon an ihrem Auftreten konnte ich erkennen, dass die Männer professionell in dem geschult waren, was sie taten. Es waren ziemlich sicher Soldaten der syrischen Regierungstruppen. Etwas Schlimmeres, als diesen Militärs in die Hände zu fallen, hätte mir kaum passieren können. Mit allen anderen Gruppen hätte man sich auf eine Lösegeldsumme verständigen können und das Ganze wäre relativ schnell und glimpflich ausgegangen. So aber musste ich befürchten, dass sie mich an die nächste Wand stellen und kurzen Prozess mit mir machen würden. So wie sie es womöglich auch mit Ahmed getan hatten.

Zunächst brachten sie mich jedoch in ihre Kommandozentrale. Wenn man dieses dunkle Kellerloch, das sich unterhalb eines halb zerstörten Hauses befand, überhaupt so bezeichnen konnte. Sie befahlen mir, mich bis auf die Unterhose auszuziehen und alle meine Sachen nebeneinander auf einen Tisch zu legen. Als ich das Messer aus meinem Stiefel zog, brach ein wütendes Geschrei unter ihnen aus. Ich spürte einen Gewehrkolben schmerzhaft in meinem Nacken, der mich halb bewusstlos zu Boden beförderte. Keine zwei Minuten später fand ich mich gefesselt auf einem Stuhl wieder. Zu den drei Soldaten war nun noch ein vierter, etwas dicklicher Mann mit grauem Schnurrbart gestoßen. Er nahm mich ins Verhör. „Was machen Sie hier?", fragte er in sehr gebrochenem Englisch, aber festem Befehlston, als er merkte, dass ich kein Wort Arabisch verstand. Ich schwieg und tat weiter so, als würde ich ihn nicht verstehen. So hatte es mir Essam aufgetragen. Wenn ich von wem auch immer geschnappt würde, sollte ich nichts sagen und alles ihm überlassen. Nicht, dass ich grenzenlos darauf vertraute, dass Essam mich aus jedweder misslichen Situation herausholen würde, aber ich hatte auch keine bessere Idee, wie ich mich aus dieser Lage aus eigener Kraft wieder hätte befreien können. Der dicke Soldat setzte seine Befragung unbeirrt fort und wurde zunehmend ungeduldig: „Für wen arbeiten Sie? Haben Sie etwas mit den Extremisten zu tun?" Anstatt ihm zu antworten, schaute ich einer kleinen Maus hinterher, die gerade in einer schmalen Mauerspalte hinter dem Dicken verschwand. Wie gern hätte ich in diesem Moment mit ihr getauscht! Der harte Faustschlag mitten ins Gesicht riss mich brutal aus meinen Fluchtfantasien heraus. Mir schossen augenblicklich Tränen in die Augen. Der Schlag hatte mich präzise auf die Nasenwurzel getroffen. Blut tropfte auf meine nackte Brust. „Habe ich jetzt Ihre volle Aufmerksamkeit?", schrie mich der Dicke mit hochrotem Kopf an und rieb sich dabei die Fingerknöchel seiner rechten Hand. Inzwischen hatten die anderen Soldaten beim Inspizieren meiner Sachen herausgefunden, dass ich einen slowakischen Reisepass besaß. Da meine Spracheinstellungen auf dem Handy vom Boss allerdings auf Englisch waren, nahmen sie mir meine slowakische Staatsbürgerschaft nicht ab. „Woher kommen Sie wirklich?", brüllte der Dicke daher. „Sie machen jetzt besser den Mund auf, sonst wird diese Nacht sehr schlimm für Sie enden!" Was sollte ich tun? Mir war klar, dass er seine Drohung ernst meinte. Zur Bekräftigung seiner Worte gab es noch zwei Hiebe ins Gesicht und einen seitlich in die Rippen, der mich samt Stuhl zur Seite kippen ließ. So lag ich ein paar Minuten und schaute zu, wie sich vor mir eine kleine Blutlache bildete. Meine Augenbraue war aufgeplatzt und blutete stark. Ich dachte an meine Eltern, meine Schwestern, meinen kleinen Neffen, vor allem aber an Caro – würde ich sie je wiedersehen?

Dann hörte ich plötzlich, wie einer der Soldaten, der mich gefangen genommen hatte, aufgeregt auf Arabisch zu sprechen begann. In dem Moment, in dem ich zu ihm hochschaute, übergab er mein Handy an den Dicken. Erst konnte ich mir keinen Reim darauf machen. Doch das einzige, was in Frage kam, war, dass die Soldaten es irgendwie geschafft hatten, die Zugangssperre zu knacken oder zu umgehen und die einzige Nummer angerufen hatten, die auf dem Handy abgespeichert war. Und das war die Notfallrufnummer von Essam. Der dicke Soldat sprach auf Arabisch mit Essam! Ich verfluchte mich, dass ich mir in den letzten Jahren kaum Mühe gegeben hatte, Arabisch zu lernen. Das einzige, was ich konnte, waren ein paar Höflichkeitsfloskeln, die gerade gut genug waren, um mit Arabisch sprechenden Geschäftsleuten das Eis zu brechen. Der Gesichtsausdruck und die Stimme des Dicken veränderten sich merklich von Sekunde zu Sekunde. Erst wirkte er zurückweisend und skeptisch, dann aber entglitten ihm seine Gesichtszüge immer mehr und seine Stimme klang fast unterwürfig. Er fing an, beflissentlich mit dem Kopf zu nicken. Ein paar Schweißtropfen erschienen auf seiner Stirn. Verwundert blickte er zwischendurch zu mir herunter und gab einem der Soldaten stumm mit einer Handbewegung zu verstehen, dass er mich wieder aufrichten sollte. Was erzählte ihm Essam nur? Ich war völlig perplex. Den Soldaten ging es offenbar nicht anders. Als das Telefonat zu Ende war, gab der Dicke einem Soldaten kleinlaut den Befehl, mich loszubinden. Er sprach leise mit einem anderen Soldaten und verließ danach schnell den Raum, ohne mich noch eines Blickes zu würdigen.

Zu meiner großen Überraschung holte mir einer der Männer eine Schüssel mit Wasser, drückte mir ein Stück Seife in die Hand und deutete an, dass ich mich damit waschen sollte. Ich bekam sogar ein Stück Stoff und Klebeband, um meine immer noch blutende Augenbraue notdürftig zu verarzten. Als ich mir das Blut vom Körper gewaschen und mich mit einem Shirt aus meinem Reiserucksack abgetrocknet hatte, durfte ich mich wieder anziehen. In der Zwischenzeit hatte ein Soldat meine auf dem Tisch zerstreuten Sachen ordentlich zusammengepackt und in den Rucksack gesteckt. Ich bekam alles anstandslos ausgehändigt, selbst den Ring von Caro. Nur das Messer behielten sie. Danach brachten sie mich nach draußen, wo bereits ein Militärfahrzeug auf mich wartete. Langsam stieg in mir die Hoffnung, dass Essam es tatsächlich irgendwie geschafft hatte, meinen Kopf aus der Schlinge zu ziehen. Keiner sprach jedoch mit mir, so dass ich mir bis zum Schluss nicht sicher war, was sie mit mir vorhatten. Selbstverständlich fragte ich auch nicht nach, um nicht doch noch irgendeine Tarnung auffliegen zu lassen. Zwei Soldaten und ich fuhren stundenlang durch die Nacht. Ich versuchte herauszufinden, wohin es ging, aber erst als es hell wurde, wusste ich überhaupt, in welche Himmelsrichtung wir fuhren. Es ging in Richtung Westen. Nach Damaskus. Genauer gesagt, setzten sie mich wortlos vor der russischen Vertretung im Stadtzentrum ab und fuhren ohne auszusteigen sofort weiter. Ich verstand gar nichts mehr und schaute dem Fahrzeug mit den zwei Soldaten nach, bis es hinter einer Kurve verschwunden war.

Im nächsten Augenblick hörte ich jemanden leise „*El Gótico*, hey, hier, komm schnell her!" rufen. Ich blickte mich um und entdeckte ein mir vertrautes Gesicht. Meine Rettung! Mustafa, ein enger Vertrauter von Essam, winkte mich unauffällig zu sich in eine Hinterhofeinfahrt. Dort bestiegen wir einen Geländewagen mit getönten Scheiben und brausten aus der Stadt hinaus weiter in Richtung Westen. Unser Ziel war nun Beirut. Auf der Fahrt erzählte ich Mustafa alles, was mir in der Gefangenschaft widerfahren war. Es war alles so verrückt und ich war völlig überdreht. Ich musste einfach mit jemandem darüber sprechen. Einiges schien Mustafa bereits zu wissen, hielt sich aber bedeckt und stellte auch keine Nachfragen. So verhielt er sich immer, daher dachte ich mir nichts dabei. Und dass er zwischendurch immer wieder mit sehr ernster Miene Nachrichten auf seinem Handy las, fiel mir auch erst im Nachhinein auf. Die meiste Zeit über schlief ich eh auf der Rückbank.

48

Zwei Tage später traf ich mich mit Essam in Beirut. Er hatte um ein Treffen gebeten. Ich machte mich darauf gefasst, dass er mir ordentlich den Kopf waschen würde, weil ich mich nicht an seine Anweisung gehalten hatte, bei Caro zu bleiben, und dann auch noch in die Arme von syrischen Soldaten gelaufen war. Doch als ich ihn in einem der gehobeneren Restaurants Beiruts traf, begrüßte er mich geradezu freundlich. Er saß bereits an einem Tisch. Vor ihm stand ein Glas mit Orangensaft. Als er mich erblickte, stand er auf und reichte mir die Hand zur Begrüßung.

„Wie hast du es nur geschafft, mich dort herauszuholen? Was hast du denen erzählt?" Die Fragen sprudelten nur so aus mir heraus, nachdem ich mich gesetzt und ebenfalls einen Orangensaft bei dem Kellner bestellt hatte.

„Ich habe dem Kommandanten erzählt, dass du ein Spezialagent des russischen Geheimdienstes bist", verriet er.

„Und das haben sie dir geglaubt?"

„Ich musste meinen Worten noch etwas Nachdruck verleihen, indem ich einige Namen wichtiger Leute nannte und sagte, dass diese sehr verärgert wären, wenn sie erfahren würden, dass der Kommandant deine Mission gefährdet."

„Woher kennst du denn die Namen von Leuten, vor denen der Schiss hat?"
Essam beantwortete diese Frage nur mit einem geheimnisvollen Lächeln. Er hatte mir wohl schon mehr gesagt, als er eigentlich wollte. Es hatte keinen Zweck, ihn weiter mit Fragen zu löchern. Ich bedankte mich daher für

seine Hilfe und lenkte das Gespräch in eine andere Richtung:

„Hast du eigentlich etwas von Caro gehört?" Ich hatte ihr bereits auf dem Weg nach Beirut in Mustafas Wagen eine Nachricht geschrieben, in der ich ihr von meiner Gefangenschaft berichtet und vor den Soldaten gewarnt hatte. Doch sie hatte bisher noch nicht darauf reagiert. Sicher war sie sauer auf mich und hatte deswegen nicht geantwortet. Die Masche kannte ich ja nur zu gut von ihr. Womöglich war ihr mein weiteres Schicksal sogar egal. Ich hatte jedenfalls meine Meinung nicht geändert. Mein Ausstieg aus dem Geschäft stand weiterhin fest.

„Wegen Caro bin ich hier und wollte mit dir sprechen", sagte Essam. Sein Gesicht verdüsterte sich. „In der gleichen Nacht, in der du festgehalten wurdest, hatte sie sich mit ein paar Leuten zu den Ausgrabungsstätten durchgeschlagen. Wir mussten schnell agieren. Unsere Informanten warnten bereits davor, dass die syrischen Regierungstruppen einen Vorstoß planten und Palmyra zurückerobern wollten. Wir hatten nur diese eine Chance, die Ware aus der Grabstätte herauszuholen. Caro leitete die Operation. Sie hatte auch einen Plan, wo sich die Sprengfallen auf dem Gelände befinden." Essam hielt inne. Für den Bruchteil einer Sekunde sah ich Trauer in seinen Augen. Ich verstand sofort.

„Nein, Essam", flüsterte ich. „Das kann nicht sein!"

„Doch, Jonas!", sagte Essam gefasst. „Sie wird nicht viel gespürt haben."

„Nein, sie ist nicht tot! Das würde ich spüren. Das müsste ich doch spüren! Das muss ein Missverständnis sein."

„Sie haben mir Fotos von einigen von Caros Überresten geschickt. Möchtest du sie sehen? Glaubst du mir dann?", fragte Essam ruhig. Wilde Bilder erschienen vor meinem inneren Auge. Mir wurde augenblicklich schlecht. Ich wollte mir so etwas nicht vorstellen und erst recht nicht sehen.

„Nein", presste ich mühsam hervor. Der Tod ist irgendwie immer etwas Abstraktes. Was geschieht danach? Das Lied „Who wants to live forever" von Freddy Mercury kam mir in den Sinn. Fast hätte ich angefangen, das Lied laut zu summen. Ein Motorradfahrer hielt vor uns an einer Kreuzung. Er trug einen zerkratzten weißen Helm und dazu ein T-Shirt, eine zerschlissene Jeans und Flip Flops. Mir fiel ein, dass ich mich seit Monaten mal wieder bei Alf und Antonio melden wollte. Alf machte gerade eine Motorrad-Tour durch Lateinamerika. Ob ich mich ihm spontan anschließen könnte? Antonio war frisch verliebt, ich erinnerte mich aber nicht mehr an den Namen seiner neuen Freundin. Anna? Morgen würde ich zurück in Sevilla sein. Was sollte ich mit all den Sachen von Caro machen? Die Wohnung würde ohne sie sehr leer sein. Ich schaute wieder zu Essam. Seine Lippen bewegten sich. Er sprach mit mir:

„…deswegen musst du eure Familie benachrichtigen. Das lässt sich nicht vermeiden." Er erklärte mir, was ich ihnen sagen sollte. Ich nickte nur. Essam winkte den Kellner heran, um unsere Getränke zu bezahlen. Als der Kellner weg war, ergriff Essam erneut das Wort.

„Als ich das letzte Mal mit Caro telefonierte, erzählte sie mir, dass du aussteigen willst", sagte er. Ich nickte nur. „Normalerweise entscheiden der Boss und ich, wer aussteigt und wer nicht. Eigenständig entscheidet das keiner!" Er schaute mich streng an, fuhr dann jedoch sanft fort: „Aber in deinem Fall ist das etwas anderes. Du hast über viele Jahre einen wirklich guten Job gemacht, warst immer loyal. Ich weiß, dass du Caro zuletzt aus gesundheitlichen Gründen allein losziehen lassen musstest. Das wäre nicht das große Problem gewesen. Wir hätten dich aus der Operative rausziehen können. Aber durch deine Gefangennahme hast du gezeigt, dass du auch vom Kopf her nicht mehr richtig bei der Sache bist. Früher wärst du niemals in die Arme von Soldaten gelaufen. Dafür bist du eigentlich zu clever. Es ist offensichtlich: Die Luft ist raus bei dir. So etwas ist schlecht für das Geschäft und bringt nur Ärger. Der Boss und ich sind daher damit einverstanden, dass du bei uns aussteigst und dir etwas anderes suchst. Du weißt natürlich sehr gut, unter welchen Bedingungen wir dir das gewähren."

„Das weiß ich! Ich werde auch weiterhin kein Wort über euch und das Geschäft verlieren. Ihr könnt mir vertrauen", versprach ich.

„Gut. Pass auf dich auf, Jonas! Wir werden uns nie wiedersehen. Zumindest hoffe ich das für dich."

Ich nickte wieder und gab Essam das Handy zurück, das mir der Boss vor Jahren einmal gegeben hatte, und das mir womöglich das Leben gerettet hatte. Und das war's. Das war meine letzte Handlung als *El Gótico*.

Schwimmen verboten!" Entlang des Flusses standen "überall Schilder mit diesem Warnhinweis. Die Unterströmungen seien tückisch und tödlich, hatten mir Antonio und Fernando einmal erzählt. Es seien schon viele ertrunken. Antonio und Fernando lebten seit einigen Jahren nicht mehr in Sevilla. Sie hatten in ganz Spanien keine Arbeit gefunden und waren schließlich, der eine nach Berlin, der andere nach London, ausgewandert. Es fröstelte mich. Offenbar hatte ich schon etwas länger auf dem schmalen Brückengeländer gesessen und auf das schwarze Wasser des Guadalquivirs gestarrt. Meine Beine baumelten über dem Fluss, meine rechte Schulter lehnte an einem Laternenpfahl. Ich bräuchte mich nur von dem Pfahl zu lösen, das Gewicht meines Oberkörpers etwas nach vorne zu verlagern und schon würden die Strömungen ihr tödliches Spiel mit mir treiben. Wie mochte es sich anfühlen zu ertrinken? Ich stellte mir den Todeskampf lang und qualvoll vor. Tod durch Ersticken. Ich bekam Angst. Wie verlockend war jedoch der Gedanke, dass danach alles vorbei sein würde! Dass dann endlich Ruhe in meinem Kopf einkehren würde.

Am schlimmsten war es gewesen, Caros Mutter anzurufen und zu sagen, dass ihre Tochter von einer perfiden Mine in Syrien in Stücke gerissen worden sei. Dass es daher auch keine Leiche gebe und sie keinesfalls zu der Unglücksstelle reisen dürfe. Natürlich wollte sie mir erst nicht glauben und schrie und heulte am Telefon. Als dann aber auch Caros alter Reisebüro-Chef im Auftrag von Essam sie anrief und bestätigte, dass Caro – natürlich ohne seine Erlaubnis – nach Palmyra gereist sei, um auf eigene Faust herauszufinden, ob der Ort sicher genug für Abenteuertouristen sein würde, musste die arme Frau uns wohl oder übel glauben. Er riet ihr noch, nicht die Polizei oder das Auswärtige Amt einzuschalten, da Caro wohl illegal in das Land eingereist sei und dies für die Mutter viele Scherereien bedeuten würde. Verzweifelten Menschen Lügen aufzutischen, darin waren alle diese Verbrecher große Meister.

Hätte es etwas gebracht, wenn ich Caro vor einer Woche gegen ihren Willen aus Syrien herausgeholt hätte? Wäre sie dann zur Vernunft gekommen? Hätte unsere Beziehung dann noch eine Zukunft gehabt? Caro und ich waren über vier Jahre lang ein Paar gewesen. Hatte sie mich je aufrichtig geliebt? Oder hatte sie mich immer nur benutzt? Was würde es ändern, wenn ich es wüsste? Caro war tot und damit unsere Liebe endgültig erloschen. Langsam ließ ich Caros Goldring durch meine Finger gleiten. Ich hörte einen leisen Platsch, als er auf die Wasseroberfläche traf.

„¿*Qué haces?*", fragte plötzlich ein zartes Stimmchen hinter mir. Ich erschrak bis ins Mark, da ich niemanden hatte kommen hören. Ich drehte mich verwundert um. Im Schein der Laterne stand, einem Engel gleich, ein kleines, barfüßiges Mädchen im schneeweißen Schlafgewand. Ihre langen blonden Haare waren leicht gelockt und fielen ihr weit über die Schultern. Sie konnte nicht älter als vier oder fünf Jahre alt sein. „*No se puede nadar en el río*", belehrte sie mich auf typisch altkluge Kinderart, ohne auf eine Antwort von mir zu warten. Sie schaute aus dunklen Augen zu mir hoch. Ich war völlig verdutzt. Tausend Fragen schossen mir durch den Kopf: Wie kam sie hierher? Wie spät war es? Wie hieß sie und warum war keiner bei ihr? Wie auf ihren stummen Befehl hin schwang ich, ohne nachzudenken, meine Beine auf die andere Seite des Geländers und stand nun wieder mit beiden Beinen fest auf dem Boden. „Du hast recht!", entgegnete ich ihr auf Spanisch. „Man darf nicht im Fluss baden. Das ist verboten!" Ich hockte mich hin, um auf Augenhöhe mit ihr zu sein.

„Warum hast du so viele blaue Flecken im Gesicht, und warum sieht dein Ohr so merkwürdig aus?", fragte sie mich und schaute neugierig abwechselnd auf mein zerfetztes Ohr und meine geplatzte Augenbraue.

„Ach, weißt du, auf das Ohr habe ich mal versehentlich eine Silvesterrakete bekommen."

„Tat das weh?"

„Ja, schon, ein bisschen. Aber das ist lange her und jetzt tut es nicht mehr weh." Sie schaute mich fasziniert an.

„Wie heißt du?", fragte ich sie, bevor sie mich noch weiter löchern konnte. Ich fasste ihr dabei sanft an die Schulter. Sie fühlte sich kühl an.

„Ich heiße Carmen", sagte sie.

„Und du?"

„*El Got*...Ich meine, ich heiße Jonas", antwortete ich. Es war etwas frisch, und ich machte mir Sorgen, dass Carmen sich mit ihren nackten Füßen und der leichten Bekleidung eine Erkältung holen könnte.

„Wo wohnst du?", fragte ich sie. Sie überlegte kurz angestrengt und sagte daraufhin einen eindeutig auswendig gelernten Satz fehlerfrei auf:

„Ich wohne bei meiner Mama in Triana, in der Straße *Betis* Nummer 5 im zweiten Stock."

Schon streckte sie mir ihre kleine rosige Hand entgegen. Erleichtert darüber, dass ich wusste, wo sich die Straße *Betis* befand, und es bis dahin nur ein Katzensprung war, nahm ich ihre Hand. Das kindliche Vertrauen rührte mich. Zum ersten Mal seit Langem durchströmte mich ein Glücksgefühl, als ich sie nach Hause gebracht hatte und in den Armen ihrer Mutter sah. Es war halb fünf Uhr morgens. Die junge Mutter hieß

María und lud mich aus Dankbarkeit noch am gleichen Tag zum Abendessen ein. María war eine herzliche und durchaus attraktive Frau. Ich nahm ihre Einladung gern an.

FIN

www.sonnenschein-literatur.de